一把刀，千个字

王安憶

序／請客吃飯，做文章
——王安憶《一把刀，千个字》

王德威

革命不是請客吃飯，不是做文章，不是繪畫繡花，不能那樣雅致，那樣從容不迫，文質彬彬，那樣溫良恭儉讓。革命是暴動，是一個階級推翻一個階級的暴烈的行動。

——毛澤東，《湖南農民運動的考察報告》，一九二七

王安憶是當代中文小說界最重要的作家之一，新作《一把刀，千个字》再次證明她的創作力歷久彌新。小說始於揚州菜漂流海外的故事，情節一旦展開，赫然盤根錯節。紐約華人的大宴小酌牽引出東北哈爾濱一場家庭悲劇，上海弄堂深處的兒女恩怨，還有揚州城裡城外的市井人生。舊金山唐人街、大西洋城賭場、天津宅邸、甚至大興安嶺鄂溫克族獵場都是故事發生的場景；越南女子、德州青年、新疆流民穿梭主要人物之間。但小說的核心是文化大

革命中一起轟動全國的政治迫害事件。

揚州飲饌如何與文革鬥爭發生關連？海外華人如何應對社會主義烏托邦？什麼是「一把刀」，什麼是「千个字」？王安憶調動人物情節，「紀實與虛構」雙管齊下，在在體現她拿手的現實主義風格。但在白描飲食男女同時，她迴向歷史。二十世紀的革命狂飆不再，新時代的中國人繼續穿衣吃飯。但曾經的信仰和隨之而來的傷害縈繞不去，總以最奇特細微的方式喚醒一代人的政治潛意識。不僅於此，王安憶甚至將她的歷史命題提高到抽象層次：人生莽莽蒼蒼，本命是什麼？革命是什麼？一個人是否可能憑空連根拔起，或再次落地生根？作為「個」體，人之為人存在或消失的意義是什麼？

沒有如此的大哉問作為底色，王安憶的敘事再栩栩如生，也不能顯現她的現實小說獨特之處。小說標題已耐人尋味。「一把刀」指的是揚州師傅擅用的菜刀，「千个字」則出自袁枚（一七一六—一七九八）佳句：「月映竹成千个字，霜高梅孕一身花。」揚州四大名園之一的箇（个）園命名即本於此。袁枚好啖，詩酒風流，為有清一代文人風雅的典範。然而在王安憶小說的語境裡，「一把刀」回歸民間，隱隱有了殺氣，「千『个』字」歷經月落星沉，墜入茫茫人海。

革命不（就）是請客吃飯

《一把刀，千個字》的主人翁陳誠，少年師從揚州名廚，因緣際會，上個世紀末來到美國，落腳紐約華人聚居的法拉盛區。這裡老僑、新僑來自五湖四海，各有各的經歷。橘逾淮為枳，無論背景如何，人在異鄉，必須另起爐灶。陳誠也不例外，雖然廚藝不凡，卻難有用武之地，只有少數場合才能一展身手。也就在酒足飯飽之際，客人話匣子一開，天下大事、國共密辛、革命外史、離散傳奇在飯桌上攤開。

這只是王安憶的起手式。從廚子的眼光來看，共和國的革命歷史不過就是酒酣耳熱後的話題。但果真如此麼？漂流海外，誰沒有難言之隱？隨著敘事，我們發現這個揚州師傅不但會做菜，而且耽於沉思；他獨來獨往，有點憂鬱，甚至有點神祕。他出身東北一個知識分子家庭，在文革中成長。那是個天翻地覆的時代，或出於選擇，或命運使然，他進入與家庭背景迥然不同的行業，也就可以理解。以陳誠為輻輳點，王安憶描寫他那歷盡滄桑、卻仍然忠黨愛國的父親，舉止躁鬱的姊姊，世故的妻子，法拉盛各色人等、還有當年上海弄堂、揚州鄉下的老老少少。這些人交織出時代的眾生相，遠看平平凡凡、近看各有心事。尤其陳誠周旋油鹽醬醋之間，似乎總是若有所失。來美多年，他仍在尋找什麼，或是逃避什麼？

像陳誠這樣的人物其實也曾出現在王安憶其他作品中。三十年前《叔叔的故事》（一九九〇）裡他是個初出茅廬的文學愛好者，最近的《考工記》（二〇一八）裡他是蹉跎一生、株守舊宅的敗落世家子。這類人物起初懷抱懵懵懂懂的想望，卻在歷史偶然或必然的遭遇裡，過早遇見生命的坎陷，為之失落彷徨。他們遁入自己的世界裡，無論是創作，是建築，還是烹調，成為打通出路的門徑。然而人生還是有些謎題難以參透，時機錯過，再回首已是百年身。

《一把刀，千个字》上半部鋪陳了陳誠的故事，也提出了「謎題」：他從哪裡來，要到哪裡去？下半部裡敘事陡然轉變，「母親」這一人物出場。王安憶不揭露母親名姓，逕以「她」稱呼。母親家世良好，美麗聰明，在學校、在單位都是一時無雙的人物。但母親也是孤獨的。在哈爾濱，母親與來自揚州的父親結合，有了一對兒女。這本是理想的新中國家庭。文革開始，母親不由自主捲入。她觀察、沉思各方文鬥武鬥，遠走南方串聯，見證革命實踐。終有一日，母親歸來，靜靜寫下十二張大字報張貼。我們不知道母親到底寫了什麼。但她的文字為自己也為家人帶來滔天大禍。母親被捕入獄，後遭槍斃，一家因此四分五裂。

母親的兒子就是陳誠。他甚至原來不姓陳。大禍臨頭那晚，年幼的他連夜被送往上海，從此改名換姓，寄人籬下。他輾轉棄學，成為廚師學徒。但故事不止於此。文革結束，母親一夕之間又被平反，甚至被冠以烈士之名。母親成為全國懷念效法的對象，她的事蹟一再被媒體報導、影視改編。陳誠幼年離開東北，母親的印象已經模糊，但「母親」的形象卻又如是無所不在。甚至他談戀愛也落入「戀母情結」的戲謔。

多少年後，揚州廚師來到美國法拉盛，看見客人高談國家大事，左派右派爭得面紅耳赤，不禁惘然。革命不是請客吃飯。但時移事往，革命不就是請客吃飯？而那頓飯，是烈士之子掌廚的拿手好菜。萬里之外的揚州佳餚裡，隱隱有一股血腥氣味。

左翼的憂鬱

至此，「謎底」似乎揭曉，王安憶儼然寫了個後革命時代的離散故事：一切俱往矣。其實不然。她不願輕易告別革命，而是要再次叩問革命的前世與今生。這讓她的小說充滿辯證意義，而這辯證藉著紐約的揚州廚子和哈爾濱的文革烈士——兒子和母親——的關係，作了戲劇化呈現。陳誠的經歷必須放在大歷史格局理解。他的存在，或甚至小說所有人物的存在，無非用以烘托「母親」這個人物。

《一把刀，千个字》中有關母親的描寫僅集中在短短幾十頁裡；這短短的篇幅卻支撐了全書。她的一生如長虹閃爍，隨即為歷史狂飆摧毀。王安憶以抒情的筆觸描寫母親短暫的一生，她的高潔理想，她的溫柔多情如此華美，只能存在詩的世界裡。母親周遭的人，包括至親的家人，甚至小說家王安憶，就算對她心存嚮往，也是可望而不可及。在粗糙酷烈的現實裡——那構成**小說**紛紛擾擾的世界裡——是容不下母親的。

識者大可以指出，王安憶將母親與革命等同起來，有如老套寓言。談革命、原欲、母親三者的聯動關係，左派心理學家如齊澤克（Slavoj Žižek）等也可大作文章。在後社會主義語境裡，「革命」早已成為明日黃花，王如此含情脈脈的革命寓言很可能流於感傷造作，更可能引發此地無銀三百兩的嘲諷。但王安憶逆向操作，反之就此考掘寓言本身的辯證性。她的「寓言」其實有所本。此無他，文革在東北犧牲的張志新（一九三〇—一九七五）就是母親的原型人物。

張志新曾任遼寧省委宣傳部幹事，一九六九年因為批判四人幫被捕入獄，一九七五年遭槍決。張志新在獄中備受凌辱，導致精神失常，有謂她行刑前被割斷喉管，死後屍骨無存。一九七九年張志新獲得平反，追奉為烈士，成為全國典範。張的一雙兒女日後都遠走美國。二〇一九年中共建政七十週年前夕，習近平表彰所謂「最美奮鬥者」，張志新名列其中。

張志新案曾是文革最大冤案之一。新左學者自詡中共黨外無黨，黨內卻有「自動糾錯」機制；歷史永遠是朝正確方向發展，張的冤死和平反也許就是黨的先見加後見之明的最佳寫照？[1]大說家大言夸夸，小說家卻從人間煙火裡看出歷史無數罅漏。王安憶小說中的母親當然不必只從張志新汲取靈感。她最終要銘刻的不是一個人物或事件，而是一種精神、一種情懷的得與失。循此王安憶展開辯證：革命是訴諸暴力的群體行動，但革命者作出捨我其誰的抉擇時，又是一種純粹的個人行動。革命既是史詩的，也是抒情的；是摧枯拉朽的大破與大立，也是地久天長的烏托邦嚮往——與傷害。

王安憶的作品向來不乏左翼（非國黨機器的左派）情懷。作為「共和國的女兒」，她的家庭背景和文革經驗使她對革命——不論是壯麗昂揚的行動，或是粗糙慘烈的後果——感同身受。她明白社會主義烏托邦裡裡外外其實血跡斑斑。在《憂傷的年代》裡，她如是回顧自己的文革經驗：

> 這是一段亂七八糟的時間，千頭萬緒的，什麼都說不清。就是說不清。在亂七八糟的情形之下，其實藏著簡單的原由，它藏得非常深而隱蔽，要等待許多時日，才可說清。……我們身處混亂之中，是相當傷痛的。而我們竟盲目到，連自己的傷痛都不知道，也顧不上，照樣地跌摸滾爬，然後，創口自己漸漸癒合，結痂，留下了疤痕。[2]

王安憶是憂傷的。但故事必須講下去。荷馬史詩《奧迪賽》（*Odyssey*）裡，尤利西斯在外征戰二十年，返家面目全非。伺候他的老婦憑著他腳上的疤痕認出主人，一家團圓。如何認

---

1 汪暉，〈自主與開放的辯證法：關於六十年來的中國經驗〉http://www.snzg.net/article/2009/1017/article_15805.html。

2 王安憶，《憂傷的年代》（台北：麥田，一九九八），頁五三。

出並撫摸那疤痕，訴說那「說不清」的傷痛，是小說家的本命。王安憶創作轉折點的《叔叔的故事》如此，《啟蒙時代》（二〇〇七）如此，最新的《一把刀，千个字》仍是如此。

近年西方馬克思學者面對革命大業每下愈況，而有「左翼憂鬱」[3]之說。誠如學者涂航指出，如果中國也有左翼憂鬱，病灶不來自革命的遙遙無期，而來自革命實踐之後所暴露的巨大落差和變形。[4]但憂鬱不必只帶來佛洛依德式的自溺與膠著，也可能啟動阿多諾（Theodor Adorno）式「否定的辯證」[5]——在歷史貌似終結的點上觸摸疤痕，重啟傷痛的、歧義的、（自我）質疑的敘事，從而延續辯證。

這方面王安憶的精神導師不是別人，正是台灣左翼作家陳映真（一九三七—二〇一六）。[6]王安憶一九八三年在美國愛荷華國際作家工作坊認識陳映真，成為忘年交，日後寫下《烏托邦詩篇》致敬。從陳那裡，她分享左翼烏托邦理想，也見證「抉心自食，欲知本味。創痛酷烈，本味何能知？」[7]的執著。陳《山路》裡的老婦蔡千惠——也是一個母親的形象——的話，「如果大陸的革命墮落了，會不會使得昔日的血淚犧牲，都變為徒然？」[8]很可以成為《一把刀，千个字》的註腳。革命的必然與徒然千迴百轉，善與惡俱分進化一如既往，王安憶以小說寫革命的完而不了，也完不了。

匿名術與微物論

《一把刀，千个字》不僅延伸王安憶左翼敘事辯證，也代表她近年藉小說思考形上問題的最新嘗試。如前所述，小說上部處理主人翁陳誠「我從哪裡來，要到哪裡去」的問題。這是王安憶不斷書寫的主題，最著名的作品首推《紀實與虛構》（一九九二）。王安憶現身說法，探討母系家族的來龍去脈。她甚至推測出這一家族可能是北方蠻族的一支，千百年遷徙離散，終至不能聞問源頭和最後的落腳處。《一把刀，千个字》提出類似問題，但有了不同的回應。

陳誠對母親，以及母親為之犧牲的革命，其實一知半解。母親的消失是陳誠生命中的黑

---

3 參見Enzo Traverso, *Left-Wing Melancholia:Marxism, History, and Memory* (New York: Columbia University Press, 2017)。

4 Tu Hang, *Revolution Remains: Literature, Thought, and the Politics of Emotion in Reform China* (Ph.D. Dissertation, Harvard University, 2020), chapter 3, "Left Melancholy: Chen Yingzhen, Wang Anyi, and the Desire for Utopia in the Post-Revolutionary Era".

5 Theodor Adorno, *Negative Dialectics* (New York: Continuum, 1981).

6 王安憶有名作《烏托邦詩篇》記敘她與陳映真的過往關係。

7 魯迅散文詩〈墓碣文〉名句，出自《野草》，《魯迅全集》第二卷（北京：人民文學出版社，一九八一），頁二〇二。

8 陳映真，《山路》（台北：遠流出版，一九八四），頁二三八。

洞。小說安排他兩度看到一本家族相簿，其中唯一一張全家福照片早被隱去，因為母親曾是家族恥辱和罪的象徵。但另一方面，母親又是革命後全中國大名鼎鼎的國家烈士，她的身影經過媒體鋪天蓋地的傳播，無所不在。幽靈化的母親，聖寵化的母親，作為烈士之子，陳誠在極度患得與患失中如何自處？

王安憶在小說自序提到，《一把刀，千个字》最初線索來自一則有關某烈士之子和成長環境格格不入的傳聞。這個孩子長大後如何面對世界、家人、還有自己，成為作家揮之不去的執念。小說安排年幼的陳誠突然從哈爾濱家中被帶走，寄居上海弄堂姑母家，隱姓埋名，開始新生。他又選擇了廚師之路，與原生家庭漸行漸遠。而他從中國來到美國，從偷渡客變成公民，更象徵著他改頭換面的決心。

問題是，過去的網羅剪不斷，理還亂。陳誠有多大的決心和能量為自己打造不同的身分和生命？王安憶不將這一問題視為情節橋段而已，更將其提升至本體論層次，因而陡然加深敘事的複雜度。陳誠成長過程中每一次的遭遇，從上海弄堂裡帶他到工廠洗澡的爺叔，揚州鄉下結交的廚師之子，到大西洋城邂逅的紅粉知己，都讓他的眼界和身分不斷轉化。與此同時，他必須與家庭創傷搏鬥，甚至他的父親、姊姊和妻子也成為搏鬥的對手。他沒有過去可以告別，也沒有未來可以期許。但他又是不甘的，因為他隱隱感覺如此貼近母親卻又錯過母親：能否再出生／出發一次，定義那存在的源頭？

這一擬想「人之初」的逆向衝動是王安憶近年創作的主軸；《一把刀，千個字》恰恰又點出了它的政治意涵。漢娜・鄂蘭（Hannah Arendt）從政治思想角度指出革命、新生（nativity）與敘事（narrativity）息息相關；革命的根本是創造——讓生命另起一個開頭，讓「故事」重新再講一次。[9]但王安憶要講的故事複雜得多。如果革命是為世界重新命名的方法，那麼革命後或後革命的時代意味什麼？

二〇一五年出版的《匿名》是重要的突破。小說描寫一個上海的普通市民陰錯陽差被黑道綁架，後被拋棄於大山中。遠離城市文明，他的身形面貌逐漸改變，甚至忘了姓名身分，重回蒙昧的匿名天地，「二次進化」。他歷盡顛簸，最後被發現救回，卻在渡江途中落水不知所終。

《匿名》的隱喻意圖超過現實主義敘事的承載量，讀者未必能夠領情。但此作在當代小說史應有一席之地。陳思和教授回顧共和國文學和文化政治，[10]曾指出從「共名」到「無名」的轉變，亦即從官方一言堂想像下放為民間多元的想像，是上個世紀末的大事。但新世紀以來我們見證「共名」和「無名」相互滲透，形成新的制約和反制關係。王安憶恰當此時

---

9 Hannah Arendt, *On Revolution* (New York, Penguin Classics, 2006).

10 陳思和，〈試論九〇年代文學的無名特徵及其當代性〉，《復旦學報・社會科學版》，一（二〇〇一），頁二一—二六。

以小說提出「匿名」，雖未必有意參與公共論述，卻點出當代——維穩的，「不准革命」的時代——一種新的感覺結構。「匿名」是凡夫俗子隱身遁世的渴望，是社會監視管理技術的代號，但更有意義的，是所有不為我們所知的事物總稱。但「名為萬物之始」，就算匿名避世，除非縱浪大化（有如《匿名》的結局），誰又能夠離開名和物千絲萬縷的牽掛？

《考工記》（二〇一八）將王安憶的匿名術又推進一步。這是一則人和老房子化為一體的故事。落魄的世家子弟半生坎坷，最後退居祖傳的老屋，卻與老屋有了休戚與共的關係。城市建設步步逼近老屋舊園，守護者一籌莫展。老屋兀自存在，歷經歲月逐漸腐朽，老屋的守護者何嘗不是如此。但王安憶拒絕將人與屋的關係浪漫化。歲月流逝，人與屋注定由廢物化為無物。進化還是退化，人的週期與物的週期共相始終一場，如此而已。

當「匿名」——「名」的消失，隱匿——成為一種隱入世界萬物之間的形式，其實凸顯出傳統社會主義唯物論的局限。那是以人為出發點的物論，念茲在茲「人化」或「物化」的機械二分法，卻未曾真正檢視「物」深邃而不可測的潛力。《考工記》的意義在於將人與物等而視之，一路追蹤老人和老屋歷盡滄桑，最後都成為「微物」——細微之物，也是幽微之物——的過程。人的終了其實是人／物的開始。

「匿名」與「微物」是王安憶以小說思考革命的教外別傳。人民共和國號稱改天換地，對「名」和「物」的堅持其實無比保守。種種運動、清算、主義無不以名份和標籤的鬥爭展開；

也無不以架空、異化物種深邃複雜的動能為能事。近年新唯物論的興起，其實是對舊唯物論遲來的對話。

在「名」與「物」兩極之間，革命其實忽略了原本號稱要解放的「人」。文化大革命後新人文主義回歸，關鍵之一正是對人作為血肉之軀，感性存在的正視。王安憶雅不欲附和新人文主義的號召（又是一種新的命名行動），卻從小說實踐裡還原最複雜的人間境況：匿名的境況，微物的境況。她賴以調動的形式，或為世界再次命名的方法，就是現實主義。她從匿名思考種種名相所帶來虛妄與悵惘，藉微物解構機械唯物所曾物化的世界。

回到《一把刀，千个字》。陳誠所見證的一段革命歷史，正是「名」與「物」各走極端，人不當成人的時代。文革發生，母親其實沒有直接涉及文鬥武鬥，她選擇在更高的位置觀察、思考種種喧囂狂躁，作出自己的判斷。她所懷抱的革命憧憬和她所置身的革命現實有了巨大衝突。她作出了決定，並且付出生命代價。

母親被污名化為現行歷史反革命，又被聖名化為國家烈士。多少年後，陳誠遠走他鄉，隱姓埋名。他以匿名方式，選擇新的開始。而他的職業讓他貼近生命的基礎——民以食為天。那是微物的世界，充斥種種人間煙火，七情六慾。這是他對革命遲來的、無言的回應。

陳誠的嘗試是否能讓他重新改造過去，小說沒有給出答案。然而在他重新定義自己的身分時，母親或革命的幽靈還是無所不在。[11] 那是一種庇護，還是一種宿命？用王安憶《憂傷的年代》裡的話說，「在亂七八糟的情形之下，其實藏著簡單的原由，它藏得非常深而隱蔽，要等待許多時日，才可說清……」

評論家張新穎談《匿名》，稱之為「一本『大說』的小說」。[12]《一把刀，千个字》沒有如此宏闊的意圖，但延續了《匿名》所給出的辯證邏輯，並將其連鎖到人民共和國革命敘事。一九二七年毛澤東有言：「革命不是請客吃飯，不是做文章，不是繪畫繡花，不能那樣雅致，那樣從容不迫，文質彬彬，那樣溫良恭儉讓。革命是暴動，是一個階級推翻一個階級的暴烈的行動。」多少年後，斬釘截鐵的革命宣言成為一樁文學公案，透露革命、吃飯、做文章之間曖昧的消長關係。由革命寫到請客吃飯，王安憶運筆如刀，做她的文章。起落之間，她炮製多少人間故事，辯證名與實、人與物的始末，為之沉思，為之嘆息。這是她的「千个字」，她一個人的「小說革命」。

王德威，美國哈佛大學Edward C. Henderson講座教授。

11 參看Jacques Derrida的「魂在論」論述（hauntology），*Specters of Marx: The State of the Debt, The Work of Mourning & the New International* (New York, Routledge Classics, 2006)。

12 張新穎，〈一本「大說」的小說〉http://www.xdbzjw.com/index.php?act=newsdetail&id=20310。

自序／史詩的罅漏裡

王安憶

那還是上世紀七〇年代末期，初進上海《兒童時代》雜誌社，這一年暑期，我們幾個年輕編輯分頭赴各地夏令營採訪。我去的營地在無錫，由上海共青團市委少年部主辦。營主任少共出身，其時年近五十，頸上繫著紅領巾，率領營員們列隊早操，遊戲唱歌，形態十分莊嚴。生活走出秩序顛倒的十年光陰，回復正常，就彷彿睽違一生一世，樣樣都新鮮可喜，夏令營就是標誌之一。記得開頭一二日，可能是飯菜供應過量，孩子們又胃納有限，餐桌上的浪費頗為驚人，剩的比吃的多。於是，立下規則，落座前，必誦讀儉省節約的口號作勉勵。這一段無韻詞由營主任自創，用語冗贅，不易斷句，念起來往往前後錯落，倒有一種諧謔的效果，笑聲中開動，盤光碗淨。但總體來說，我這裡似乎沒有特別的經驗，雖然都是各學校選拔的優等生，但小孩子能有怎樣的建樹？要說人才，有一位已考入中央芭蕾舞學校，假期後即去報到，前途尚在未來中，目下也和大家一起玩樂，盡情享受童年時光。

夏令營結束，各路彙集回報，去北方營地的同事有一點奇遇，她營裡的一位同學是英雄母親的孩子。要知道，全國上下正興起追緬和反思，眾人皆睡我獨醒而付出生命代價的犧牲者，就像魯迅先生的小說《藥》，義士夏瑜清冷的墳頭，如今堆滿了鮮花。但是，對我們激動的詢問，同事反應平淡，聽她意思，那孩子似乎性情乖戾。顯然，她並沒有接近到他，莫說收穫事蹟的材料，連表達熱情都不得機會。是社會急劇變革的緣故，還因為處在青春的勇進階段，時間在加緊節奏，翻過一個又一個年頭，事件接事件，浪潮趕浪潮，迎面撲來，轉眼即成追溯。激流奔湧中，這從未謀面的孩子，一直藏在深潛處，偶爾地，躥上來，冒一個水泡。歲月積累，想他已經長成大人，越過少年青年，行走漫長中年，於是，有一天，我想著，為他撰寫一部傳。這話有些言過其實，這孩子又不是阿Q，承當國民性的化身，寄予了思想者的失望，成為啟蒙的對象。我也不是啟蒙者，孩子他母親才是。我和孩子都沒有大的抱負，小說者的懷抱就是小的。這個「小」不盡是指渺小的意思，而是缺乏一個龐大的基數，可供歸納成類型。文學史上有許多人物後來成為名詞，阿Q就是一個，還有福樓拜筆下的「包法利夫人」，納博科夫的「洛麗塔」——後者甚至載入詞典。這是小說的先賢，也是特例，出了範疇的，並不能改變文體的世俗本質。我猜想，魯迅先生寫出了中國最好的現代小說卻最終放棄，或者就是出於這個。小說哪裡容得下先生的廣博和深邃，它的德行只夠承接罅漏裡的無法歸類的個別。

小說的難和易都在這裡，這些無法納入思想譜系，匿名的存在，你找不到參照的樣本，不能觸類旁通，啟動現成的認識；可也正因為如此，才是獨一份的。那孩子面容模糊，努力看去，隨著清晰而逐漸變形。靜止的他，活動起來也是變形的，不再是原來的他。就像「禪」似的，不能說，不能說，一說就是錯。而小說確有些像「禪」，擔水掃地，燒煮洗曬，日出而作，日落而息，斗轉星移，忽然之間得道。

多虧有法拉盛的地方，集合了海量的匿名，遍地都是不可歸類。看它鬧哄哄的，從七號鐵路終點出站，剎那間裹進人流，順勢而去。市聲盈耳，頭頂飛揚著食物的氣味，生的熟的，新鮮和腐敗，談不上珍饈，飽暖尚有餘裕，興沖沖的，卻又有一種鬱悶，但也不是虛無，當然，絕非樂觀主義。所謂「小隱隱於野，中隱隱於市，大隱隱於朝」，「中隱」指的就是這裡吧！回到七號線頭上，曼哈頓四十二條街，駛過礦道似的隧道，那是大工業的歷史，橫跨紐約州上空。底下是廣袤的地面，一小叢一小叢房子，街道蜿蜒，信號燈變換紅綠，行人靜靜地等候。明知道那裡有著真實的生活，可就是玩具似的，精巧玲瓏的娃娃家。有點像張愛玲《談音樂》裡寫到巴赫時的聯想——「、「小木屋裡，牆上的掛鐘滴答答搖擺；從木碗裡喝羊奶；女人牽著裙子請安……」但沒有巴羅克風格新鮮的顏色，而是有些年頭，做舊如舊的樣子，人也帶了一些戚容。往回溯去，也許是從那孩子過來的。事情彷彿有了頭尾，可是兩頭中間，也就是禪修的日復一日，如何度過！

小說的魅力大概就在於此，多少年來樂此不疲。始於開頭，還是由末尾倒推的，也許兩端都有了，然後向中間合攏。總之，要將莫須有變成確鑿無疑。人和事從混沌中一點一點生出來，越是凡人凡事越難生成，因為什麼都是，又什麼都不是，天工開物輪不到它，又不能脫離造化的法則，說是師法自然，可誰敢說有這稟賦！書名有點怪，像是有撞命門的心，幾次替換，卻怎麼也換不得，一出來就是它了。「一把刀」是大俗話，揚州三把刀中的頭一把，菜刀。帶我長大的保姆是揚州人，一手締造我們家的食風，曾經在小說《富萍》裡透露過。上海的淮揚菜館很多，總覺比不上她的手藝，尤其紅燒一路的，有鄉野氣，最合小孩子的濃厚口味。有一條祕密通道，將你的經驗引向不相干的經驗，就像海市蜃樓，某地某時的情景，投射天上，再落回紙上，也就是下半句「千个字」。出處在清人袁枚寫个園：「月映竹成千个字」。按道理，小說的結尾應回去个園應題，但不知不覺，卻來到鋼廠的廢址上的創意園區，真是扯得遠，大概也是祕密通道作祟。奇怪的是，待寫到這裡，事情陡地清晰起來。一路彷徨，不知道生出個什麼東西。歷史背面的路徑，隔了一層膜，依稀綽約，忽明忽暗。依我歷來的寫作速度，大約是耗時最長的一部，還亂了節奏。分明走出很遠，回頭看，不過盈尺。二〇一九年初開筆，結稿已然一年五個月有餘，而終篇不過十七萬字。心情則是閒定的，大概因為看不到盡頭，反而滅了指望。只是一日捱一日，定時定點對一張空白紙，一個字一個字，百個字，千個字——驀抬首，竟收尾之勢。和那主人公一樣，過去，現在，將來，全撲面而來，到了眼面前。生人變成熟人，原來是他呀！

二〇二〇年六月十三日　上海

題記

月映竹成千个字
霜高梅孕一身花

清・袁枚

目次

下部

上部

第一章

紐約法拉盛，有許多舊時代的人，歷史書上的名字，都是交遊。胡宗南，閻錫山，盛世才，黃維，李宗仁，甚至周恩來和毛澤東。每個人有一段故事，大多發生於上世紀中葉，鼎革之際。聽起來，那時節的吾土吾國，就像炸鍋似的。車站碼頭，壅塞得水泄不通，包裹箱籠在人頭移動，腿縫裡擠著小孩子，哭不出聲。街市上，大小車輛，沒頭蒼蠅般東奔西突，輪子裡夾了人力車夫的赤足，拚命地跑。也不清楚要去哪裡，只是急著離開。黃浦江的輪渡，四面巴著人，稍一鬆手，便落下水。火車的門窗也巴著人，關也關不上。飛機呢，一票難求，停機坪變成停車場，到底上等人，求體面，不會巴飛機。交通樞紐的景象是這樣，內省和邊地呢？騾馬大陣，絡絡繹繹，翻山越嶺。氣象是荒涼的，同時，又是廣大的，四顧茫然，都不知道身在何處。

福臨門酒家的單間裡，支一面圓臺桌，圍八九個人，老闆娘的熟客，所以才能占住這唯一的包房——走廊盡頭橫隔出來，沒有窗，靠排氣扇通風，說話間就充斥了葉片顫動的嗡嗡聲。夜裡十二點鐘，廚工和跑堂都走了，老闆娘鎖上銀箱也要走，交代給做東的先生，臨走鎖上門，鑰匙帶走，明天中午去他店裡取，店就在街對面，文玩的買賣。老闆娘走出店，穿過夾道，帶上門，留下這一桌人，接著吃喝。酒菜涼了，末座的那一個，即起身端到後廚加熱，添些搭配，換上新盤，再端上來。這晚的主賓是國內來客，官至廳局，如今退位二線，主持文化計畫，來美國考察同業，尋找合作專案，攜隨員一名，為末座之二。

這下首的兩個，年紀差不多，少一輩，又身分低，就都多聽少言，斟酒倒茶手碰到一處，抬頭相視而笑，漸漸就有話語往來，題目不外乎桌上的菜肴。這一餐的重點在於「蘇眉」，主人自帶，專請名廚烹製，就是末座上的人。名廚告訴隨員，「蘇眉」名聲響亮，好吃不過平常類；那一個就問美國哪一種魚類上乘；這一個想了想，要吃還就是深海的鱈魚，內湖裡的都差不多。隨員「哦」一聲，不解道：這麼廣袤的土地，物產不應當豐盛富饒？名廚笑了：你以為物產從哪裡來？答說：天地間生養！桌面一擊：錯，是人！師傅指的是人工？年輕人問，另一個年輕人就要解釋，上首的貴客早已經受吸引，停下自己的說話，問兩個孩子爭些什麼。這時候，做東的先生作了介紹，那一位陪客是今日的主廚，姓陳，名誠，聽起來好像蔣介石嫡系的臺灣小委員長，其實無一點淵源。以出身論，倒不在沒籍，他師從鼎鼎有名的莫有財，為淮揚菜系正宗傳人，也是大將軍。這一番話說的，座上紛紛舉杯敬酒。「大將軍」自斟一個滿杯，雙手擎住：各位前輩隨意。仰頭乾了，輕輕放下：淮揚菜正統應是胡松源大師傅，莫家老太爺才得真傳，底下三兄弟則為隔代，硬擠進去，只算得隔代的隔代，灰孫子輩的。眾人都笑起來，詫異這廚子的見識和風趣。笑過後，那主賓正色道：請教小師傅，湘、皖、粵、魯、川、揚、蘇錫常，等等，哪一系為上？小師傅笑答：請教不敢當，斗膽說句大話，無論哪一派哪一系，凡做到頂級，就無大差別！聽者一錯愕，然後四下叫起好來，不知真贊成假贊成，真懂假懂。貴客說：小師傅一定都嚐過最好的了！小師傅笑著搖頭。上邊客緊著追問：修行人得不到真經，誰還有這緣分！喝了急酒，又趕到話頭，小師傅臉上泛起紅光，興奮得很：這裡卻有個故事！人們都鼓掌，讓他快說。

也是聽我師傅說的——莫有財嗎？有人發出聲來，小師傅不回答，徑直往下說：上世紀開初，滬上五湖四海，達官貴人，相交彙集，諸位前輩比我知道；茶樓飯肆，燈紅酒綠，一輪方罷，下一輪又開頭，俗話叫「翻台子」；饕餮大餐，剩的比吃的多，如何處理？打包！但不像今天，各自帶回家去，那時的人好面子，覺得寒酸相，所以是打給包飯作，掙些餘錢；包飯作的主顧又是誰？擺香菸攤的小販、老虎灶送水工、碼頭上的苦力、黃包車夫——外地的暴發戶到上海，搭一部黃包車，問哪裡的菜式好，打得下保票，不會錯！眾人聽得入神，說話人轉過身，專對了末座的同輩青年：好東西是吃出來的！先前的討論此時有了結果。座上客卻還迷糊著，漸漸醒過來：小師傅的意思，今天人的品味抵不過昔日一介車夫？小師傅拱起手：得罪，得罪！貴賓嗖地起身：誰說又不是呢？古人道，禮失求諸野，如今，連「野」都淪落了。喝淨殘杯，散了。國內來的有自備車，企業或者政界都有辦事處，專事送往迎來。其餘的或開車或乘七號線，最後的人鎖門，過去對面的店鋪宿夜，只淮揚師傅一人，沿緬街步行向西而去。

陳誠並非真名實姓，這地方的人，叫什麼的都有。諢號，比如阿三阿四；洋名，托尼詹姆斯；或者借用，也不知道何方人氏，只要和證件登記同樣，證件的來路就更複雜了。陳誠，六〇年代初生人，籍貫江蘇淮安，在中文沒錯，換作西語卻差得遠了，「籍貫」這一欄叫做「Birth Place」出生地。可是，誰會去追究呢？外國眼睛裡，中國人，甚至亞洲人，總之，黃種人，都是一張臉。反過來，中國眼睛看去，白種人也是一張臉，無論猶太人、愛爾蘭人、義大利人、正宗英格蘭人，惟有自己族類，方才辨得出異同。七號線終點站，上到地面，耳朵裡「嗡」一聲，爆炸開各種音腔，上下竄行：江浙、閩廣、兩湖、山陝、京津、雲貴川、遼吉黑、晉冀豫，再裂變出浙東浙西、蘇南蘇北、關裡關外、川前川後，最終融為一體，分不出你我他，真是個熱騰騰的漢語小世界。

塵埃落定，都聽得見霜降的瀟瀟聲。夜空充盈著小晶體，肉眼不可見，只覺得有一層薄亮。兩邊的店鋪都關閉生意，暗了門窗，流浪貓狗回去寄宿的巢，垃圾藏匿在暗影，街面光潔極了，路燈起著氤氳，彷彿睡眠中的夢，他就是夢中人。

走過七號線站口，子夜最末一班地鐵轟隆隆出發，法拉盛戰慄著，下一班就是次日的凌晨。霜下得密了，一層一層，腳底變得綿軟有彈性。這是一日裡溫度最低的時間，到攝氏零度以下，但他周身發熱，方才喝下的酒在起效，還有席上的說話，更主要的，是靜夜裡的獨步。白晝喧嚷的語音沉寂了，以能量守恆的原則，轉換形態，那街燈下的浮雲，就是；地面和牆面起絨的凍露，也是；錯綜交結的電纜繩，布在天幕上的圖案；鱗次櫛比的天際線，寒鴉撲打翅膀，一二個人影，迎面過來，到跟前又閃開，無聲中的有聲，遍地生煙。酒意退去，頭腦逐漸清明，彷彿無限寬廣，可容納天地。他身心輕快，勻速走在弧度上，一步一步向後推，推，推不到盡頭。這是一個巨大的球體，巨大的自轉和周轉，腳下就是地平線。封閉的球體忽破開小口子，一副挑子從他胸前橫過，兩座易開罐的山丘，看不見擔挑子的人，山丘兀自移動，消失於黑暗的閉合裡。氤氳消散，晶體熄滅反光，天色比方才更暗，恰是此刻，他知道，晨曦將起。

走入橫街，經過一片空地，來到十字相交的路口。火車從頭頂駛來，頭班七號線始發運行，明亮的小窗格子穿過幾十米高處。窗格子裡的人，往下看他們的街區，玩意兒似的！人是豆大一點，車是甲殼蟲，房子呢，像小姑娘的娃娃家，裡面是胼手胝足的生活。方才經過的空地，很快，又會拔出一幢、幾幢、十幾、幾十，連起來，夾成街道，一條街道生一條街道，一個街口生一個街口，縱橫貫通，就有新的面孔出入。新面孔變成舊面孔，然後變成新面孔，再是新換舊，這個循環自有週期，但沒有誰去計算概率。七號軌交線往下看，球面弧度上，丁點大的小世界，就這麼星移斗轉，日生一日。

他掏出鑰匙，開樓底的門，邁進前廳。聲控燈亮了，照在兩步見方的地磚上，一朵盛開的木槿，裂開一條細紋，看上去像花的莖。房子有些老了，但呵護得好，並不顯舊。木製樓梯吱吱響著，他拿住勁，提著腳，生怕驚了鄰居。這座三幢三層的連體住宅，最初是一名猶太人的產業。原先，這裡的居民以猶太人為多，後來，次第被中國人取代，建築的式樣呢，也從歐陸風格漸變成中國內地現代款，整體的簡易中突兀出一種繁縟，比如鍍金的塔形尖頂，四角飛簷，彩色馬賽克牆面。由於取地的零碎，缺乏整體性規畫，就東一處，西一處，凌亂得很，也因此積蓄了一股子烘熱的煙火氣。

向上盤旋，聲控燈滅了，樓道的窗戶卻透進淡青的曙色，映著公寓門上的花體字。又摸黑兩周，到了頂層，門裡一片寂靜。脫了外衣和鞋，躡足走過玄關，直接在廳裡沙發上躺下，枕著靠墊，拉開一條毛毯。遠遠的，又一列火車從七號線駛去，那一方一方的亮格子，彷彿印在眼皮上，明暗明暗之下，他睡著了。

陳誠是名廚，但人們都知道，紐約華埠的餐館不以技藝決勝負，相反，資質越高越難找工，因為薪金高。而華人的生意競爭向以價格戰為模式，成本的核算就很關鍵，結果是中國餐的地位一應下滑。好萊塢槍戰片，蹲伏的警察手捧倒梯形的打包紙盒，操一次性筷子，挖出炒飯或者炒米粉，送進嘴裡，都能嗅得到酸甜醬和蔥薑的氣味。為日常計，陳誠必得謀一份全職，做北美化的中國菜，但更主要的收入，又真正有上廚的樂趣，是私人訂製。家宴；聚會；公司招待；某餐館為特殊客人設席。這樣的委約雖不是時常有，但斷斷續續，時不時的來一單。法拉盛的新草莽，其實是個劫後殘留。追溯到共和開初，民國政府定都金陵，守北望南，家鄉菜打底，發揚光大，養成一脈食風。經改朝換代，時間流淌，再添上感時傷懷，離愁別緒。天地人所至，淮揚一系格外受青睞。他是有悟性的人，為舊人物辦菜，就將那些改良的花哨全摒除，突出本色，干絲；熏魚；糖醋小排；紅燒甩水；油燜筍；醃篤鮮……有幾樣食材是他自備，從朋友的農場採購。

朋友是川沙人，農場起名註冊「上海」，就可見出志向，要將長江三角洲的種植移到新大陸。美國這地方，遍地都是未開發，水土肥極了，種什麼長什麼收什麼。青菜、黃芽菜、雞毛菜、塌棵菜，形狀完美，色澤鮮豔，可供美術家入畫，基因卻已經變異。江南的青菜，入冬後第一場霜打，進口即有甜糯，這裡的，所謂「上海青」，脆生生，響噹噹，有些像芹菜，但芹菜的藥味卻又沒有了。塌棵菜的生長稱得上奇蹟，按浦東菜農說法，唯有滬上八縣界內，菜棵才是平鋪著，一層疊一層，一旦離了原鄉，便朝天拔起，脫離族類。「上海農場」裡的場棵菜並不信這個，緊巴著地皮，然而形同神不同，那一種極淡的殷苦，配上冬筍，再又回甘，無論過程還是結果，全然消失殆盡。這就要說到筍了，農場裡栽一片竹子，雨後拱出尖子，剜出來，纖維紋理確是一株筍，燉煮煎炒，橫豎不出筍味！這土地還沒有馴化呢，一股子蠻力氣，就是缺心智！空運來的菌種，落地便歸回原始，培出來的菇類一律是「Mushroom」；豆腐還是叫「Tofu」，吃起來卻不像豆腐！陳誠和朋友真正折服水土這一回事了。好在，去鄉久了，舌頭的記憶難免含混，加上刀工、火候、作料、烹製，也瞞得過去。惟有一件物事，讓陳誠苦惱了，那就是「軟兜」。

大概只淮揚地方，將鱔魚叫成「軟兜」，揚幫菜沒了它，簡直不成系。反過來，沒有揚幫廚子，它也上不了檯面，終其一生在河塘野遊。那清波漣漪，養育無數野物，野荸薺、野茭白、雞頭米——挑夫哼哧哼哧擔上岸，水淋淋沉甸甸，一掛掛坷垃頭，洗去泥，敲開殼，裡面藏著晶亮一粒珠子——就這樣，從原始階段進入人類社會。他一直在尋找「軟兜」。美國有那麼多濕地，望不到邊，飛著白鷺，照道理應該也有這種水生鰓科軟體動物，可就是沒有呢！細細想來，最終得出結論，從小處說，北美沒有水田，旱地為主，也許，可能，很可能，鱔，即軟兜，是和水稻共生；大處來看，新大陸的地場實在太敞朗，鱔卻是陰鬱的物種，生存於溝渠、石縫、泥洞，牠那小細骨子，實質硬得很，針似的，在幽微中穿行，人類肉眼看不見，食物鏈上最低級的族群，就可供它存活。

前些時候，曼哈頓開出一家上海本幫菜館，老闆是一對年輕的夫婦，菜單上赫赫然列著一道，「清炒鱔糊」。消息傳來，他有一時的震驚，靜下來想，這食材無非來自兩種管道，空運和養殖，效果如何呢？找個閒日子，邀上開農場的青浦朋友，去到曼哈頓，按圖索驥，品嚐「清炒鱔糊」。

餐館坐在哈德遜河東岸，極昂的地價，原先是個法國餐館，名聲也不錯，卻收篷了，轉手給這一家。轉過街角，老遠看見幾個繫圍裙戴高帽的男人，依在紅磚牆底下吸菸，其中有兩張洋面孔，就有些戲劇感，彷彿演出開幕前的候場。新開張的餐館，一改傳統的圓桌面、紅燈籠、龍鳳雕飾，趙公元帥、招財進寶貓，取而代之以簡約的現代主義。幾何空間，黑白色調，角和邊都是銳利的直線，壁上鑲嵌著旗袍的圖案、月份牌、老唱盤、香菸廣告、默片女明星的照片，留聲機裡送出白光、周璿的輕吟漫唱，顯然是為體現「上海本幫」的生活氣息，卻更隔離了，因為太符號化了。總之，與其說吃飯的場所，更像藝術畫廊，走在裡面真有些膽寒。引座的服務生帶他倆到預定的桌子，落地的玻璃窗外正是河岸，跑步者奮力交替腳步，終於出了畫面，再進來新的。管狀的吊燈直垂下來，人臉一半明裡，一半暗裡，很有一股曖昧。兩人相對苦笑，心裡明白，高端路線的策略即為，越不像中國餐館越好。

在這近似肅穆的氣氛裡，他們不由壓低聲氣，又要躲開臉面前的燈管，來回幾句，索性不說話了。業內人心知肚明，上海本幫菜實是出力人的喜好，味厚色重，並不入流。開埠之後，海納百川，吸取各路短長，最器重川揚兩系。論到這裡，陳大師傅不得不承認，這新碼頭有度量，沒成見，所以才開得風氣之先。每一系菜式，進上海灘，都不變中有變。就說「軟兜」，滬人自成一道「鱔背」，砧板上敲平，汆進熱油鍋，炸酥了，滾一層醬和糖，其實是糖醋小排的做法，但外焦裡嫩，還非「軟兜」莫屬。然而，終究有違淮揚的道統，也背離食材的本性。在他看來，油、醬、糖這三樣，屬烹飪的下策，至於日本發明的味之素，就更是末技。前三樣到底來自天物，後者卻離開自然到化學裡去了。也是島國出產有限，只得依賴工業。不過，他對日本料理的壽司是起敬意的，除日本米，任何一種能達到這般境地。辦好身分後，並沒有回中國，而是旅遊日本，專去長野一帶看稻田。起伏的丘陵上，大小不一，形狀各異的地塊上，均勻地排列著秧行，彷彿一種織繡。農人們坐在衣帶般婉轉的土埂上歇晌，端著漆碗喝麥茶。他與他們問答幾句，彼此聽不懂對方的語言，但又像是都懂了。水平面映著藍天，白雲在青苗之間游弋。喝水的人身上又蓄起力氣，擦乾茶碗，倒扣在漆盒裡，再下田去。他就明白這稻米為什麼種得好，因為惜物的心！

胡亂想著，菜上來了。雪菜豆瓣是瓶裝的；烤麩是冷藏；熏魚倒出其不意的好，中國內湖污染重，淡水魚難得像這樣沒有火油味，醬料足，炸得透，糖色重，所以還是老三件。紅燒肉是上海菜的主打，其實最平常，弄堂裡每扇後門裡都燉著它，高低在於豬肉。也許物種演變的關係，美國的豬肉，在向牛羊肉接近，有一股膻味。廚師顯然是油醬大王，捨得下料。他猜想廚房距離比較遠，端來的盤子都是半熱，量又少，空氣保持著清新，同時也是冷淡的。終於，清炒鱔糊登場了，沒動筷子，他就笑了。別的不說，那一條條一根根，看得見刀口，而鱔絲是用竹篾劃的。也就知道，這食材來自當地養殖，所以肉質硬實，竹篾也劃不動。兩個人各要一碗白飯，湯汁拌了劃拉下肚，招來服務生埋單，是法國大餐的價錢。卻也嚇不退買家，八時許光景，上客已經七八成。大多中國學生，年紀輕輕，出手大方，曼哈頓高檔消費的主力軍，沒什麼品味，就是潮流趕得緊，這類飯店專為他們開的。

吃過美國「軟兜」，陳誠得出結論，美國依然沒有「軟兜」。如他這樣師出正傳的大廚，在美國，即便國際大都會紐約，即便華裔集聚的法拉盛，終究是屈才的。同時呢，就能過一份閒適的生活。他並不是那種一心奔生計的人，從來沒動過開餐館的念頭。他知道做老闆的辛苦，掙的血汗錢。退一萬步說，他還有手藝，就算黑著身分的時候，也沒有失業過。他要求不高，有吃有住，口袋裡有幾個活錢，連那幾個活錢都嫌累贅似的。每到節假，就去大西洋城。他愛玩二十一點，其實和小時候玩的撲克遊戲「二十四點」相仿。二十四點只一副牌五十四張，以計算的速度為主，二十一點的牌數卻是無限，博弈的樂趣就在於此，無限大的概率。他喜歡，但不沉迷，無論輸贏，總是將手頭的錢耗盡，一身輕鬆打道回府。所以，既不負債，也決不會有盈餘，這樣的習慣一直保持到師師進入生活。

師師全名叫師蓓蒂，弄堂玩伴都叫她師師，連帶著家裡人也跟著叫起來。師師記得第一次看見陳誠的情形，後窗裡的小孩，他卻不知覺。幼年的日子在轉移中度過，一會兒到這裡，一會兒到那裡。他甚至連自己名字都不確定，有時候，人們稱他「弟弟」，大弟，小弟；有時候喊他「兔子」，小兔、卯兔、紅眼睛、短尾巴，這就變成諢號了。車窗前掠過的農田樹木，船下濁黃的水，車站，碼頭，街道，房屋，還有人，觸摸他的手，注視或者漠視的眼睛，背著他和當著他的低語，語音是清晰的。很奇怪，語音將這些片段連貫起來，抑揚的高低，疾緩的節拍，一些上下滑行，停頓，嘆息似的氣聲。開始不攜帶任何意義，然後逐漸生出，彷彿繁殖似的，越來越盛，陡然間結束，新換一種，於是，從頭來過。有的延時長，有的延時短，但都是從無到有，從生到熟，完整的週期。起先，幾種語音呈現孤立的狀態，各歸各的，漸漸地，互相滲透，融會貫通。就在語音的更替交疊中，視覺的世界成形，有了初步輪廓。

那時候，他大約七歲，住在上海虹口的弄堂。這條弄堂由許多條支弄組成，支弄通向的馬路，已經遠離路政和郵政上的號碼。熟悉的人，曉得如何從中抄道取近，所以，弄堂裡人車來往，尤其上下班高峰，嘈雜得很。中飯後的一二點鐘，則是寂靜的，孃孃——他跟隨生活的女人，孃孃午覺，他趴在窗臺上往外看。他和孃孃住的亭子間在一條支弄末端的房子裡，探出去，可望見一角街景。電線從梧桐樹葉裡穿過，停了麻雀，夏天，蟬的振翅聲，噹唧唧響。也有不午覺的大人，從支弄口的鐵門底下，進來或者出去。兩點多，接近三點，附近小學校就傳來眼保健操的音樂，旋律輕鬆明快，越發襯托出午後的寂寞。照理應該上學的，可他不是遷來遷去的，到哪裡報名讀書呢？孃孃在家裡教他識字，課本是一套繡像本《紅樓夢》。字和句，他學得會，釋解的道理，卻聽不太懂。比較認字，孃孃更熱中講道理，上課就變得艱深起來。白皙的兩頰上，浮起紅暈，金絲邊眼鏡後面的眸子，閃著光亮，直視孩子的眼睛。他有點害怕，還有點害羞，不是為自己，是為對面的女人流露的感情，與平時淡漠的外表完全不像。他也不敢避開目光，以為那是對孃孃的不敬。看著她微微顫動的鼻翼，薄嘴唇上很神奇地長了一顆痣。在他的年齡，對歲數沒有概念，所有人只分成小孩和大人，孃孃是大人裡的大人，因為有威儀。個子比一般女性高，腰背挺拔，走路步子邁得很寬。漆漆黑的短髮順著耳廓彎到腮邊，燒紅的火鉗夾成一個捲，頭髮的焦糊和著洗髮膏的氣味，在房間裡瀰漫開來，說不出香還是臭，卻有一股熱乎。孃孃的威儀更體現於——她不像大多數女人，拖兒帶女，拉家攜口，倒是像男人，獨立天地之間似的，這就取決單身的緣故了。

單身女人，和小孩子總是不親近的。姑侄兩人出去，孃孃從來不攙他的手，也不並排，而是一個前，一個後。前頭的提一個小小的軟皮提包，後頭的則是草籃或者帆布袋。前面的那個，負責鑑定貨色，衡量價格，交割買賣，後面的他，即時跟進，捆紮好的大包小包，逐一收起來。隨著採買的進程，輜重增加，負荷超過承受度，他卻有辦法。兩隻手在身前交替掄著，速度慢下來，前面的人並無覺察徑直走自己的，很快看不見身影，留下他彎腰曲背，左右換手，彷彿做一種特別的體操。他忙碌著，依然可騰出餘裕，觀看街景。電車鐺鐺行駛，路軌在路面盤桓，記憶深處的一點沉積在向上浮，浮，浮到中途又沉下去，沒有了。自行車絡繹不絕，又愛美的人，在輻條上繫一團紅綠絨線，轉成一朵盛開的花。和他一般大的男孩，滾著鐵環，從身後趕上來，嘴裡嚷著：讓開，讓開！女孩在地磚的方格子裡「跳房子」，也是要他讓開，帶著生氣的表情，就像縮小的孃孃。一架黃魚車在馬路中間飛駛，騎車人的兩邊肩膀輪番上下，有點像他，忍不住笑起來……終於走進弄堂，孃孃站在後門口，焦急地張望，她完全不明白重量和體力的關係。看到他交替著兩手出現，鬆一口氣，卻也沒有接一下的意思，只是等著他靠攏。男孩頭上汗氣蒸騰，讓她縮了縮身子，側身讓過去，然後關上門。司伯靈鎖一聲碰響，那個活潑潑地世界闔閉了。

回到房間，袋子或者籃子裡的大小包一件件掏出來，擺在桌面的玻璃臺板上，孃孃開始對帳。四兩白糖、半斤油、幾包香菸，四團棉線——都是憑票供應，孃孃自語地說，他卻入耳了，知道自己占用孃孃的份額，心裡慚愧。除此而外，醬油、味精、香腸、醬瓜、豆腐乳、冰蛋——一種奇異的食物，雞蛋黃的一方，常溫下融化成液體，用來補充雞蛋配給的不足。令人不解的是，既然雞蛋有限，做冰蛋的材料又從哪裡來呢？現在，孃孃計算的不是額度，而是鈔票，這也是他沒有的，依然分享了孃孃的利益。所以，對帳的全程，他都低頭看著雜貨鋪似的方桌，彷彿向這些物質致敬。錢數、票證、購買，三項對齊，接下來的勞動是歸放。一部分送入樓下公用廚房的碗櫃，一部分就在亭子間，櫥頂或者床底下，床底的藏納十分豐富，紙板箱、泡菜罈、餅乾筒、蓋籃、鞋盒，分門別類。這時候，他就從方桌邊上解放了，樓上樓下，登高爬低，一頭鑽到床肚裡。漆黑中，各樣盛器漸漸浮突輪廓，呈現細節，最後，連角落的蜘蛛網都變得清晰，歷歷在目。他的小身子，在箱籠罈罐之間遊走，孃孃的指令從很遠的地方發送過來，小手一準能摸到那一個，一點一點騰挪，抱在懷裡，匍匐著倒退出去，房間裡的光線讓他睜不開眼睛。出門總在孃孃午覺以後，來去路程，採買和對帳，差不多到四點鐘光景，西行的太陽正好走到後弄，對面人家的窗扇沒有扣緊，一擺一擺，夕照反射，變得銳利。

有一次，孃孃午覺醒來，房間裡沒有小孩子。以為他私自出去了，這是被禁止的。先是生氣，隨時間過去，依然不見人，就開始著急。下樓到後門張望，幾個小姑娘在跳皮筋，嘴裡唱著一支歌謠：「馬蘭花，馬蘭花，勤勞的人對你說話」，隨節奏踩著腳步，上下飛舞，前後翻轉，皮筋纏起又鬆開。眼花撩亂地看一會兒，終於開口問道，看見一個男孩沒有？孃孃用手比著高矮。小姑娘們表情茫然地搖頭，不明白這女人問的什麼，其中一個，討好賣乖還是惡作劇，說好像和過街樓的小毛去玩了。小毛是弄堂裡頂頑皮的孩子，出得許多促狹的主意，膽子又大，敢想敢做。規矩大的人家都不讓小孩接近他，他卻有一股磁力，特別吸引不安分的人。久而久之，形成一個小社會。孃孃向前弄堂走去，心別別地跳，腦子裡湧現危險的場景。沒有人，彎進一條橫弄，依然沒有人，人都到哪裡去了？照理是小孩子放學回家的時間。灶間的後窗，和樓上的前窗裡，無數的眼睛看著她，在一團麻似的弄堂裡走來走去。她向來離群索居，過著一種近似祕密的生活。走出盤結的小弄堂，不知怎麼到了臨街的弄口，十幾二十個男孩子，呼嘯著迎面而來。孃孃彷彿被颶風拍到牆上，緊貼著背，頭腦卻保持著冷靜，辨認其中的身影，沒有她要找的人。先放下一顆心，隨即又提起來，人去了哪裡呢？走回去的路上，她想著這孩子的好處，聽話、乖順、聰明，可不是聰明的嗎，要他做什麼，沒出口便懂了；讀書呢，《紅樓夢》裡的章句，也懂個大概，她曾經被問倒過呢！林黛玉的爸爸給沒給她錢？仰起臉，一雙大眼睛，黑白分明，眉間寬寬的，嘴角也是寬的，笑起來，左頰旋出一個渦，可惜不經常笑。

至晚，孩子也沒有出現。除了弄堂，再沒什麼地方是孃孃想得到的。採買日雜食品的店鋪，分散在幾條街上，還要穿越車水馬龍的大馬路，想他是不敢去的，連她自己也怕怕的，汽車喇叭都會驚一跳。所以，只能坐在床沿發愁。後弄裡瀰漫起油煙氣，熱鍋劈啪爆響，她卻沒有燒晚飯的心思。對面玻璃窗上的反光收起，一眨眼，就暗了，懶得起身開燈，由著房間黑下去。靜寂中，忽聽身下有窸窣聲，以為老鼠作祟，縱身一躍，站到門口。回頭再看，就見床單波動著，手腳並用爬出一個人。暮色裡，一大一小對視著，彷彿頭一次看見。孃孃摸到門框邊的拉線，燈亮了。

孩子低頭搓著手，手上沾了灰，身上也是灰，還有一點蛛網，臉上污漬斑斑的。孃孃低聲叱道：不要動！他不動了，垂手立在原地，等孃孃端起熱水瓶，倒進臉盆，再從銚子裡加一些涼水，浸入毛巾，敲敲盆沿，要他過去的意思。燈光裡，孃孃看見他臉上的污漬其實是淚痕，這孩子哭過了。她恨不能替他洗上一洗，將耳後、頸脖的積垢一併洗淨。可是她不習慣和小孩子肌膚接觸，她怕他們。養育的經歷在她是模糊的，小孩子就像特別的物種，即腌臢，屎尿乳汁眼淚鼻涕混合，同時呢，脆弱極了，好像玻璃器皿，一失手就碎了。看著他將半盆水攪渾，手臉則是花的，嘆一口氣，讓他端盆走在前頭，自己提了銚子和熱水瓶跟在後面，一併下樓去。公用廚房裡，那兩家都在燒煮。他們只是燒水，灌滿空瓶，讓他提上去，孃孃則提冷水銚子。有人從鍋灶上抬頭問：晚飯吃什麼？孃孃喃喃一聲，說的和聽的都釋然了。這天的晚飯，姑侄二人喝開水吃餅乾。餅乾是待客和生病時用的，為了防潮，紙包封嚴，裝進鐵皮火油桶裡，蓋子壓得很緊。因為很少客人，也很少生病，多日不啟動，焊死了一般，要用鐵勺撬，才能揭開。大牛奶餅乾，香甜鬆脆，方一入口，不由打個寒噤，然後欲罷不能，直吃到八塊，孃孃就收起了。眼睛跟著孃孃的手，紙包重新封好，裝進火油桶，闔上蓋，壓幾下。這就輪到他了，登著椅子，送上櫥頂。做為一個七歲的孩子，他的自制力算相當的強，但餅乾激起的欲望，卻折磨他很久，後來師師講述了一個故事，把他嚇著了。

故事說的是，有一個飢餓的小偷，潛入食品店，不是真實如此，還是講述者為效果杜撰的，這食品店位於馬路對面，孃孃的餅乾也是在那裡買的。小偷躲進櫃檯底下，打烊以後爬出來，大快朵頤。早晨上班，店員一推門，就看見地上躺著奄奄一息的小偷，嘴裡叫喊：乾死了，乾死了！店員立即餵他水喝，這一喝不要緊，胃裡的乾點漲開來，小偷撐死了！他想到進食餅乾的快樂，不由變了臉色。師師眼尖，轉頭對姊姊說：你弟弟很怕死！

師師住在相隔一個門牌號碼的房子裡，對孃孃說他跟小毛走了的，就是她。姊姊到孃孃這裡不到半日，就和她結識，成了朋友。兩個小姑娘站在後弄，交頭接耳，互換各自的收藏。髮卡、蝴蝶結、牛皮筋、跳房子的鈕扣串，有一次，師師摸出一顆玻璃彈子，說：給你弟弟！他不敢要，師師往他手裡塞，他握起拳頭，掰也掰不開，姊姊說：拿著吧！這才鬆手接住了。玻璃彈子停在掌心上，涼涼的，透明的球體裡有一瓣藍色的葉子。

入冬以來，尤其是他在床底下睡著，髒手髒腳爬出來，孃孃心裡一直盤算，如何給他洗個澡。晚上，他睡在靠窗的沙發上，和床之間勉強擠下一張方桌，隨著脫去棉襖、毛衣、毛褲，一股膻味越來越濃烈地充斥了房間。這是由小孩子的汗酸、乳臭、織物纖維裡的灰塵，混合而成。單身生活的人大多有潔癖，怎麼受得了！洗澡的事情變得迫切起來。最後，孃孃想到三樓亭子間的爺叔。爺叔是鋼鐵廠的鑄模工，一個人住在祖父母留給他的房子裡，平時上下樓點個頭就過去了，所以，爺叔打開房門，看見孃孃站在跟前，表情十分詫異。聽完來意，釋然了，一口答應。孃孃原本是請爺叔帶小孩去男澡堂，手裡捏著買籌子的幾角錢，爺叔卻說廠裡有公共浴室，他有富餘的澡票，只不過，這週輪到早班，小孩子要跟去，五點鐘必得起床出門。孃孃略有遲疑，但洗澡的事真是一天也不能拖了。

下一日，天漆黑著，上下亭子間的燈都亮了，孃孃坐在被窩裡，監督他穿衣服，吃早飯，臨睡前灌在熱水瓶裡的米，已經變粥。方桌上的布袋裡，裝著毛巾、肥皂、換洗衣服、中午飯的飯盒，也生怕他忘記。不一時，門敲響，爺叔一招手，人就跟出去了。

他跨騎在爺叔自行車的書包架上，雙手拉著前座底下的鐵槓子，車騎得風快，臉和耳朵立即凍得麻木。電車鐺鐺地駛過去，玻璃窗明亮的格子穿過暗街。自行車多起來，有超過他們的，也有被他們超過。馬路變得寬闊，兩邊的房屋矮下去，轉彎的時候，車身向路面斜下去，他以為要甩出去了，「哦」的叫一聲。下一次，爺叔的車子壓得更低，幾乎成一個銳角，他的叫得更大聲，帶了一種放縱的快意。爺叔上半身伏在車把上，彷彿蹬著風火輪。自行車彙集，洪流滾滾，濤濤向前。晨曦破開天幕，朝霞火速蔓延，太陽騰起，光從路的盡頭直射過來。就這樣，轟轟烈烈進了鋼鐵廠的大門。

爺叔是個一米九〇的瘦長條，這種體型的人，多半曲背含胸，似乎為自己的身高慚愧，顯得有點瑟縮。但當你走近跟前，卻不是了。爺叔的五官很周正，長眉幾可入鬢，單瞼的眼睛很明亮，高鼻梁，兩頭翹的嘴形，要是個女人就很甜，但他恰是個男人。單個兒看，爺叔還像個出力的人，大半因為長年穿一套鋼廠的藍布工作服，腳上一雙勞防大頭鞋。進到車間，幾十米高的穹頂，走著行車。空氣是滾燙的，瀰漫著鐵屑的氣味，耳膜受到重力壓迫，失去了聽覺，一張張漆黑的臉，張闔著嘴，露出白牙，陡然地，彷彿拔出活塞，一陣銳響，再又回到無聲。每個人走過身邊，都會在他頭頂擼一把，手勁大得能擰斷脖子。相形之下，爺叔顯得孱弱了。

爺叔領他在車間走一圈，似乎不曉得放他哪裡合適，哪裡都是危險的，物件、溫度、聲音、包括人，攜帶著暴力，從四面八方圍攏過來。他看出爺叔的害怕，這害怕傳染了他，身上起了戰慄。正當這一大一小不知所措，爺叔後背遭到狠狠一摑，隨即，就有一隻手牽起他的手，走開了。這隻手暖和，柔軟，而且調皮，大拇指彎過來，一個一個按他的手指頭，彷彿在點名。他用另一隻手挾緊了布袋子，快速交替腳步，奇怪的是，此時四下裡讓開一條路，變得平坦和安全，沒有遇到任何障礙的，他被帶進一個小房子。倚牆一排木板箱，鋪著棉墊子，還有小枕頭，那隻手將他輕輕一提，就坐上去了。一件花布棉襖壓在膝蓋，往腿底下掖掖，然後，手就到了頭頂，擼一下，勁兒挺大，但不至於擰斷脖子。腦袋歪一歪，又彈回來了。餘光裡的背影，套在粗硬工作服裡，卻是輕盈的，一閃，不見了。他開始適應環境，還因為小房子距離操作位置最遠，耳朵裡的壅塞逐漸鬆動，壓力減輕，甚至有幾線人聲穿透進來。左右看顧，在他側邊，張貼了宣傳畫片，芭蕾舞女演員，伸開手臂，做白鶴展翅姿勢。旁邊一面小圓鏡子，鏡子的掛鉤上插一枝塑膠花。相對的一側，垂著門簾子。小房子其實是從車間的角落，劃出的私人空間。腿腳在裹嚴的花棉襖裡熱起來，金屬撞擊的轟鳴變得綿密，就像一層螢幕，隔離了那個火星四濺的鋼鐵世界，他睡著了。

醒來的時候，眼前變了景象，太陽將小房子照得透亮，揭去棉襖，滑下木板箱。掀開門簾，先看一眼，然後慢慢走出去。仰起頭，穹頂就像天庭，高大和遙遠，充滿光明，一架行車從空中開過，窗戶有個人，向他招手。是她，小房子的主人，不用說，就知道。有人朝行車上喊：招娣，你的兒子嗎？上面的人回答：是的！他有些害羞，底下頭，退回到門簾後面。

中午飯，他們三個一起去飯堂，招娣攙著他走在前，爺叔跟在後，這樣，他就成了招娣的人。走進飯堂，又一次驚住了，那氣勢敵得過車間。無邊無際的桌椅，望不到頭的窗口，買飯的隊伍長龍般盤互交錯，每個人都在叫喊，勺子將盆碗敲得山響，人頭攢動，蒸汽在半空翻滾。他坐在桌邊，同時守著兩張凳子，防止搶占。招娣在隊伍裡鑽來鑽去，靈活得像條魚，人們都很縱容她的不守規矩，還很歡迎似的，這邊那邊都在叫「招娣」。爺叔負責傳菜，一份一份運過來，很快，三個人又聚攏了。他們的碗碟鋪了半桌，巴掌寬的五花肉，一整條黃魚，八寶辣醬，薺菜豆腐，紅燒蘿蔔，香腸雞蛋。他從包裡翻出自帶的飯盒，招娣過去打開，筷子頭撥拉一下，一撮雪裡蕻鱿魚，幾塊糖醋小排骨，令人難為情的，還有一條醬瓜。

招娣很寬容地說，留給我晚上吃泡飯，合起來放一邊，給他盛飯布菜。魚肉蓋在搪瓷碗上，筷子插到深處才挖出一團飯，米粒兒浸透了醬汁，胖鼓鼓，亮晶晶。額頭上沁出細汗，背脊也出汗了，真是痛快啊！下午的時間，內容比較豐富，招娣帶他上到行車，來回走了兩趟，從窗口往下看，人和機器變得很小。他不像先前那麼害怕了，獨自一個人溜邊逛著，慢慢逛出車間，站在外面的空地。原來這只是許多車間中的一座，前後左右，高的矮的，相距很寬，鋪著路軌，哐哐地走著車，車斗裡裝著煤塊、鋼渣和鑄件，走到路的盡頭，一拐彎，不見了。

比較這些見識，澡堂裡的經歷就算不上什麼了。大約還因為，招娣不能和他們一起，只有他和爺叔兩個人，氣氛多少是沉悶的。這一對樓上樓下的鄰里，其實相當生分。在爺叔面前脫衣服，讓他害羞，爺叔似乎比他更害羞，低頭彎腰，只將一張背對了他，這就看見爺叔背上的肌肉了。雙手合抱走到大池子，撲通跳進去，方才舒展開來。池子邊有個臺階，大人坐下水正齊胸，小孩子卻要溺著了，站直了，毛巾往身上撩水。霧氣裡，影影綽綽的，有人扯嗓子唱戲，咿咿哦哦，長一聲，短一聲。泡了大約一頓飯的工夫，爬上來，一大一小各自往頭上身上打肥皂。其間，爺叔幫他搓背，險些將他推倒，鋼廠的人，即便是爺叔，手勁都大，是那飯食吃出來的。蓮蓬頭沖掉肥皂沫，結束了洗澡。這時候，他們彼此稔熟了些，不像先前那樣窘，爺叔襠裡坦然地垂蕩著一大嘟嚕，帶了一種愛惜地擦乾了，套上襯褲。走出浴室門就看見招娣，在等他們呢，手裡拿著騰空洗淨的飯盒，放進他的布袋子，看兩人一前一後上了自行車。騎出數十米，回過頭，她還站著，向他揮手，車龍頭一拐，騎走了。

這簡直是聲色犬馬的一日，驚豔之餘，還有些微犯罪感。孃孃的許多問題，他都回答得簡要。水熱不熱，熱；人多不多，多；午飯夠不夠吃，夠——他沒有說他的飯給了招娣，換來饕餮一餐。他態度鎮定，引得孃孃多看了幾眼，那是一種見過世面的表情，彷彿任何遭遇都可波瀾不驚。時間過去兩週，有一日，爺叔下樓梯，見他站在二樓亭子間門口，問道：招娣好嗎？大人般的口吻，爺叔倒嚇一跳，嘴裡說著「好，好」的，腳下卻亂了，差點踩空，最後三級並兩級地下去了。跟爺叔去鋼廠僅此一回，後來，意想不到的，竟然又和招娣碰見。

將近春節，父親帶著姊姊來了。姊姊比他長四歲，過年十二，女孩子早發，已經有大人樣，行動也很老到。他記不得上一回看見姊姊是在什麼時間什麼地方，甚至想不起姊姊的相貌，一旦到跟前，卻彷彿從來沒有分開過似的，自動將手送進姊姊的掌心裡。這手可沒有招娣溫柔，粗暴地一甩，再送上去，很勉強地握住了。孃孃帶著妒意地說：到底是親的！父親說：他一個人也可憐。孃孃勃然大怒：難道我不是人？父親原本訥言，此時百口莫辯，不作聲了。孃孃一揮手，讓小姊弟出去，關上門。姊姊把樓梯踩得亂響，下到中途卻折返身，躡著手腳復又上樓，耳朵貼在門上。他跟過去，鑽在姊姊腋下，從鎖眼往裡看。什麼動靜也沒有。

兩人相跟著下樓，出了後門，有聲音叫他們：喂！隨即跑過來一個人，衝姊姊說：我看見你們了。他驚訝地望著來人，姊姊卻很鎮靜：看見就看見。口氣有點不友好，可那人並不介意，問：從哪裡來？姊姊說：關外。什麼關？山海關！這一段對答聽起來就像密語了，接下來的事情更讓他詫異，那人攙起他另一隻手，三個人向弄口走去，到馬路上了。這個人就是師師。他的手被左右牽起著，兩邊耳朵裡，一句遞一句，不間斷地來回，彷彿老熟人一般。都是普通話，但語音卻不同，為了互相靠攏，都修改了吐字吐詞，聽起來有些造作，他想笑，又不敢，生怕得罪她們倆。不知什麼時候，三人調整了隊形，師師換到姊姊那一邊，剩下他自己在這一邊。她們聲音低下去，手臂交錯，互相勾著脖頸，頭挨頭，咬著耳朵，似乎忘記了他。雖然受冷落，可他並不覺得難過，心裡很安寧。姊姊們的唧噥，太陽從冬天疏闊的枝條間灑下來，底下扯起晾衣繩，曬著被褥，老太太坐在街面，往鹽罐子裡填海蜇，身後的門開一半，看得見煤氣灶上的燉煮……

他還小得很，又是個男孩，不明白天下女性都有前緣，要麼不碰面，碰面都是舊相識。長大以後知道，其實男性也是的，但覺悟比較慢，不像女性直覺好，非得經過一些世事，彼此才認得出來。此時，落在她們倆身後，想著，自己有沒有朋友？要說有，就是招娣了，事實上，招娣是爺叔的朋友，他終究是一個人。

以後的幾日裡，姊姊和師師的友好火速上升，一大早，師師就站在窗戶下，聲聲喚著。相比較，姊姊表現得比較矜持，等叫上一陣子，才帶著頗不耐煩的臉色下去。聽到後門上司伯林鎖碰響的一聲，嬢嬢手裡正做的事情陡地停住，抬起眼睛，正好看見他的眼睛，姑侄二人對視一下，避開了。像一隻蚌殼樣的小小亭子間，彷彿掀開一條縫。自此，採買這件工作，就增加姊姊和師師。兩人一會兒走前，一會兒走後，又一會兒，走散了。嬢嬢明顯很高興擺脫她們，專給他買一塊蛋糕，有些拉攏的意思，可是，蛋糕剛拿在手裡，那兩人又出現了，咯咯笑著，花蝴蝶似地撲過來。嬢嬢露出不悅的表情，他呢，吃獨食總是尷尬的。不過，現在，籃子和袋子不用他負擔了，兩個大的背著挎著，輕輕鬆鬆回家。接下來的程序，卻不得不中斷，因師師也跟著上樓進房間，清點和對帳只好暫時擱置。師師這一來，就要待到向晚時分，窗戶底下又響起叫聲。這一回，叫人的人，是師師的阿娘，操著鬆脆的寧波話，讓她回家吃晚飯。

夜裡，他醒了一下，燈亮著，桌上排放著白天購買的日雜用品，嬢嬢坐在桌邊記帳，呢喃自語，吐出一些數字。他翻一個身，觸到姊姊散開的髮辮，鋪了一枕頭。他和姊姊睡大床，嬢嬢則換到沙發。他把臉埋在姊姊的頭髮裡，又睡著了。

父親放下姊姊，當天就離開，搭船去揚州老家，大約一個星期，方才回來。姊姊已經和弄堂裡的孩子相熟，一同跳皮筋，造房子，手把手唱「老狼老狼幾點了」。他在旁邊看，姊姊玩得熱了，脫去棉襖交給他抱著，然後，師師的棉襖也來了，接著第三個人，第四個人，圍巾手套，有個小姑娘，調皮地將自己的毛線帽，戴在他頭上。就在這時候，父親進來弄堂，熱烈的遊戲中，彼此都顧不上招呼。兀自走過去，從後門上了樓梯，不一會兒，從亭子間的窗戶探出頭叫他。他為難著，不知道手裡的東西怎麼辦，看見誰家門口有一張廢棄的竹椅，小心地放上去。剛要鬆手就聽一片驚恐的尖叫，小姑娘們停止遊戲，火中取栗般，搶過自己的衣物。他趁此脫身，跑回家去。推開房門，父親和孃孃各坐方桌一邊，神情嚴肅，他生出怯意，站著不動。孃孃說：把門關上！於是返身去關門，再回頭站好。兩個大人臉上顏色有些奇怪，青白中透著一坨一坨紅，好像哭過似的。停一時，父親開口了：以後，你管孃孃叫「媽媽」。孃孃接著說：這樣，你就可以在上海讀書。他有些懵，心裡恍惚著，問出一句話：我媽媽呢？兩個大人被問倒了面面相覷，然後，他看見孃孃的眼鏡鏡片奇怪地閃爍一下，戴眼鏡的人哭了。父親低聲吼道：出去！退出房間，一級一級下去樓梯，後弄裡換了遊戲，邊跑邊唱：我們都是木頭人，不許說話不許動！在最後那個「動」字，所有人都停止住，身體或前傾或後仰，邁出去的腳則懸空著，變成一群雕像。

第二章

他們三人來美國的順序是，姊姊第一，他第二，師師第三。

上世紀八〇年代開始，好事連連，接踵而至。已經在北郊三棵樹插隊的姊姊，保送工業大學；本科二年級時候，又推選公派留學，越洋渡海，來到美國加州，提前進入研究院數學課程；兩年公費期限內，拿下碩士學位，申請獲得全額獎學金，於是由公派轉因私，延長學業和居留；攻讀博士的同時，又選修一門會計，考下資格證書，應聘到一家會計事務所；等博士學位到手，再又修讀高級會計，向精算師進軍。若干年以後，他和父親以探親身分去美國，從舊金山出關，接機口看見姊姊，頭髮已經斑白。那年她三十二歲，他二十八。他和父親有三個月的簽證，說長不長，說短也不短。擠住姊姊距舊金山一小時車路的小公寓，單是一家三口倒還過得去，但姊姊有個男朋友，一個美國人，他們父子就顯得礙事了。每天一早起來，他就出門，先找一家麥當勞，洗漱和方便，然後四處閒逛。說閒逛並不準確，因是有目的。第一天，他找到去舊金山的公車，第二天，他就走到了唐人街。唐人街的景象，彷彿香港舊電影裡的鏡頭。牌坊門頭的紅綠彩漆和琉璃瓦頂，店招牌上的繁體字，過往行人南亞人的臉相，滿耳朵的廣東話。一家一家餐館看過去，看窗玻璃上的菜碼，大致差不多，無非麻婆豆腐、咕咾肉、酸辣湯、揚州炒飯——他不由一笑。還有用工告示，一律聲明要有合法居留和工作許可證件。門後面的眼睛，帶著警覺的表情，跟隨他移動，心裡暗笑，就曉得聲明裡的樞機。下一天，又來到唐人街，推門走進一家，要了白飯和麻婆豆腐。那老闆記得他的臉，在這裡，生面孔總是引人注意。不一時，盆光碗淨，放下筷子喊「買單」。老闆送上帳單，他算了算，加進小費，點出兩張碎錢，遞過去，交接之際，問一句：要不要大廚？老闆不說話，攤開巴掌，動動手指。他從懷裡掏出護照，拍上去。老闆打開護照，看一時，再抬眼看他一時，來回幾番，最後闔上，說一聲：收好了！他立起身往外走，走到門口，身後的人問：幾時來？並不回頭，豎起三個手指：三日內！之後許多年，這一主一僕，都是這樣參禪似的交道。

接下來的三日，就是要找一個住處。上城下城，城裡城外，走了兩天，最終還是來到應工的飯館求詢。老闆問幾口人，他回答兩口；什麼關係？父子；老闆定定地看了他：孝子！他倒低下頭去了，天經地義，他說。唐人街可說是個遺世獨立的小天地，裡面的人，都有一生沒有邁出去過的，出去的人呢，覺得外面的大世面，匯總起來亦不過是個唐人街。眼前這個年輕人，則有些超出老闆的經驗。他膚色白亮，眉眼開展，初來乍到，卻摸得到關要，對得上話，不知道什麼來歷。收起問題，只叫按時上工，其餘事交給自己。又過三日，即通知看房了。就在唐人街上，一幢樓裡的一個套間，局促是局促，但是廚衛俱全。房主是老闆的同鄉，廣東臺山籍，在海邊買了大宅，舊屋正閒置，分租出去。因有老闆擔保，免押金，租費也在他工錢可承擔的範圍。他看見姊姊廚房裡冰箱貼底下，壓著帳單，誰買了什麼，一清二楚。中國人講「親兄弟明算帳」，終究沒有這樣公開，所以他不能向姊姊開口，哪怕是借。床、桌、椅、櫃、灶具，都是現成，稍作收拾，粉刷四壁，給地板打層薄蠟，添些零碎日用，三天過去，他和父親搬了過來。

這幢樓臨街，探出窗戶，便是市廛景象。拉貨的推車軋過路面，南北貨的熏臘味撲面而來，糕餅鋪子的蒸汽，浮起白霧，行人絡繹。住下不久，星期天姊姊來探訪，進門正值午飯時候，一口大砂鍋，骨頭湯裡滾著肉片魚丸蛋餃加白菜粉絲，俗稱「全家福」，一條紅燒黃鯧魚，拍黃瓜拌蒜，「老乾媽」辣醬爆茄子。二話不說，坐下來端起碗，吃得氣喘吁吁。下一次，也是星期天，姊姊來了，帶著兩個中國同學。再下次，就是三個。漸漸地，這裡成了據點。有時候，不用姊姊帶，中國同學自己也會上門。倘若他在班上，就由父親安排飯食，簡單些，但熱乎的，管夠！姊姊的美國男友一次沒來，他和父親都注意了，都沒有說破，似乎意識到這話題的危險性，而他們又過度謹慎了。這兩人都是矜持的性格，難免沉悶，姊姊同學的造訪活躍了氣氛，家裡變得熱鬧。父親和男同學碰杯猜拳，玩「老虎槓子雞」。同學說：老伯何方人氏，口音很混淆啊！父親哈哈大笑：兩間東倒西歪屋，一個南腔北調人！倒在床上，睡過去了。

這段日子讓人懷想，姊姊枯黃的臉豐潤起來，三口人時而說道說道，扯些閒餘。少不了也要遊覽名勝，金門大橋，漁人碼頭，但終還是回到唐人街上的小屋，吃點喝點舒坦。在這臨時寄居中，逐漸形成家居生活的模式。不覺間，三個月的簽證到期，父親回去，他又續簽三個月。事實上，領到第一筆工錢，他一氣繳納半年的房租。小屋子被他打理得十分齊整乾淨，門窗加固，油了新漆，換了潔具，順便將整幢樓的管道一併疏通。看起來，從開始就作了長遠的打算。父親走了，姊姊的同學漸漸也散了，一是他鎮日上工，家中經常鐵將軍把門，二來也因為生活變動，或遷移，或畢業，有了新方向。留學的生活總是漂泊。姊姊來的也稀疏了，常常是到唐人街買菜順便去他店裡吃一頓。她那男朋友倒出現了，坐在餐桌前，捏著筷子，臉上露出貪饞的表情，時不時地說一聲「謝謝」。他方才看清這張金髮碧眼的美國小生型的面孔，想來對方也是。在姊姊公寓同住的十來天裡，他們彼此都沒有正眼看過，一半是生分，另一半，不是嗎？他們雙方都是緊張的，只留下模糊的印象。吃完飯，這好萊塢男星般的人物，取出鑰匙鏈，上面拴著一具小電腦，核對價目分配支出，讓他看不下去，順手抽去帳單，買走了。事後，老闆對他說，大可不必，倒以為你姊姊求他，美國人是另一種人類！他決定下一次不買了。到了下一次，那男孩向他綻開笑容，他看出這孩子比姊姊、也許比他也小，心裡又不落忍了。

傑瑞——這是他的英文名，傑瑞，你好嗎？那男孩向他招呼。好的，你呢？他回答。我也很好，很高興又見面！男孩念書一樣吐著中文。我也是，他說。真的太好了！是的是的！兩人一句去一句來，很是熱切。不過幾個回合，那孩子的中文詞庫就見底了，他的英語卻還有餘裕。天生的，他對語音有辨別力，其時，已經能簡單地聽和說。在那些炒豆子般蹦出的語音底下，其實沒什麼要緊內容。中英夾雜，時斷時續的交流中，逐步知道男孩來自德克薩斯州的農戶，「德克薩斯」，做一個騎射的動作，表示「牛仔」的意思；他是家裡的小兒子，豎起小手指頭；攻讀金融專業，手指頭撮起來，摩挲幾下，數錢的動作；希望將來去到紐約華爾街做事，雙手繞到頭頂，食指晃動，後來知道華爾街上有一座金牛，代表股市的強勁；最後，以中文「我愛中國」、「我愛你姊姊」為結束。站在店門口，看兩人走進人流。午後的唐人街市聲喧嚷，西岸的豔陽照得目眩。他想不出德州男孩會愛身邊這個形容消瘦的女人，也想不出她會愛他。不是說不般配，不般配的有情人世上多得是，眼前的男女，則互不相干，遠開十萬八千里。

一旦安頓下來，時間就過得快了，續簽的三個月轉眼間到尾巴，然後，尾巴也收梢。他黑下來了。唐人街上滿是黑著的人，多一個何妨？老闆就是過來人。他只顧慮姊姊，姊姊倒不像介意的樣子。有一次，提起身分的事，他說自己沒有所謂，不曉得人家怎麼看。話裡的「人家」指姊姊，也指德州人，他將頭向旁邊偏了偏。姊姊說，她有什麼所謂？又加一句：反正，我們這種人總是錯的。德州人搖她的手，急切要知道他們的談話，認真聽著翻譯，問道：什麼才是對？姊姊說：歷史。他似懂非懂，來回看著面前的兩個人，彷彿在想，這些不可思議的中國人！

免不了的，移民局抽訪店家，前堂叫菜的鈴兩響一停，他放下炒勺從後門出去。背街裡站著的，全是黑戶頭，他們互相借火點菸，沿著巷道溜達。牆角的污水溝，垃圾桶裡的動物內臟和剩飯菜，散發著中國氣味。外牆上一厚層油煙，是庶民的鄉愁。

後來，他是順著政治庇護的潮流，通過閘門，獲得居留。那些黑了七八十數年，難民監進進出出的人，稱他「福將」。他倒也不那麼自得，因覺著不過早晚的事，有些道家的精神，其實是走哪座山，唱哪支曲，相信天無絕人之路。如此，就和老闆定了勞工合約，收入上去一截。又過了兩年，姊姊考到精算師資格，去東岸發展，他就也計畫動一動。他們這一對姊弟，向來聚少離多，生活在兩個社會裡，越行越遠。然而，很奇怪的，有幾次，他在後廚灶火上，忽的一機靈，跑到前堂，正看見姊姊從門口走過去，這就是骨肉。做滿合約，房屋的租賃也到期了，老闆早以為他會辭工，開闢自己的事業，在美國，任何人不可小覷，艾森豪都端過盤子呢！爽快地結了帳，正值中國年，額外給一個大紅包。收起紅包，低頭退步，一轉身離去。就曉得他記住了，走到哪裡都不會忘。

居住法拉盛的第三年，師蓓蒂來了。她沒有找姊姊，而是直接找到他做工的飯館。下午四時許，還未上客，專做了碗魚丸湯粉給她。坐在菜案兩頭，中間一堆乾鮮食材，一個吃一個看。他完全記不得這女人的模樣，小孩子的變化本來就很大，幾乎換一個人。再說了，他與她，中間又隔著一個姊姊。她們是朋友，可惜蜜月期迅疾結束。女孩子的交情來得快，去得快。還沒有意識到爭端開始，形勢已經激烈起來，兩人針尖對麥芒，一句不讓，出言越來越惡毒，都是揭傷疤的話。小孩子知道什麼，還不是弄堂裡的風言風語。市井的人，談不上有什麼用心，就是嘴碎，大小事都拿來嚼舌頭。炒豆子般的語音中，姊姊響脆的普通話顯然占壓倒之勢，師師絕地反擊，銳聲叫喊道：誰，誰啊？吃官司，坐監獄！猝然間，後窗露出孃孃煞白一張臉。上來！壓低喉嚨說出兩個字。姊姊顯然被鎮住，沒有和孃孃對著來，而是轉身進了後門，他則緊隨其後。後弄裡格外寂靜，卻彷彿每扇窗後面都有耳朵。夜裡，迷濛中，房間亮了一盞床頭燈，父親彎腰捲起地鋪上的被褥，姊姊坐在床沿編辮子。下一時，父親和姊姊就坐到方桌前了，低頭吃粥，粥碗的熱汽在燈光裡結了一層霧。再一時，父親站在床腳，向他豎起食指壓住嘴唇，然後，一大一小出門，留下他和孃孃。燈亮著，在晨曦中暗下去，暗下去。有零星爆響的炮仗聲，是舊曆新年的餘音。接下去的日子，師師還會來到窗下，眼巴巴向上望，她已經忘了那一天的齟齬，或者，並不以為多麼嚴重，吵幾句嘴，就算說了重話，又怎麼啦！天氣向暖，後弄的遊戲啟動。人都長了一歲，尤其女孩子，開始學做淑女，不願意奔跑蹦跳，而是圍坐一張方凳打撲克。師師將他拉到膝上，替她摸牌，說他手氣好。這樣的年齡，相差三四歲就像兩代人。孃孃的臉又貼在後窗，他哧溜滑出師師懷裡，腦袋磕著師師的下頷，把她嚇一跳。

對面的女人，筷子挑起米粉，撮了嘴吹氣，然後「忽」一下吸進去。依稀回來一點記憶，卻轉瞬即逝。眼前的師師，有著飽滿的臉頰，雙眼皮很寬，彷彿墨筆描畫的，唇線也如描畫般鮮明。這一張臉凸起在後廚灰暗的光線裡，周圍的事物都失去三維的立體感，變得平面。看她吃湯粉，不由也有了胃口，就像一種職業病，廚師往往缺乏食欲。他伸手向她碗裡添加佐料，胡椒、蒜末、辣油、芝麻醬、壓碎的花椒粒子、芫荽，她一筷子攪進。額頭上沁出細汗，皮膚就像上一層釉，光潤極了。往後梳攏的馬尾，散下幾綹頭髮，漆黑地黏在腮邊。吃完魚丸米粉，放下筷子，雙手舉著碗喝湯，藍花瓷的大大碗公，漸漸埋進臉，停一停，徐徐放下，心裡喝一聲：好吃相！推去一盒紙餐巾，師師刷刷抽幾張擦了嘴，問：你那裡可以不可以住？這才留意到腳底下兩口拉桿箱，箱子上一只「庫奇」手袋。似乎是要跟上某一種節奏，不等想一想，他應聲答道：當然！就這樣，師師住進他的房間裡。

單身人的居處，總歸是簡單的。還不像舊金山的租屋，最初與父親同住，小雖小，設施齊全完整。這時候，是和人分租。房主將一幢樓切割成十幾個單元，單元內再分割。照理不合法，但法拉盛這地方，自有生存原則，就是最大限度降低成本。他算是闊綽的，獨占一間，廚衛卻是公用。因互相借地，他的房間呈手槍形狀，因地制宜分成兩部。門開在「槍把」，就作一個小小的玄關；「槍身」是面積的大部，還有一扇窗，睡臥起居在這裡進行。現在「槍身」讓給師師，他退到「槍把」，勉強擠得下一張鋼絲床。他下工總要在凌晨，師師已經入眠，關了燈，窗外透進天光，就著這點亮，進來出去，方便和洗漱，揭被上床。睜眼平躺，伸展一下腰背四肢，奇怪的是，多一個人，反倒更靜了。這靜並不來自四下裡，而是從心底生出，不一會兒，便做起夢來。師師起夜，也是就著這點光，從他床邊經過，把掉落地上的被角撩上去，順便看一眼夢中人，這張臉，彷彿一瞬之間，從小男孩長成男子。回到床上，又睡著了，方才一幕沉入忘川。

一覺醒來，就是日到正午，裡外大亮，師師多半不在。本可以放開手腳動作，卻還是拘泥著，因四處都是師師的東西。矮櫃上一排排護膚和化妝的用品；床下是各式女鞋；衣櫥裡，成了女裝的天下；窗下的晾衣服架上，是洗滌過的女裝，間雜著他前一日換下的幾件；吃飯桌鋪了鏤花織巾，壓著玻璃茶盤；冰箱上是各種沖劑的瓶和罐，裡面也是滿的。原先的床他幾乎不認得，麻布底貼補花的罩單上堆了大小靠枕，牆上掛一幅世界名畫的繡品，還有一幅花卉的織錦——眼前忽地跳出一個人，招娣，遙遠的，卻很清晰，鋼火世界的溫柔鄉。他小心翼翼地找尋東西，經過師師的歸置，這些東西都換了地方。從櫥櫃裡抽出自己的衣服，迅速離開，做賊似的心虛，覺得非法侵入人家的生活。他上工時候，師師還未回來，黑白不照面的，一過就是五六天，直到他的兩週一休的假期，才一同吃了頓晚飯。

點起酒精爐，坐一口鋼精鍋，他從餐館帶回牛肉片、雞片、魚片、大蝦和蔬菜，燙熟了沾佐料。佐料是他自調的，配方很奇特，除去通常的醬醋，芝麻和花生都是炒熟了碾成末，胡椒也是用刀面壓碎，再有獨家創製的一項，黃芥末，本是熱狗攤上的必備，但他從不排斥外來。吃一道葷食，撇去浮沫，添上水，等著鍋開。師師說，大約還要住些日子，房子不好找。他說，隨便，住多少日子都無妨！師師說，房租平攤。他說，何必，一個人是住，兩個人也是住。師師不依，非要對半，說他占小，她占大，本應該三二分，但她還沒有收入，手頭緊。想不到一個直爽人，卻有這麼一本細帳，為給她個安心，就說，三二拆帳很好，但必是他三她二，否則，沒商量！師師不再爭執，定下了。湯滾了，扔進幾片生菜，轉眼變得碧綠。師師撈起來，分在各自碗裡，說：照理我應該找你姊姊的。他說：找我也一樣。不料，師師忽然激動起來，筷子再鍋裡亂攪：你姊姊看不起我，從來都是，現在更是！沒有的事，他說。你不知道！師師越加憤怒，他只好不作聲。她漸漸平靜下來，說：你很好，很乖，而且比你姊姊好看。不知如何回答，低頭訕訕一笑。你長變樣了，她接著說，隨即解釋，不是不好看，但是另一種，那時候，弄堂裡的人都叫你「小白兔」！他不知道自己還有這麼個別稱，不禁笑出聲。大家猜你是孃孃的私生子，可是看起來一點不像，慢慢地，就不傳了。他驚異極了，抬起眼睛盯著師師，師師躲閃著，吃吃的笑：弄堂裡的人最會造謠言，其實都知道，你孃孃頂清白了。他拿眼睛跟了師師一陣，直等她笑得仰倒在床上，叫嚷道：你看我做什麼，又不是我傳的！他欠起身，越過火鍋，拿筷子在她腦門上敲一記，順手往鍋裡下一束面，再下一把香菜和蒜苗，分在兩個碗裡，滅了火。

師師坐起身子，繼續說：你孃孃的先生，也就是你的姑父，一九四九年去了臺灣，每年託人從香港轉來生活費，否則，她怎麼開銷，又怎麼養你？他想起孃孃坐在桌邊清點對帳的畫面，隱隱有些相信，可是，緊接著，更炫的事來了：你姑父是這邊派去那邊的潛伏人員——他手中的筷子都要滑落地上了，否則——又是否則，三反五反，文化大革命，你孃孃怎麼一點事沒有？他真是要折服弄堂的情報系統，想得到想不到的都在掌握中。火鍋的沸騰平息下去，酒精爐熄火之後乙醇氣體，在空間中積聚，神志有些昏沉。傳奇還在進行中：你孃孃完全不知情是不可能的，所以，也可能是內部的人，通過無線電波段聯絡——他禁不住說話了：孃孃家沒有收音機。師師輕蔑地哼一聲：會讓你知道嗎？他住嘴了，市井人生的想像力無從對抗。歸根到柢，師師總結道：你們家和別人家很不一樣！這一點，他默認了。師師轉身推開窗戶，將屋裡的油煙散去，快手快腳收拾著飯桌，殘湯剩菜倒入塑膠袋，碗筷撿進鍋裡，命他端去廚房處理。推開窗，讓味道散出去。夜涼如水，月亮掛在中天，亮堂堂的，稍停一時，復又合上了。

洗漱就寢，關上燈，房間卻彷彿一池清水。他發現窗玻璃擦乾淨了，雖然有窗簾，還是透得進亮，照見彼此枕上的臉。師師說：中間要不要掛幅布幔子？他說：明天我來掛。師師又說：無所謂，小時候我都抱過你。就想起坐在師師膝上摸牌，孃孃探出頭，他一下子溜下來跑進門裡面。要說，孃孃真有些神祕呢，也難怪有流言，不覺笑起來。那頭的人發問：笑什麼呢？這頭的人還是笑，止也止不住。只好任他笑去，笑一陣子，勉強止住，那頭卻傳來一聲嘆息：照規矩，我應該付大頭，你付零頭！話又說到房租的事上來了，不想再起一番推讓，就不搭話，翻身要睡，不料那人坐了起來，有話要說，他也坐起來，洗耳恭聽。緬街東邊，有一家文玩店，老闆也是上海人，我想租他一角櫃檯，出租錄影帶。此時她背了光，臉在暗裡，但撲鼻而來一股氣息，由沐浴液、護膚品、被窩的溫度、身體和口腔的微酸的甜。公共圖書館裡的錄影帶，大多是港臺功夫片、警匪片，而且老舊得很，現在國內的電視劇多是生活片，肯定受歡迎！他想不到師師到法拉盛十天半月的時間，已經去到比他多的地方，並且有了結交，感佩中，師師又轉了題目：為什麼不開餐館？她興奮起來：好不好？你做後廚，我負責前堂？他這才說話：不好。為什麼？太累！師師洩氣道：你不像你姊姊，沒有奮鬥心！他說：你們倆倒很像，為什麼鬧分手？這話擊中她痛楚，躺倒下去：天曉得！遂又道：山不轉水轉，總歸要見一面的。他含糊應著好吧，也躺回去，心想，剛來美國的人，要考慮多少事啊！兩人靜一會，將要入眠，那邊又發聲：你長得像你媽媽！他睜開眼睛，睡意全無，頭腦一片清明，然後想到：今天沒有去大西洋城。

下一次休假，他向師師建議去大西洋城玩，師師拒絕了。理由是，像她的性格，一旦涉賭，終身難戒，最終墜入深淵，所以，從開頭就不能沾手。師師的自知之明令他既驚訝又慚愧，自後，也去過幾回，但興致大不如前。漸漸的，疏落下來。如此結果，不全因為師師說話有多大的影響，而是新的秩序破除了舊有的，新舊間的差別很簡單，就在兩個人和一個人。每個休息日，一同吃晚飯，有時自做，有時從飯店打幾個包回來。吃過了，收拾好碗盤，擦淨桌子，師師就攤開帳本登記收支，還要他核查。看著瑣瑣碎碎的豆腐帳，他覺得好笑。大廚的收入足可買房置地，養活一家老小，但也不敢違拗。師師堅持「親兄弟，明算帳」，是公平原則，更是自尊心。現在，還未決定生意的方向，暫時謀到一份超市收銀員的零工，所以也是有收入的人。他總是強不過她。燈下的一幕卻似曾相識，只是孃孃換成了師師。仔細算來，師師正當孃孃那時候的年齡，不同的是，自己從小孩長成大人。

他們一起去見了姊姊，約在曼哈頓中城的義大利餐館。到地方，坐下來，他才發現兩位女士都是盛裝出行。新做的髮型，精緻的妝容，師師穿旗袍，外罩兔毛短裝；姊姊則是西式套服。他對女性裝束向不為意，此時看到的不是華美，而是一股肅殺之氣，從左右逼近，挾持著他，不由緊張起來。那兩人略頷首點頭，伸手做「請」的姿勢，然後款款入座。他不敢看她們，低頭看菜單。兩邊的人寒暄著，表情矜持，同時又有點惘然。分手時還是小女孩。如今已人到中年，原先的那一個完全不見蹤影，好比俄羅斯套娃，藏到最裡面去了。他很快看完菜單，這一家義大利館，晚上供應正餐，中午只有二選一，細麵和通心粉。吃什麼？他問，眼睛還在菜單上。師師先點，姊姊說，又補充一句，叉子不好對付麵條，通心粉比較——話沒落音，師師已經決定了：細麵。姊姊一笑，也點細麵，有點叫板的意思。似乎為緩和對恃的局面，他點了通心粉，說道：都說麵條是馬可波羅從中國帶回去的，可也太死腦筋，一百樣麵，都是番茄醬加芝士粉；所謂通心粉，其實就是麵疙瘩，算得上變通，結果呢，番茄醬芝士粉；最可笑是一種餃子，兩張餛飩皮合起來，四邊按一周，還是番茄加芝士……他變得話多，連說帶笑，那兩位臉上露出不耐，幸好，上餐了。師師坐直身子，左手握勺，右手握叉，挑起一綹，抵著勺子，然後叉子向外快速旋轉，捲起麵條，送進口中。看得出私下經過練習，有備而來，他暗暗叫好，一顆懸著的心落地了。再看姊姊，不動聲色，單手持一柄叉，直立於盤底旋轉，不多不少一卷麵條，送進口中。他左顧右看，目不暇給，倒忘了自己進食。

正值上座高峰，店堂裡滿是人，多半義大利裔，都在高聲說話，格外顯得他們這一桌靜。師師噗嗤笑出聲：外國人嫌中國人吵，我看也吵不過他們！姊姊說：義大利人原就是歐洲的鄉下人！師師說：外國也有鄉下人！姊姊說：哪裡都有三六九等。師師說：哦，懂了。隨即又道：艾森豪也端過盤子！這句話是從他這裡搬過去的，放在此處別有用心。姊姊說：

這就是美國，英雄不問出身，但當機會來臨時候，要做好準備。師師說：謝謝，你一向都教我！

聽她們一來一去，就像武林過招，讓他背脊上出汗，不曾留意什麼時候，盤子空了。那邊一個雙手，一個單臂，也掃淨戰場。他做主點了飯後茶，心想這一餐該結束了，不料，師師那一句「你一向都教我」喚起過往回憶。姊姊說：你教我好不好，教我上海話！師師說：上海話有什麼稀奇，最不上檯面，我們班裡有個北京轉學來的小孩，朗誦、發言、演戲、叫口令，都是他！姊姊說：全國人民都知道，上海人把北京人也叫做鄉下人！那是他們沒眼界！師師說。我到上海，你頭一個和我說話！姊姊說。兩人都動了感情，眼睛裡滾著一點亮。多少時間過去，小孩都長成大人。兩人的身體向前傾去，平放在桌面上的手，馬上就要觸到了。這種突發的熱情讓他感到危險，彷彿箭在弦上，轉眼間形勢轉變。她們很快平靜下來，喝著茶，談起眼前的事。師師告訴說她用的也是探親簽證，和他一樣，下巴朝他方向點一點，但只是名義，事實上——姊姊說：明白明白，很多人都是這樣！師師接著說，有三條路，一，政治庇護；二，轉工作簽證；三，大不了的，結婚！他都不知道師師有這許多打算，看起來，她造訪過移民律師事務所。姊姊也用下巴朝他方向一點：他的時機已經過去，第一條路不太可能；第二條路，你有什麼特殊技能嗎？好，還有結婚，破釜沉舟的一記——她們的身體再一次向前傾去，卻不是親睦的姿態，而是蓄勢待發，他呢，是局外人，坐壁上觀。

姊姊繼續說道：結婚，很好，是個女人找個男人就行，放眼望去，滿大街的人，外國人又長得好，連乞討的都像電影明星，其實，你知道是什麼貨色？變態，暴力，性侵，她抬起手劃拉一下，指不定就在這些人裡面！師師不服氣：結婚還是大多數，你不也找了個美國人？這話又是從他嘴裡聽來的。姊姊停了停，好像噎住了，然後冷笑一聲：這就要回到先前的話，是不是作好準備，奮鬥到什麼地步，就有什麼婚姻！師師也冷笑：奮鬥到什麼地步，緣分不到，還是不成！這一回，姊姊真的笑了：美國這地方，就是不相信緣分，只相信人力！師師卻不笑了：真的嗎？哥倫布發現新大陸，不就是有緣！他和姊姊都有些被驚到，想不到師師會提到哥倫布。姊姊說：那是上帝的選擇。師師說：那就是哥倫布和上帝有緣！姊姊定定地看師師一會，點頭道：好的！他趕緊招來服務生結帳，這頓飯吃得實在太久了。

出來餐館，走上大街，星期日的曼哈頓，人車熙攘，沿街擺起臨時攤位。太陽當頭，什麼都在發光。三人同路一段，時不時被對面人流沖散，再聚攏。有一時，她們兩人走在一起，他尾隨。望著前邊的人，恍惚中，變得很小，十來歲的小姑娘，勾著肩，挽著頸，轉眼間，走得看不見。日光刺痛眼睛，他手搭涼棚四下搜尋，發現就在一步之遙，站定了等他呢。要分手了，她們熱切地說著「再見再見」，甚至還擁抱了一下。姊姊撫摸著師師的兔毛短外套：很漂亮，不過動物保護主義要抗議了。說罷即轉身離去，下了地鐵口，師師應接再快也沒有時間回嘴了。人潮湧動，師師走得很快，一語不發，小跑幾步才能與她平齊。他看見她在哭，想勸解又無從勸起，躊躇間，又拉下了。在餐館裡不覺得，到了大街上，師師的這一身就顯得突兀。紐約人其實是野蠻人，從國內來總是帶著好衣服，往往沒有機會穿。

乘上回程的火車，七號線穿出月臺，蜿蜒在曠野。地平線無限廣闊，呈現球面弧度。地上物疏落地分布著，天空高遠極了。師師依然不說話，但情緒已經平靜，從手袋裡摸出粉盒補妝，車身晃動的間隙，細細抹一層唇膏，抿緊嘴，再鬆開，有一種重新抖擻的表情。他卻軟弱下來，彷彿虛脫了。這哪裡是吃飯，分明一場戰爭，勝負難分。雖然收尾一句話由姊姊說出的——誰說最後一句話誰是贏家，但這只是一般的規則，具體來看，姊姊放下話即跑路，多少有落荒而逃的意思，贏面也有限。倘若慢一步，不知師師會有如何一發子彈？他不得不佩服她們的急智，還有韌勁，一招過去，必有一招過來，眼看著窮途末路，不料山不轉水轉，又起一輪回合。但是，兩邊都動了真氣，形勢就變得嚴重起來。

這一天餘下的時間裡，師師都沒有說話，他便也緘默著，生怕招惹了她生出新事端。從旁觀察，卻不像有怒意，而是沉吟之色。他自個兒去緬街東頭文玩店消磨了半日，上海老闆，人稱胡老師。師師曾經想搭他的門面出租錄影帶，胡老師考慮錄影帶是大眾消費，難免傷了古雅的風氣，要知道，他連行貨都不做的，於是婉拒了。買賣不成人情在，何況還有鄉誼，一來二去，他也和胡老師交上朋友，師師倒退出了。胡老師是四〇年代末生人，高中畢業去新疆建設兵團，文化革命結束後，香港的父親擔保來美國。本意是繼續中斷的學業，他說，寧可坐苦力也不讀書，做老師的年齡做學生，輩分都錯了。資助的學費用做本錢，二十年的工夫，身分有了，生意有了，老婆也辦來了——胡老師說，他不能像父親，棄下糟糠，自己奔前程，為這個海外關係，他們吃多少苦，否則，他早就是大學生，真正的胡老師。不過，新疆的經歷這時候派上了用場，他從和闐玉起家。開始在曼哈頓聯合廣場擺攤，終於遇上識貨的——紐約這地方，藏龍臥虎，看上去垃圾癟三似的，不定就是個大亨！胡老師說。

從文玩店裡出來，慢慢走回，暮色降臨，人潮散去，安靜了許多。進門看見，房間裡擺了飯桌，三菜一湯。師師呢，還是那一襲盛裝，端坐著等他，好像有話要說，最終也沒有說。吃過飯，師師自去浴室洗漱，他立在窗前，看底下的街道。拐角上有一家麵包店，每天這時候，都有一個中國男人帶一個混血孩子來買麵包，他發現孩子長高一截，意識到有日子沒從樓上看風景了。麵包店老闆是猶太人，髮頂扣著小花帽，表明朝聖過耶路撒冷，推開店門向外張望，像在等什麼人，也許是那個拉比模樣的大鬍子，兩人站在馬路沿說話，可以說很長時間。月亮都升起了，一徑升到樓頂上，然後停住。市廛後面，是廣袤的未開墾的處女地，伸展到地平線。猶太老闆沒有等來他的朋友，退回店裡。顧客忽然多了，玻璃門頻繁地開闔，漸漸沿出一條隊伍，路燈投下一列人影。「叮」一聲鈴響，在澄澈的空氣中傳得很遠，然後，隊伍向前移動。就知道，八點鐘了，剩餘的麵包開始打折出售。

一地月光，恍然中，又來到那園子裡。竹枝搖曳，沙啦啦唱歌，無數「個」字下雨般蓋了層層疊疊。他和黑皮踩著地上的影，嘴裡喊道：踏著一個，踏著一個！他們是從牆上的豁口鑽進來的，看園人回家了，就成了他們的天下。太湖石受光的面雪白，背面漆黑，他們在黑白之間捉迷藏，拍著巴掌，循聲追去，聲音卻到了身後。他們走散了，看不見人，只有東邊擊一掌，西邊擊一掌，時遠時近。石窟窿連著石窟窿，出來一個，進去一個，黑的一個，白的一個。擊掌消失在洞窟深處，他聽見自己的心跳，勻速，輕捷，腳下踏的是脈動的節拍。忽然間，眼前一片亮敞，石窟陣退去，站在橋上。水面蓋滿浮萍，有個小人影，走動起來，才知道是自己。擊掌聲又響了，一抬頭，太湖石頂也有個小人影，是黑皮呢！一仰一俯，對望著，就像隔了千年萬載，不約而同嘻嘻一笑，橋頭匯合，再「踏著一個，踏著一個」，出園子去。

第三章

有一段時間是斷開的，一截一截，一幅畫，一幅畫。「个園」是一幅，運河是又一幅，還有高郵湖——站在湖邊，看挑夫擔雞頭米下船。暗紅色球狀的果實，拖著泥水，挑夫小腿上暴突的筋，看得出負荷的沉重。浩淼的湖水，望不到邊。木船的搖櫓聲，吱吱嘎嘎，近來又遠去。運河與高郵湖，這兩片水域之間的關係，他從來沒有搞清楚過，似乎隔斷，又似乎相通。只看見堤岸上的大柳樹，大柳樹後面的河水，一泓金湯，光打著旋，水鳥飛進去，就不見了。那裡有另一個天地。石板路面的畫由墨線交織而成，小腳板底下劈里啪啦向後退，向後退；包子鋪的蒸汽裡，夥計拍著麵團，邦邦響；黑洞洞的茶館深處，評書先生說著「辣皮五子」的軼聞，扇骨子擊在案子上，的篤的篤；女人們的叫罵，凶悍的音腔，句尾飛揚上去，卻原來是調情！畫面配上了詞牌子，一曲套一曲。

院子裡的鳳仙花，栽在盆裡，沿牆一溜，拐彎，再一溜，讓出一洞門，通一道磚石階，就上了過廊。站在廊裡，扶著木欄杆，望過去，連綿的瓦頂，瓦縫裡伸出白茅草。簷和簷之間看得見橫架的竹竿，晾曬的衣裳。參次的山牆上，爬著長青藤。大樹叉子，葉叢裡藏著蟬鳴；一角影壁，淺雕了龍鳳的圖案；水桶撞著井壁，破開水面，嘭的一聲，那就是爺爺奶奶的家。

這片院落的結構是個謎，遠兜近繞，總歸能到想到的地方。雨季的時候，遠看去，就像蒙了紗罩，洇開的綠裡有一點一點的紅，花開了。住過孃孃的亭子間，爺爺的房子就稱得上宏大。上下兩層，家裡人都睡二樓，爺爺奶奶住東廂房，大伯大伯母和他們的小孩住西廂房。底樓無間隔全打通，居中迎門一條長案，案上列祖宗牌位。左側是灶頭，灶頭後邊一張八仙桌。右側是樓梯，樓梯底下堆放雜物，對面支一張床板，平時他一個人睡，倘有過宿的客人就兩個人甚至三個人睡。軒敞的空間其實不適合睡眠，尤其小孩子的睡眠。夜晚的暗黑無邊無際，白日裡靜止的物件此時都活過來，伺機待發的形勢。最讓人生懼的，莫過於案子上的牌位，那木牌子也是活的，隨時化身人形。他睜著眼睛，直到晨曦從門底的縫隙滲漏進來，鄰家公雞啼出第一聲，綳緊的身心這才鬆弛下來。可是，樓梯上的腳步又驚了他，起炊了。這是他獨自一人的情形，來客人呢？也不那麼樂觀。

比較經常的來客是一位舅公，身上的人民裝呈露出摺痕，散發著樟腦的氣味，顯然是壓箱底的出門衣服。出於愛護，扁擔底下墊一塊藍條毛巾，一頭的籃子裡盛著風雞、鹹鯗、醃肉、蝦乾，另一頭掛著麻餅、麻花，還有一紮油條。於是，樟腦的味道裡又混雜了醃臘油氣。來到的第一天，晚飯桌上會添幾樣菜，爺爺與他喝幾盅酒。其餘的日子就回到平常，那就是端一張板凳，坐在當門地上，看奶奶摘菜、撿米裡的蟲子，或者縫補襪子上的洞。無論和爺爺，還是奶奶，舅公基本無話，任他們說什麼問什麼，一律微笑和點頭。彷彿做為一種補償，舅公在睡眠中會發出激烈的夢囈，令他很害怕。他坐起身，推著舅公的被筒，推不動，感覺到身體的沉重，心想會不會死去了？舅公以更響亮而且清晰的夢囈作了回答。他聽不懂，相隔幾公里水路，卻是另一種鄉音。他抬頭望望，期盼樓上人能叫醒舅公。奇怪的是，似乎只有他聽得見動響，只有他被驚擾，所有人都在黑甜之中，甚至比平時還更安寧，連大伯家小毛頭的夜哭都不治而癒。舅公的自語在無阻擋的靜夜穿行迴盪，夾雜著像哭又像笑的尖嘯。又是通宵無眠，直至黎明方才昏沉入睡。一忽兒時間，睜開眼睛。天光大明中，老人坐在門口小凳上，面色安詳，看奶奶在掃地，掃帚到腳下，邊挪一下板凳。漸漸地，他的下眼瞼湮上兩片黑暈。有一天，爺爺端著他的臉朝向日光，仔細看一時，說：青筋包鼻梁，這孩子有暗病。這話把他嚇著了，有時困極了，卻不敢閉眼，生怕睡過去不醒來。事實上，他瀕臨神經衰弱。不期然間，出現一個人，將他拯救出危境，這個人就是黑皮。

黑皮是舅公的孫子，與他同歲，差幾個月。出生時一身黑，長到三個月以後，卻像落痂似的，越來越白，但「黑皮」的乳名卻改不掉了。拖曳在舅公的挑子後頭，走進院子，臉對臉打個照面，沒有說話。吃飯時，兩人坐一邊，睡覺前，共一個木盆泡腳。這時候，黑皮還老實，低頭看自己的腳趾頭。無意間，腳丫子碰在一起，趕緊閃開，又碰上，這一回，就有些存心了。於是，你踩我，我踩你，水濺在地上，舅公喝一聲「停」。他詫異舅公的聲音與常人無異，和夜裡面的判若兩人。他和黑皮從水裡拔出腳，用一塊腳巾擦乾，趿著鞋，一邊一個提著盆沿走去天井倒水。走到半途，黑皮忽然將木盆左右搖晃，隨著節奏唱起一首歌謠。他聽不懂詞，只覺得好聽，就跟上拍點，擺動木盆。擺到樹底下，黑皮喊著口令：一，二，三！一齊將盆送出去，「嘩」地潑一地。

這天夜裡，舅公睡一床被，在這頭；他和黑皮睡一床被，在那頭。兩個小孩摟抱著，轉眼睡熟了。黑皮來了，吃飯也變得有意思。晚上吃粥，大人每人一個鹹鴨蛋，他和黑皮分一個。奶奶翹起菜刀，刀根在蛋殼磕出一條槽，順著槽慢慢切進，一個分作兩個。他學黑皮，劃一口白粥，筷子頭蘸一下鴨蛋黃；再劃一口，再蘸一下，蛋黃蘸完，大半碗粥下肚。筷子在蛋殼裡轉個圈，鴨蛋白刮進餘下的小半碗，攪，攪，攪，攪成米糊，大口大口劃拉到嘴裡。黑皮吃螺螄也是仔細的，嘬一顆，送一口飯，嘬一顆，送一口飯。最後的半碗飯，是用螺螄的醬汁，拌，拌，拌，拌成紅飯。還有軟兜，一綹綹的，嫩薑切成菱形的薄片，豆腐也是同樣大小的菱形，蔥白，青蒜，生粉調勻沿鍋邊一溜，罩上一層透明玻璃似的。奶奶盛出一小碗，還是讓他們合吃。一人一勺，配一筷子飯，再一人一勺，配一筷子飯，碗腳分作兩份，傾進兩個飯碗裡，呼啦呼啦，結束。這一日，爺爺說：兩個孩子好像兄弟倆！大家也說像得很。他原先就膚色白，現在胖了，腮幫和下巴圓起來，就是黑皮的形狀。隔天舅公領著去巷口的剃頭挑子，推了兩個光頭，桃子樣的後腦勺，真成了一對雙。

三天過去，舅公他們要走。早上起來，他低頭垂目。專為送客買來新炸的油條，還是他與黑皮合吃，一根拆成兩根，裹在麵餅裡，蘸了蝦籽醬油，咬一口，卻嚥不下去，一使勁，眼淚上來了。眾人都知道他捨不得黑皮，可是多一個他，已經多一雙筷子，加一個黑皮就是兩雙筷子。說是爺爺奶奶的家，事實上，只有大伯大伯母掙工資。大伯還好些，大伯母不知生相還是態度，表情冷淡。有一次，大伯母下夜班時候，他已經上床。奶奶捅開爐子，炒新菜熱舊菜，大伯趿著鞋下來，加一餐消夜。黃酒的香味散開來，醺醺然中，他有些瞌睡了。朦朧聽見大伯母的聲音：住到什麼時候？雖然沒指什麼人，卻知道就是說自己。接下去是大伯的聲音：等尼克森走過！他聽出來，大伯母有些多他。至於尼克森其人，和他有什麼關係，他並不關心。這時候，他想起孃孃，孃孃也是冷淡的，但冷淡和冷淡不同。

好不容易捱過早飯，大伯大伯母上班走了，舅公拿起扁擔要出門，爺爺說話了：小孩子再住幾天！他和黑皮相覷一眼，彼此看見對方臉上的喜色。這一日，兩人都分外的馴從，面對面剝著番薯藤，也是一道菜。番薯藤小山似的一堆，剝去外皮，露出芯子，嫩生生的綠，一半都不到。手指頭染了顏色，指甲禿了，爺爺讓他們歇下來，出去玩玩。他們不依，埋頭做活。隔壁院子的女人過來借石臼子搗芝麻，笑話道：哪裡來的童養媳！兩人紅了臉，真像兩個小媳婦。時間僅過去一天，就顯出原形。早飯吃罷，一閃身，不見了，只聽見腳板敲打著石卵地，順著巷道一溜煙地過去。他們在天井和天井之間穿行，有幾回錯了岔口，回到原地。又有幾回，進到人家院子，院子裡的老婆婆嚇一跳，拍著心口，張嘴呵斥，影子都沒了。他們陷入迷陣，沒了方向，也不知道到底要去哪裡，只是順著腳底的路左突右轉，忽上忽下，不期然間，跑上了屋脊。遠處一條白練子，閃閃發光，有輪船的鳴笛聲。黑皮指著說，他們就是乘這船來的，還將乘它回去。聽到「回去」兩個字，他臉上不由暗一暗。黑皮又說：你同我們回去！於是又舒展開來。沿屋脊走，走，就走到廊橋頭上，抓住橫梁，雙腿一盪，盪到廊下，一跳，進去了。

從這一天開始，黑皮帶了他在城裡穿梭。時至深秋，樹葉落了，露出殘垣斷壁，按說是凋敝的，可是又有一種疏闊，讓人感覺軒敞和自由。家中的大人並不擔心，到吃飯時間，他們自然就出現了，一腦門的汗和兩手污髒。晚飯後，人們都上樓歇息，以為他們也睡下了，其實呢，夜遊開始。白晝裡探訪的地方，禁止入內的，現在，門衛回家，正是他們的好時辰。也有不回家的守夜人，聽見動靜，打著手電筒來驅趕。那手電筒的光比腳步聲到得早，預先就發出警告，早已經躲好了，吃吃地笑呢。存心鬧著玩，躥出來，小人影一閃而過，巡夜的人倒發怵了，這地方有多少屈死鬼，蟄伏著死魂靈。吳楚七國之亂一批，隋煬帝開大運河一批，南朝宋文帝引來禍水，連遭三劫，多爾袞誘降史可法不果，破城進兵再一劫……耳邊忽嬉笑，切切嗟嗟，趕緊折轉，循來路退回，讓出天下。

黑皮在野地裡長大，沒有忌憚，不像他，別人家屋簷下生活，拘謹得很，有黑皮壯聲色，手腳也撒開來。原來天地如此廣闊，可盡情奔跑。有一回，撞倒迎面而來的老婆婆，鉛桶裡的山芋滾了一地，四面八方拾回來，一人一邊提著桶繫送到家，撿進米缸。老婆婆收起斥罵，一人給一個白饅頭。所以天地裡的人也不可怕，而且，會有想不到的好處。

這一日，他們來到瘦西湖邊，黑皮要給他表演打水漂，分頭拾來一堆石頭瓦片。黑皮撿起一個，先在掌上掂掂，彷彿要試試重量，緊接斜過身子，拉開手臂，一抖腕，瓦片貼著水面削出去，老遠老遠，彈起來，跳，跳，跳。有人叫一聲「好」，走攏了看，很快圍起一圈。聽見有人叫「小兔」，不曉得叫誰，就沒理會。然後又有一聲「小兔」，心想會不會叫的是他，回頭瞅一眼，不禁呆住，站在原地不能動了。這是誰呀？「小兔」那人第三次叫他，眼睛殷殷地看著。他以為已經忘了呢，事實上，立時三刻想起了，招娣！穿了平常衣服的招娣和工裝裡的人很不一樣，可不是她又是誰？招娣穿一件花布罩衫，翻出白色的領子，底下一條銀灰毛料褲，黑棉皮鞋，皮包也是黑色，帶子收得很短，挎在肩上。那邊的人圈圍得更緊，不停地發出「嘖」聲，石頭在水面上彈跳。招娣招招手，他走過去，手裡還捏著一把小石頭。招娣攙起他的手，扒開來，石頭落在地上，也不覺得。招娣從口袋摸出一條手絹，擦著他的手心。他看見招娣眼睛裡全是淚，又聽見有人在喊「招娣」走，是男男女女一夥人。招娣不應聲，他們喊了幾聲，不喊了。他忽然問：爺叔呢？招娣狠聲道：爺叔死了！牽著他跟隨同伴離開湖邊。默默走了一段，招娣說：爺叔去美國了，尼克森帶來的政策，放他出去了！這是他第二次聽見「尼克森」。他們拐進一條街，街邊有一些飯館，前邊的人走進一家包子鋪。招娣停下來，從窗口買一個水晶包，放在小手上，摸摸他的頭，說：小兔長高了。然後轉身進門，找她同伴去了。包子燙著手，他送到嘴邊，咬一小口，忽然啜泣起來。

無論是舊金山的唐人街，還是紐約法拉盛，有許多爺叔那樣的男人。有印象中的年輕的爺叔，也有上歲數的，按時間算，爺叔應該老了。他以為或早或晚能碰上，結果都沒有。漸漸地，記憶中的形貌變得模糊，於是覺得，遍地都是爺叔。

後來，他和師師結婚了。

先是他起的頭，他說：師師你不要發愁，不是有三條路嗎？我可以幫你走第三條，結婚。師師看他一會兒，說：兔子，我其實可以走第一條，申請政治庇護，理由是計畫生育受害者。他一時反應不過來，她繼續往下說：我結過一次婚，生一個兒子，我來美國，一半為了他。哦，他停一停，說：第一條路雖走得通，可麻煩也多，還要坐移民監什麼的！他發現自己彷彿迂迴地求婚。師師說：你已經幫我很多，再得寸進尺，就是把客氣當福氣了！這話聽起來又像婉轉地拒絕。他說：我不是客氣。師師說：我不能耽誤你的終身大事。他說：沒什麼耽誤不耽誤，我就是一個人！師師說：你早晚會有兩個人的！他不由著急起來：沒有第二個人！

師師堅持道：總有那一天！他說：真沒有！師師還是搖頭，他嘆一口氣，出去了。

此話按下約有半月，又一次提起，是師師主動。兔子，她說，我們或者假結婚，你按你的日子過，我這邊一旦辦好身分，馬上離婚，好不好？他說「好」，應得太快，回聲似的，兩人都靜了靜。她說：你不要現在回答，考慮考慮。他說：考慮過了！然後又說：何必呢？她說：為你負責嘛！他說：用不著！這句話有負氣的意思了，站起身走出去，門的碰響也是負氣的。

時間再過去一些，這一日，師師到他做工的飯館來，同行的還有律師，姓陳，廣東人，在超市樓上租一個房間開事務所，隔壁是牙醫、跌打傷科、婚姻仲介、話機磁卡，一列鋪面。三人坐下，簽一份雙方自願結合的文書，又抽出一張約定，寫明某幾項特殊條件下即可解除婚姻關係。他還沒看完，便把筆一扔，推開椅子去了後廚。師師追過去說：不是我不喜歡你，不願嫁你，是不讓你吃虧，懂不懂？他說：我不是喜歡你，非娶你不可，我就是告訴你，我不是這樣的人！師師頭一歪，半笑不笑：這樣的人是什麼樣的人？他說：乘人之危的人！「乘人之危」四個字出口，師師怒了，一拍案子：哪個王八蛋「乘人之危」？他也怒了，一拍案子：你，師蓓蒂！師師繞過案子抓他：誰先提第三條路的？不是你又是誰！他躲過師師的手：誰先說的，三條路！兩人圍著案子轉圈，師師初來到的那日，就是這張案子，他們分坐兩頭，一個吃，一個看。律師費我都付了，你以為便宜啊！師師叫喊道。我補給你，多少錢？他從口袋掏出一把現金，摔在師師面前，師師摔回去：以為錢多就了不起！這麼亂七八糟吵一通，早已經偏離正題。陳律師大概聽到律師費的說話，跟過來探頭看著，不知道癥結在哪裡。最終，修改了私下約定的條款，一方居留實現，由另一方決定持續或者解除婚姻關係。雙方簽字，請老闆娘作協力廠商證明人，也簽了字，這事情就算結束了。

他曾經問過自己，是不是真喜歡師師？好像是，又好像不是。從事實上看，自師師來到，他結束了獨居的生活，有了家人似的。從某種程度看，師師比父親更像家人，拋開他與父親在一起時間有限的原因，有沒有異性的成分在裡面？他倒沒有認真想過。總之，他與師師挺合得來，無論經濟還是起居，都保持各自獨立又相互協作，他幾乎忘記，沒有師師的日子是如何度過的。

師師的身分解決了，但兒子遲遲未來，前婆家不肯放人。多年的分離，雙方的心情都淡漠下來，原先準備的監護權訴訟也鬆緩了。這一頭倒從長計議，規畫起二人世界。房子的租約到期了，就在同一個街區，另租一個小單元，廚房衛浴不必與人共用，關起門一統天下。搬家時候，新買的床和臥具，一應雙人款。頭一晚合睡，她原本想教他，不料是他走在先。

事畢後，給他一個嘴巴：當你童男子呢！他「嘻」的一笑，將頭扎在她懷裡，半天不起來。這也是大西洋城的附贈，算是買一送一吧！本以為一併戒斷，不期然摒棄妄念，人道尚存，且武功不廢。

他依然在原先飯館司廚，師師則四處游走試水。超市裡的收銀不做了，到酒莊賣酒；不出數月又去旅行社接地陪；然後酒店前臺，賣電話卡，進出口圖書；陳律師太太乘郵輪玩加勒比海的時候，到事務所頂班文祕，陳太太郵輪到港，再度失業。過程中，不間斷地慫恿他開餐館，店名都想好了，叫「雙檔」。一則夫妻店的意思，二則以上海點心「雙檔」作起家。「雙檔」即百葉包和油豆腐，逐步添加餛飩包子麵，視生意漲落，向菜點發展。法拉盛滬籍人口日益增多，上海飯店連連開出，亦有掛狗頭賣羊肉的，只要是紅燒肉，烤麩，熏魚，雪菜豆瓣，就打出老上海本幫菜的旗號，已經偏離本性。事實上，那些招牌式的菜肴，都是粗人的下飯，精華在淮揚一系，恰合他的專攻。別看法拉盛熙熙攘攘，飯館裡人頭攢動，吃客的上品卻隱於聲色之外。有一回，看見一對鶴髮童顏的老夫婦，穿著素雅，態度恬靜，坐在一爿店裡，吃宮保雞丁，不由心生惋惜之情。即便為他們，也應開出新店。聽師師論述，他很是佩服，菜系的認識也許膚淺簡單，但說到人，卻自有洞見，為他所不及。法拉盛的人流，彷彿潮汐從眼前過往，他從不曾注意其中的個體，師師則相反，她天生感受得到事物的獨特性，擁有著生動活潑的景觀。或許，這就是她吸引他的地方，將司空見慣的一切變成新鮮。

師師終於說完，靜等回應。他只問出一句話，便洩氣了。他說：「雙檔」給我多少工資？這是最現實的成本核算，於是，「雙檔」的設計就擱下了。但是，師師從這回答中得到另一個啟發：何不單挑？這一輪規畫，她沒有向他求證，而是自主進行：大眾的消費總是主流，高端人士到底極少數，寶塔尖上的那麼一點，所以，前者是基礎，後者是引領。就像他說過的上海包飯作的故事，珍饈佳肴落腳於勞役的果腹，好比那一句古詩，「昔日王侯堂前燕，飛入尋常百姓家」……她的思緒漫遊開去，延伸到中國餐飲業的海外命運。師師畢竟是個現實主義者，遠兜近繞，最終回到家庭創業的主題，思路逐漸清晰，那就是，他繼續打工，同時呢，私家承接辦宴，名號也有了，雙檔減一檔，叫做「單檔」。

師師的規畫尚在務虛階段，實際上已經自行啟動。文玩店的胡老師情邀他上廚，開一桌酒席招待朋友，事後給一個大紅包，即是「單檔」的模式。對他來說，紅包事小，重要的是席上的結識。胡老師來得早，閱人無數，又沒有門戶之見，就講個眼緣，因此，五湖四海，三教九流，都是座上客。「單檔」的生意從這裡開頭，他的社交也從這裡拉開新帷幕。

胡老師主持一個讀書會。說是讀書會，其實更接近上海同鄉聯誼活動，時間定在每月第一個星期六的下午，或選一家飯店，或到某一人家中，費用平攤，俗話「劈硬柴」。人數不定，多可以到十幾二十，少則七八五六。最常來的有一對夫婦，先生在紐約州立大學執教歷史，大家都稱樊教授，太太來自臺灣，學歷很好，現如今專司家務，相夫教子；再一個華爾街的股票經紀人，屬主流階級，讀書可說是偏德，卻無一場不到；還有一雙未婚的姊妹，歲數不小了，說一口蘇州音的滬語，一九四九年隨父母到香港，繼而從香港移民美國，原本為上等人家，輾轉流徙中耗盡財產，住皇后區一套小公寓，靠典賣家私過活。這是較為固定的會員，不固定的成分就雜了。有的是一拖二、二拖三的朋友的朋友，有的是臨時起意，也有慕名前往，還有過路客——其中讓人印象深刻的，一位電影明星，上世紀八〇年代風靡大陸，當然，今非昔比，鮮有認得出來的，悄然出場又悄然退場；一個時來時不來的住長島的先生，本是國內進出口貿易的公職人員，後來脫出身來，人脈還是舊人脈，生意卻是自己的了，物流和通關，與胡老師有聯手，算是同業吧；最奇特的是一位大師，會看風水，學名「堪輿」，人們都有些怕他，怕他窺破天機，預測未來，倘若好是歡喜，不好怎麼辦？但大師卻很隨和，談吐多是家常，凡打聽凶吉，即婉言拒之「不可妄言」，他難得來，卻不是絕塵，差不多忘記了，不期然間又現身，神龍見首不見尾的意思；還有一個年輕的單身母親，做字畫拍售，胡老師私下說從未見過她的拍品，自許上海人，總穿旗袍裝，說話露出外鄉口音，可是，有什麼呢？上海本就是個灘，和美國一樣，移民城市。禪家說了，修百年方能同船渡，遇見的都是有緣人。他第一次操持的私家廚房，就是胡老師的讀書會，之後，他就也成了常客。

初來的時候，讀書會以漫談為主，聊解鄉愁，談著談著，涉入正經話題。比如，樊教授問，大家知道，全球有多少美軍基地？誰會去查呢，一併望著提問人的嘴，等待吐出嚇人的答案。就算有準備，說出來的數字依舊舉座皆驚。樊教授剛讀完一本書，專談美國的戰略部署，總之，天下任何一處異動，軍機立刻升空。胡老師說，應該請樊教授專門講一課！大家紛紛說好，繼而建議每一次聚會都有一個主旨，不單是吃喝聊，還要分享知識，才合乎「讀書會」的名義。大家再說好，接著討論以什麼立旨，意見就多了。有說從一本書出發，又有說從一件事，最後商定由演講人說了算，無論是讀的書，經的事，也不必拘泥，可派生出其他。話說到此，都興奮起來，等不及一個月以後，主張「擇日不如撞日」，索性破了週期，就在下禮拜六。到了那日，夜裡降了大雪，天亮時分，已是粉妝玉砌。路面交通停擺，泊在街邊的車，就像一座座雪堡。掃雪車在幹道推進，犁出雪溝，壘起兩壁雪牆，岔道的入口倒封住了。本以為出行受阻，讀書會開不成，不料比平日裡更踴躍。人們穿著雪靴，攜帶吃食，操起雪鏟，從大馬路上開挖，一直通向樊教授家門口。樊太太燒煮了薑糖茶，還有家鄉的鳳梨酥，喝過吃過，出一身薄汗，靜下來等樊教授開講。

他和師師兩人都去了，雪天裡有一種激越的氣氛，腎上腺素分泌積極，情緒分外高昂。脫在玄關裡的鞋和外套上的雪融化了，散發出水、泥土、樹木和人體的氣味。樊教授的講題有些深奧了，聽者大半不太懂，一些陌生的名詞和概念，如風過耳，可人人神情專注，或許在想著自己的心事。偶爾地，望一眼窗外，盼這雪下得越大越好呢！循序漸進的生活亂了節奏，打個漩，再勻速向前。

現在，他和師師籌措買房了。他逐步開始接受委約，承辦私家菜，師師隨即也確定職業方向，就是洽談生意，代理定單，真正成為「雙檔」。然後，又衍生業務，介紹租賃房屋鋪面車位，提供求工求職諮詢。不掛牌，不開店，只安裝兩部電話，一天二十四小時服務，抽取傭金也不多也不少，多了自然不妥，讓人卻步，少了呢，當你「洋盤」，師師說，凡事都要講個度。漸漸的，口碑做出來了。因平時就收集上下家的資訊，輪到自家買房，可說近水樓臺，很快就擇了一處。知道對方急於出手，喊價還價，級級下行，終究沒有探底，取了個居中，也是生意之道。一旦拍板，當下全款付清，師師就是這個爽快脾氣！

這一次搬家，就有些長治久安的意思了。師師搬來國內的裝修模式，改天換地一番，但卻處處受限。管道、水暖、內牆移位，動什麼都要申報與核准，涉及多種部門，上自城市規畫，下到業主委員會。用工也是個問題，當地人雇不起，國內來的又大多沒有身分，引來移民局就更麻煩。有一回居然有巡警上門，查看和問詢，懷疑是樓下的印度人作祟，那滿臉笑容裡藏著窺視的眼睛。最後，只能因地制宜，做一通減法，簡化作業，提前完成工期，安定了下來。

一切妥當，即辦理父親的探親簽證。相距七八年的時間，父親樣貌並無大改，他大約變了許多，一眼沒認出來，趨前叫了兩聲，認出了，表情卻是狐疑的，上下打量，慢慢「哦」

一聲，就止住了。倒是和師師有話，兩人說笑著在前面走，他推著行李車尾隨，出了紐華克機場。

當天晚上，姊姊從曼哈頓過來，帶著男朋友，竟還是那一個。美國人本來見老，又蓄起鬍子，顯得成熟了，見面就喊「傑瑞」。這個名字好久不用，他差不多忘記了。自從師師來到，大家都跟著叫「兔子」。看起來，關係是穩定的，為什麼不結婚呢？他們家人之間向來不作深的交流，所以也不作深想。至於他和師師，也在意料之外，似乎，該結的不結，不該結的結了。雖然之前有過通告，面見翁姑則是第一回。父親對師師完全沒印象，誰會注意後弄堂跳皮筋的小孩子？姊姊是老相識，可老相識不抵新交道，因為有芥蒂。幾方人坐在一起，各有各的難堪，父親渾然不覺，身邊兒女圍繞，很是高興。

早幾日就備了料，此時一一調製，他一個人在廚房裡忙，師師專司應酬。每上菜，象徵性地坐一坐，見眾人談吐流暢，神情也和悅，顯見得師師周旋有功。原本有人緣，自來熟一類的，和姊姊當年就是這般勾連上的，但今非昔比，情形複雜，能守持主客之道，忍耐退讓，他很領她的情。連帶那異類德州佬，用師師背地裡的話，「垃圾癟三」，因姊姊的面子，未遭冷遇，反受熱捧。一個向一個學舌英語，一個向一個請教上海方言。美國人都有些人來瘋，三逗兩逗，恨不得上房揭瓦。他放下心來，起身端上最後一道甜品，坐定了。趁興喝三滿杯酒，只見眉眼之間漾開笑意。一碗飯，兩盅熱湯，笑意更濃了。額上蒸著汗氣，支使師師收拾桌子，嚷嚷說，有一樁戲法給大家表演。人們沒見過他這麼放縱，靜了說話，看有什麼奇招展示。他又叫「讓開，讓開」，於是都欠起身子。原來，機關在面前的餐桌，支架放下，檯面合攏，就是一張矮几；再支起，拉開，又成餐桌。師師一旁解說，家具城裡的新品，他看了喜歡，非要買。這邊來來回回，茶几變餐桌，餐桌變茶几，人們知道他醉了。時間也近午夜，曼哈頓的兩位告辭離去，師師引導父親使用衛浴，回過頭，他已經躺倒沙發，呼呼入睡，於是，兀自進房間去了。

老父親洗漱完畢，進到客房裡，時差的緣故，頭腦清醒，全然無睡意。站在窗前，望底下街道。霜色一片晶瑩，不禁恍惚，繞過半個地球，結果還在原地。夜行班車從頭頂上方穿行，隆隆的響，空中掠過一串亮格子，是車窗裡的燈光。亮格子裡是什麼人呢？離他十萬八千里，又好像就在身邊，是陌路，又是你我他。工科出身的他，重視實證，唯物論的世界觀，情感是簡單的。但是，很可能，這簡單裡有著本質性的洞見，誰知道呢？比如，從天體物理的角度，他也想得到地球的另一面，他所來自的地方，正是豔陽高照的白晝，而這裡，滿天星斗。就像一個魔術，成年人的魔術，真是炫啊！同時，令人感到虛無。造化之無涯，生命之有限，唯物主義又不相信實有之外，還有一個烏有。生物鐘因循東半球的軌跡運行，四下裡一片靜謐，可聽見夜的唧噥，那是由鼻鼾、耳鳴、昆蟲的皮蛻、樹葉子和紙屑摩擦地面、肌膚與肌膚的親昵……交相互應，迴響共鳴。又一列火車行行穿越高架路軌，翻過子夜，凌晨第一班。隨之，鳥叫了，不知禽類中的哪一科，頻率保持在三個音節，一長二短為一組，停一拍，再開始，循環往復中，晨曦微明，他睡著了。

一來是自己的房子，二來呢，有了師師，父親迅速地適應環境，自如起來。克服時差以後，即恢復了習慣的起居。五點半出被窩，坐在床上做一套八段錦，六點穿衣洗漱，然後下樓繞街區走一圈，買早點回來。師師已經在餐桌邊，手提電腦打開，開始接單。原本是在客房作業，自從父親來到，便移至廳裡。翁媳二人一個看報紙，一個看螢幕，邊看邊吃，吃完了，師師挪動身子，意欲收拾碗碟，父親一揮手，意即你忙你的，師師並不謙讓，坐定了，繼續關注網上資訊。倒不是佯裝，而是一個儀式。兒子通常睡到中午十一、二點，直接吃午飯。有時老的上灶，有時是少的。師師頭一回看老公公掌勺，驚奇哪裡來的訓練，父親得意道，沒聽說過嗎？揚州三把刀，第一把是菜刀！師師說，您的「一把刀」，颳的「東北風」！調侃玩笑中，一餐飯吃完。下午的時間比較漫長，兒子上工去，媳婦的活也到尖峰時段，或者電話，或者郵件，上下家牽線議價，有時還外出面晤客戶，留下父親自己在房裡。他並不躺下，只坐著打盹，不過一刻二十分鐘，竟也夠做一個完整的夢。幾張中文報紙上下左右，每個字都讀遍了，老人家不愛看電視，雖然裝了小耳朵。師師帶著去圖書館辦了借閱證，這就多一項消遣。

街區的圖書館規模有限，常去的是法拉盛，他總是走著來去。這一點，父子倆很像，腳勁好。沿著緬街一個路口一個路口走，頭頂上盤桓交錯的電線，身前後熙攘的人群，糕點鋪的蒸汽一團一團拱著塑膠門簾，甚至，耳朵裡灌進東北話：哎喲我的媽呀！情不自禁笑了。和舊金山的唐人街不同，那裡是閩廣人的小社會，表面的雜蕪底下，潛在著獨一統秩序，而這裡，卻是龐大、粗疏和草莽，海納百川的氣象。有一天，他走到法拉盛公共圖書館，大門緊閉，方才想起是星期六，圖書館中午開放，就站在臺階上等候。忽然飄起小雪，鹽粒般的雪粉刷刷掃過地面，再被風揚起，打得臉生疼。轉眼間，小雪變大雪。他算一下時令，中國農曆的三月，誰知道紐約認不認呢？街角上一株櫻花都開過和謝過了。可是，眼前的景象，真有些像他生活的地方呢！

他姓楊，單名帆。在他們時代的原生家庭，很少用單名，且又是這樣文藝的風格，聽來就知道後起的。當年，同學中間，興起一股改名的潮流，姓李的，叫「李想」，姓魏的，叫「魏來」，姓季的，叫「季往」。那些激情性的字詞：「征途」的「征」，「遠大」的「遠」，「鴻鵠之志」的「鴻」，「雄鷹展翅」的「鷹」和「展」，「前進」的「進」，「翱翔」的「翔」，都被重複採用。這所北方大學，歷史上曾名「中俄工業大學」，入學的上世紀五〇年代初期，正是中蘇交好，就有同學索性起了俄國名：卡佳，卓婭，娜塔莎，阿廖沙，喀秋莎——有一首著名的的歌曲在遠東地區傳唱，「正當梨花開遍天涯，河上瀰漫著淡淡的輕紗，喀秋莎站在高高的岸上」，就是裡面的「喀秋莎」，紅軍戰士為心愛的大炮起一個姑娘的名字。那城市俄式的建築、食物、穿著，還有混血的臉相，洋溢著社會主義的異國情調。有時候，他會以地緣概念思考革命的性質，中國大陸北端，地處寒帶，漫長的冰期，夏季的白夜，彷彿是從極地傳來的某種消息。空間拉開幅度，時間增量，反過來擴容空間，再虹吸時間，層層遞進，滾滾向前，去往目力不可及的地平線那端。氤氳集散，氣韻環流，化無形為有形，升起於浩渺，那就是革命的魅影，像馬克思《共產黨宣言》中說的，「一個幽靈在歐洲遊蕩」。當他在嚴寒中凍得直掉眼淚，想江南鶯飛草長，想得揪心，可春天不期而至，冰凌咯啦啦崩裂，碎成一江晶瑩，再流作金水，波光閃閃。樹葉子綠了，花開了，迎春、紫薇、連翹、點地梅、韃子香，「五月的鮮花開遍了田野」唱的就是這時刻，還有罌粟，在空氣裡播撒著致幻劑……回到老家，不由地手腳拘束，呼吸黏滯。黑瓦白牆蛻去夢中的鮮明，變得暗淡無華，石卵地面彎曲的墨線，似乎讓人眼暈，唧噥的鄉音，一股子市井氣，他聽不慣也說不好、更可能是不屑於說。一年一年過去，他知道自己已經回不去了。

雪片大起來，房屋街道一片白，垃圾污垢被覆蓋，融為一體，顯得臃腫。臺階上的人多了，有避雪的，有等待開門的。透過迷離的雪幕，看見胡老師的文玩店掛出營業的牌子，下去臺階，繞過馬路中心糾結成團的車輛，到了對面。臨街的點心鋪堆著剛出鍋的油條，麵發得很喧，和美國所有的東西一樣，肥大壯碩。買了四根，托在手裡，推開文玩店門。一串風鈴響，胡老師從裡進轉出來，看見油條，又轉回去灌了電熱水壺。不一時，「吐吐」地沸滾，燙了紫砂茶器，沏上茶葉，潷水燙第二遍，再沏一道，才是入口的。茶桌兩頭坐下，也不說話，只專心吃喝。

胡老師的年齡在他們父子之間，閱歷和成熟度，更傾向父親一代。就像師師引他認識胡老師然後退出，現在，他引父親認識胡老師，也退出了，留下這兩位，倒成了莫逆似的。

吃罷油條，擦淨手臉，胡老師評價：這油條炸得不對，一咬一包油，應瘦一點，老一點。父親說：我吃著不錯，過癮得很！胡老師就搖頭，惋惜他沒品味的意思。兩人繼續喝茶，父親一口一乾，胡老師又發聲音：老楊你不是喝茶，而當牛飲！老楊一笑，接著牛飲。關於稱謂，開初時作過討論，先是「老爺子」，父親嫌叫老了，他還沒做「爺爺」呢！換作「老師」，父親也不受，說自己算哪門子老師，育教過什麼人。胡老師說：我不也是「老師」？父親說：你是「三人行必有我師」的「師」，我呢，是那兩個行人，叫老楊即可。胡老師才知道父親的姓氏，遂又生疑惑，兒子名「陳誠」，隨他母親家嗎？老楊含糊道：卻也不是。胡老師曉得有緣故，不再往下問。從此定下，就叫「老楊」。老楊將茶碗一掀，說：怎麼牛飲，分明餵貓呢！胡老師笑過了，以十二分耐心解釋：解渴實是解躁，不在喝的多少，而在方法。老楊沒想到還有方法，集中了注意聽講——三個字，亦是三段法，胡老師說，一是入，二是留，三是回。聽的人「哦」一聲，肅然起敬。說的人繼續：單是第一段「入」就有幾種不同，銳入、緩入、遲入，茶與人首次接觸，嗅覺當先；接著，茶到舌面，即第二段，留，味覺來了，需適度延宕，停滯，漸漸滲透；於是有了第三段，回，又分回甘、回香、回辛，不一而足，所謂迴腸盪氣！老楊終於聽完，給出一句結論：吃飽撐的！胡老師用手點著他：這就是你們一代人，多快好省！兩人仰頭大笑，笑過了，再沏茶，洗茶，喝茶。緬街上人多起來，從玻璃門前經過，留下晃動的影。有的佇步打量，也有推門張望一眼，又退回去。胡老師並不招呼，姜太公釣魚願者上鉤的風度，事實上，大生意並不在門面上做，多半來自固定的主顧。店裡的兩個人靜靜坐著，看門窗上天光和雪光交互，一時暗下去，一時亮起來。但聽風鈴一響，進來兩個女人，西人臉相，衣著佩戴卻顯粗糙，神情則是拘謹的，即判斷來自東歐無疑。兩人躑躅到櫃檯，伏身看上面的一盤小石頭，拈起來對著光照，唧唧咕咕地議論，轉身問是玉還是石？胡老師回答玉是石裡的一種。這話很有些狡猾，混淆了概念。女人真懂還是裝懂，點著頭，最後選定幾塊形狀怪異特別的。胡老師在鑽眼機上打了孔，穿上線，又找來幾個小首飾盒，將石頭很寶貴地插進絨布墊裡，真就有玉的樣子了。銀貨交訖中，閒話往來，問從哪裡來，回答一個國名，一時不解，再問一遍，再答一回。困頓中，那邊老楊出聲音了：愛沙尼亞，首都塔林。女人聽見，臉上放出光來，說：真高興，遇到知道我們國家的人！看她們感激的表情，這兩人都不知說什麼好，站起來送到門口，風鈴「叮」一聲，人走了，才退回座位。

老楊你知道的不少啊！胡老師重新看他一眼。喝茶喝茶！老楊舉起茶碗。真人不可貌相！胡老師一口乾了，掀起碗底向對方亮了亮，以茶代酒的意思。哪裡的話，正巧撞上我這一路的罷了。這一路是哪一路？胡老師試探道，心下早覺得面前的人有來歷。這人哈哈一笑：多快好省的一路！說罷，順手扯過一頁紙，耳朵後面取下一截鉛筆頭，畫拉幾條曲線，寫幾個字：波羅的海，芬蘭灣，里加灣，俄羅斯，拉脫維亞，重重打個五角星——愛沙尼亞！胡老師的自尊心上來了，也扯一張紙，奪過鉛筆畫起來：緬甸，老撾，越南，貴州，四川，中間一個巴掌——雲南！抬頭看住對面：社會大學，也是有國際背景的。當然，當然！老楊笑得折腰，立起大拇指：牛！兩人笑鬧打趣，時間已經中午，那一個徑直推門而去，這一個也不挽留，大有名士風範，所以才和得來！

胡老師的讀書會，父親興然前往幾回，結交了新朋友，總不能像胡老師，相處自如率性，重要的是，學到新鮮的知識。比如，有一回題目為「美聯儲的祕密」，講者曾經從業華爾街，不到五十歲便退休了，住在博多島上，釣魚，攝影，成人之家做社工——「成人之家」且是另一課內容。這位先生從自己經歷說起，如何攻讀金融，然後實習，替老闆追索一筆四十年前的死帳，這樣的死帳，大小銀行不曉得有多少，都可以倒溯至一次大戰，本來並不寄希望，有當無的派點活計，不料想真討了回來。講者說，其實他也沒有特殊的戰略，就是咬定青山不鬆口，「千萬裡我追尋著你」，倒是讓他意外，欠戶認帳，並無抵賴的意圖——由此，引申資本體系的基礎，就是誠信，在這裡，殺個人未必判死刑，金融欺詐卻是重罪。畢業後，順利找到一家投行，和實習的成績有關係也無關係，華爾街永遠需要人，也永遠不缺人，初入職場是最有成就感的人生階段，雄心勃勃，穿著布魯克兄弟牌的黑西裝，脖子上掛著吊牌，工間休息時候，聚在樓宇間的空地上吸菸，絕對是這城市的菁英，主宰市場走向，經濟命脈。斗轉星移，這一身西裝漸漸變成制服，這一夥人則是軍隊，服從命令聽指揮，一顆小小的螺絲釘，知道我們怎麼工作？他問道，眼睛在眾人臉上一一掃過，自己回答自己：給你一筆資金，限定時間內收益，有下限，無上限，當然，個人所得的比例相當可觀，你就去找專案吧！哪怕一瓶酒，百老匯的一張票，二十一街擠擠挨挨小鋪子裡一款女式內衣設計，在風投人眼睛裡，都是專案。我們就像得了上帝福音的使者，看得見凡俗看不見的景象，那就是每個人頭頂都有天使在飛翔，那天使就是綠色紙幣！他舉起手，做著隨風搖擺的姿勢——摸準風向，綠紙片便傾盆大雨而下，天長日久，綠紙片便成數位，一個一個符號，然後，抑鬱症來了！籲出一口氣，後仰在椅上，四下亦都輕鬆下來，彷彿從一場冒險脫身。這時，忽有人小聲道出三個字：美聯儲！方才想起當日主題，主講人卻已耗盡心力體力，時間也過去大半，便簡扼成一條循環鏈：世界經濟在美國手裡，美國經濟在美聯儲手裡，美聯儲在猶太人手裡，所以，世界經濟的鑰匙，由猶太人掌握。

下一期活動在胡老師家舉行，他們父子提前去到，因胡師母拜託做幾味冷餐作茶點。之前總在店裡碰頭，上門還是頭一遭，父親剃頭光臉，換了出客衣服，攜兩瓶竹葉青，頗為隆重。他備的冷餐有糟香鴨舌、虎皮鵪鶉蛋、蜜汁豆腐乾、糯米藕，學洋人酒會小點，插上牙籤，擺盤置放桌案。會員們先後進門，絡繹二十來人。中國人稱的陽春節令，氣溫陡升，彷彿只在眨眼間，柳樹綠了枝條，院子裡的幾株廣玉蘭和桃樹，開出花來。眾人合議，將桌椅推到門外，就在廊下平臺開講。左右鄰大約都出去踏青野炊，兩邊院子寂靜著，鳥的啁啾格外清脆。這一日的主講人是胡老師新疆戈壁灘的邂逅，搭同一輛軍車，住宿兵站，起先都說普通話，互相聽見說話裡的口音，你們知道，老鄉見老鄉，兩眼淚汪汪，後來，都來到美國。所稱上海老鄉，其實多為流徙之輩，從根子上論，遍及天南海北。這一位出自江西貴溪，說起來就和今天的講題有關，其父是國民黨第十二兵團人，與司令黃維同籍、同宗，黃埔軍校同期生，可謂嫡系，淮海戰役同為共產黨解放軍俘虜——他講的正是之後的一段。此時，母親已攜幼小到了臺灣，卻執意返回內陸找人，從上海碼頭登岸，將兒女留在旅店，孤身前往南京。總統府人去樓空，滿地狼藉，於是沿京滬線繼續向北，過蚌埠、宿州、到徐州，真好比孟姜女千里尋夫的現代版。等在上海的幾口人，先還有零星口訊，再後來便音信杳然，旅店老闆幾番催促房租不得，最後下了逐客令，連行李帶人送到馬路上。隨行的女傭是母親的陪房丫頭，貼身藏了兩根金條，俗稱小黃魚，夫人臨別時交付給她，不到萬不得已不能動用。一行人在馬路沿坐了半天，不知道什麼時候方才算得「萬不得已」，躊躇間，那老闆到底看不過去，薦她到隔壁弄堂人家伺候月子，支了工錢，賃半間披屋住下來。講者是家中最末的一個，天天牽了姊姊的手，站在弄堂口等母親，從天不亮到天黑盡。就看馬路上人流衝突，惶遽騷動，北去火車站，南往十六鋪碼頭，還有東西兩頭的民用軍用飛機場。丟了包裹的，丟了孩子的，被車輾壓，被馬蹄踩踏，遍地哀鴻——就在此刻，忽有聲音響起：這不是事實！在座人一震，循聲看去，見說話人面生得很，不知哪一路。他驚訝地發現，是父親，穿著新衣服，新剃的頭，站在那裡，紅著臉，像是羞赧，其實是慍色。他想阻止，卻動彈不得，父親的聲音彷彿在很遠的地方：請問這位先生，是道聽塗說還是親眼目睹？那先生鎮定道：耳聽為虛，眼見為實！父親輕笑一聲：不知道先生用的是哪一隻眼，上海市民歡迎解放軍進城的秧歌隊伍，本人正在其中，鑼鼓喧天，紅旗招展，看到了嗎？講者抬起身子，直視老人：你有你的眼，我有我的眼，這就是歷史的多重性。父親說：應該說是歷史虛無主義，無論多少重，主流惟有一支！講者寸步不讓：自古以來，勝者為王，敗者為寇，下一朝為上一朝作傳，不曉得隱匿多少真相！父親仰面大笑：何謂勝，何謂敗，不正應了歷史發展規律？演講人到底年輕，沉不住氣，嗖地立起來：那麼就要追根溯源，才能撥亂反正。父親說：追溯就追溯，內戰如何發生，哪一方背信棄義？講者也哈哈大笑：老先生年紀比我大，不如再追溯遠一些，從三民主義開始！父親應戰道：三民主義就三民主義！他抬不起頭，父親一反常性，竟如此好鬥。四下沉默著，偶有鼻哧聲，座椅移動，三兩人步下庭院賞花，或自行斟茶添水，這一些細小的動靜都透露出，父親處境孤立。不在於政見的異同，還是不明事理，多麼掃興啊！爭論繼續著，歷史、政黨、道統、正義的名詞在頭頂上飛來飛去，合著昆蟲的嗡嗡聲，言語越來越枯乏，情緒則加劇激化，更像是鬥氣。胡老師顯然也失措了，一會兒站在這邊，一會兒站在那邊。師母比較冷靜，將茶几上的吃食送到各位面前，大力推薦：真正的淮揚名點啊，出自莫有財正傳弟子！帶頭鼓掌，讓他站起來認識認識，推為下一期主講，題目就是中國菜系和烹飪，胡老師即應和道：民以食為天，這才是歷史的硬道理！本來想來句噱頭，不料話頭引回到起題上，四下不由靜一下，氣氛又繃緊。有識趣的人吵著要打包點心回家，於是一起動手挑選和分配，幾位女賓則幫著收檢殘局，主人推辭說：不必不必，走吧走吧！就都走了。

日頭西斜過去，左右院落的人回來，汽車的入庫聲，小孩子的嗟語，這一日結束了。

第四章

說起學廚的經歷，和黑皮有關。黑皮的爺爺，即舅公，是一名廚子。當然，不是揚州城裡有門有派的名廚，而是串村走鄉，替人辦紅白事的手藝人。這樣的大司務，江北一帶不曉得有多少，俗話揚州三把刀，菜刀剃刀修腳刀，就是頭一把。天下聞名的揚幫菜，蟹黃大排翅、雞火乾絲、蜜汁火方、翡翠魚絲，是上了殿堂的，好比民女選進宮裡成了妃子。有一回，他隨舅公，後來是他的師傅，在運河邊上逛，走過背街，連著幾戶，後門敞開，正對灶臺，熱火烹油，鑊鏟敲得鍋沿鐺鐺響，曉得前堂是飯店。師傅說，看見沒，十七八精壯的小夥子，才有力氣顛勺。手腕子一抖，只見一條線上去——肉塊、魚塊、鱔筒、青蔥、黃薑、黑木耳、紅綠椒，五顏六色翻著筋斗，一條線下來，熱鬧喜慶。這才是揚幫菜呢！還有，曾經在無名鎮的集市聽評話，說書先生講得細緻，單單「獅子頭」一節，足足一壺茶工夫，選料、備料、調味、和餡，最後團在掌心，左右倒手，嘴裡木魚般「的篤的篤」，百十個來回，聽客紛紛叫好，又是百十來回。這也是揚幫菜，響亮結實！再有，豆腐。傳說有一家豆腐房，生意做大，不免起了野心，登陸大碼頭，上海。豈不料，非但不發達，反一落千丈，請人看風水，換門面，改朝向，還不行，城隍廟燒香卜卦許願，立祖宗長生排位，也不行，一日一日，終於賠個精光。灰溜溜順原路回到本鄉，因羞於見人，閉門不出，衣食漸窘，看一家老小都是靠他的人，必出山不可了。思來想去，除去做豆腐無從生計，硬著頭皮又開豆腐鍋，竟回到從前，顧客盈門，自省命中七寸，不求一尺，便安下心來，慢慢度歲月。某一日，將晚時，有過路人問宿，就在豆腐房搭一張鋪，夜半過來磨豆子，霍霍聲中，那客人虛著眼看，說道：老闆真勤力！老闆說：勤力有餘，運勢卻不足！就說起上海的遭際，那人噗嗤笑出聲：何為「運勢」？老闆搖頭：謀事在人，成事在天，天機不可洩漏！過路人說：運勢就是水啊！說話間天亮了，夜宿客上了渡口的船，看著船下的河流，老闆一拍腦門，懂了！這才叫得來全不費功夫，不就是水嗎？不是他的豆腐好，是這條水好！這就是揚幫菜的緣由，鄉下人的鄉下菜。

那一回，舅公接黑皮回家，本來呢，他要去上海孃孃處，因為尼克森走了。可是，他捨不得黑皮，黑皮也捨不得他，看小兄弟倆垂頭喪氣，舅公說：一起吧！渡船行在運河，河堤上栽這大柳樹，合抱的粗細，一棵一棵連成排。枝條垂地，連成綠屏風。隔著屏峰，是高郵湖，水面浩淼。渡船上的人，身上都有股魚乾的鹹腥，腳跟的蒲包裡，雞仔鴨仔嘰嘰喳喳吵個不休。他們中途下船，在一個叫做送駕橋的小碼頭上岸，即有個剃光頭打赤腳的年輕男人接迎，木扁擔挑了東西，走在前面，兩個小的尾隨，舅公押後。兩邊麥地，已經灌漿，麥芒子刷刷在風中搖擺。回頭望，舅公不見了，一會兒，又出來了。只這眨眼的工夫，麥子又熟了一成似的，泛起光來。然後就看見房屋，紅磚的，青磚的，一幢一幢。再走近去，上一個緩坡，便來到一片帆布棚底下，排著方桌板凳，中間留一條通道，迎向大門。門楣上貼了白，四角則綴了紅，黑皮告訴他，是喜喪。未及問什麼意思，黑皮跳開了，躥到門裡，又被攔出來，他也就止了步。日光透過帆布棚頂，變成土薑的顏色，有一點像暮靄，出去布篷，又回到正午。四處走動的人，腰上都繫了白布，頭上帶著白布帽，帽角上也綴著一點紅。空地上，一個女人咿咿踩著縫紉機，白布泉湧一般從針下瀉到地上，堆起小山。黑皮折返身子，說一聲「走」，二人相跟著，繞屋腳半圈，就看見一片小樹林，中間用蘆席圍起一座披屋，裡面砌了灶，灶上坐了湯鍋，咕咚咕咚翻滾，地上排了缸和盆，幾個女人赤裸著手臂淘洗，舅公坐高凳上喝茶和吸菸。方才迎他們的夥計站在砧板前鐺鐺地剁肉，見這二人進來，歪過臉努努嘴，順著方向，黑皮揭開案上的蓋布，拈了兩個大饅頭，傳給他，自己又拈了倆，退出蘆席圍子，找片樹蔭坐下來。

饅頭燙手得很，嘴裡「嘶嘶」著，掰開來，一層層的，熱騰騰的撲面而來，他覺得就是走過的那片麥子做的。

短短幾日裡，麥子熟了，幾塊陽面的高地已經開鐮，發喪的日子也近了，正如火如荼地辦事。灶下殺雞宰羊，灶上鍋開鼎沸，舅公不讓他們靠近，遣得遠遠的。站在坡上，就看見弔唁的隊伍，打一桿白幡旗，扯起嗓門，女人們互相牽攀著，前仰後合，又像哭又像笑。黑皮陡地轉身，向這邊跑來，他跟在後頭，心怦怦地跳。眼看那一行人跨過院子門檻，撲倒在地，跪爬著前行。黑皮也趴在地上，手足並用，他幾次三番企圖進門，看那一百歲的老太婆，總也不成。他卻有點害怕，慢下腳步，立定了。其時，他知道喜喪就是長壽人去世，福氣的事情，弔唁的人已經平靜下來，聚在桌邊等待上菜。黑皮也回來了，他問，看見沒有？回答說，有什麼好看，醜死了！像是看見也像沒看見。小孩子叫喊著奔跑，時不時撞著大人，招來呵斥。吃飯沒了鐘點，灶上不停地出菜，女人們穿梭地來回，送上新的，撤下舊的。兩人走出流水席棚，在莊子裡亂走。

這個莊子大半人家同姓，所以都在喪事裡忙，其餘姓氏的，下地割麥去了。除那一處熱鬧，都寂靜著，彷彿空村。他們拾起一根秫秸桿子，打樹上的青棗子，還沒下手，身後院門卻探出一個老奶奶，阻止了他們，說棗還沒熟。老奶奶腳邊有一個木桶，坐著個奶娃娃，幫腔似的哭嚎起來。丟下秫秸桿子，走到一個河岔子，看水裡一躥一躥的小魚，低下身子，對準了，合攏兩隻手去捧，一捧清水，從手指縫漏走了。忽然間，兩人的胳膊被握住，提起來，甩到幾步外的坡上，一條大漢，提著竹耙子，斥一聲「找死」，走了。爬起來，去攆村道上漫步的禽類，叫出恐嚇的聲音，其中一隻大公雞，紅冠子垂到臉頰上，先隨著母雞跑，剎那間掉過頭，直向他們撲來，這就換作他們逃，雞們追，但聽拔地而起一陣大笑，石破天驚的。這村莊神奇得很，四下裡都是眼睛，看著他們。跑著跑著，前面樹影子裡出來一個小孩，比他們倆不大幾歲，卻挑著一副水桶，輕輕盈盈地走著。追著挑水男孩，怎麼也追不上，一會兒，小孩藏到草垛子後面不見了，再一會兒，又從兩排房子的夾道裡現身了。漸漸地，離開莊子，上了大路，兩邊的麥子齊肩高，挑水男孩走在裡面，頭上是將午的日頭，明晃晃照著底下的人，還有挑子兩頭的水，水上浮著一片荷葉。不知什麼時候，男孩頭上也頂著一葉大的。走啊走，眼前豁然開朗，麥子躺下來，紮成個子。彷彿從地裡冒出來許多男女，割的割，捆的捆，還停了一輛馬車，底下人將麥個子拋上去，車上人接住了碼齊。男孩卸下挑子，仰頭一喊，遠近都圍過來喝水，這就看見這兩個，早就認識似的，叫他們「小廚子」。最後，他們是坐在馬車的麥垛頂上回莊的。

下半天裡，莊子裡熱鬧些了，遍地都是放學的小孩子，奔跑追逐。小學校在相鄰的村莊裡，他們也去那裡看過。一連排平房，連著東西側屋，是老師的住家，教室分高小和初小，各一大間。他們從窗戶剛一探頭，裡面就喊成一片，小廚子，小廚子。趕緊縮下身子，蹲到牆根裡。黑皮說，下一年也要念書了，他比黑皮長兩歲，照理早應該是學生，可是，學校與他卻有十萬八千里遠。黑皮看出他的心思，說一起回家，一起讀書。這個允諾並沒有讓他高興起來，這天餘下的時間裡，情緒都低沉著，直到晚間，方才有事情轉移注意力，那就是一百歲老太婆要合棺了。

流水席的篷布撤了，飯桌椅凳也撤去，扯出來的電線原樣不動，換了高支光燈泡，搶了月亮的光明，襯托出漆黑的夜幕。穿了麻衣的孝子孝孫從靈堂漫到院子，再從院裡漫到院外，空地上一片白。如他們這樣外來的或者外姓的人，隔一條村路，站在對面的緩坡，屏息斂聲。良久，只聽院子深處起一聲：老祖宗！接著跟上齊嶄嶄的悶響：躲釘！聽的人不自覺地打個顫，頭頂麻到腳掌窩。兩個小的擠在人堆裡，手牽著手，又害怕又激動。「老祖宗躲釘」的叫喊持續很久，戰慄平息了，月亮移到西邊，坡上人發出嘆息的嘖聲，舅公說了一句：這就是周公說的「禮樂」！人們聽不懂，發著懵，舅公又來一句：可惜沒有響器。

出殯的次日，天不亮就收灶上路，一個夥計擔家什，另個夥計挑他們倆，一頭筐裡坐一個，蜷著身子做夢。懵懂裡被放下地，半睡半醒裡，只覺得，蒸汽瀰漫，大鍋滾著沸水。一束束乾麵下去，一束束熟麵撈起，灶頭上，面碗一字排開，一笊籬就是一滿碗。街上都是吃麵的人，頭埋進大瓷碗，筷子挑得老高，「呼」地一吸，下一筷又挑起來。糧店門前的木架上，是新擠出的麵條，一掛一掛排開，簾幕似的。麵的酸酵氣，遍地生煙。舅公說：高郵到了。

住在高郵西北鄉的黑皮家，盛夏裡，孃孃從上海來過一回。乍一見面，兩人都驚一跳，孃孃驚的是他長高一頭，身板也寬了，成另一個人。他呢，一萬個想不到，天下還有孃孃這個人。院子裡。桃樹開了滿枝花，樹底栽的幾株蠶豆盤上去，結著綠豆莢。孃孃坐在下面，臉是透明的白，身上的白襯衫也是透明，眼鏡的金絲邊閃著光，就像絹紙做的人。姑侄二人，彼此不說話，只是看著，彷彿睽違一輩子的時間。最後，孃孃生氣似的一扭頭，躲開他的眼睛，結束了對視。沒人的時候，孃孃說話了：我本是帶你回上海的，見這裡很好，你同黑皮也合得來，就算了！他點頭，孃孃冷笑道：我就知道你願意在這裡，哪裡都比我那裡好！他無從回答，默然無語，並了半時，孃孃嘆一口氣，屋裡人喊吃飯了。下午，無論怎麼留，執意要走，留下一點錢，舅公舅婆不要，打架般撕扯半天，到底放下了。舅公讓他送孃孃，孃孃說不要，頭也不回地往前走。他跟在身後，不敢趨近，就這麼隔了十來步，相跟著走過楊樹夾道的土路，到班車站上。日頭火辣辣地曬下來，孃孃舉一柄摺扇作涼棚，蟬鳴作一片，耳朵裡轟轟響。遠遠看見汽車駛來，孃孃這才看他一眼，招他過去，用摺扇替他扇著，說：要乖！汽車已經到跟前，打開門，上去人，又合起來，駛走了。

九月來到，黑皮上學，並沒有如承諾的，帶他一同去。看他孤寂，舅公問要不要跟著去辦廚，點頭說要，於是，一老一小便上路了。舅公挑一副擔子，一頭是趁手的刀具，一頭鋪蓋捲，他背上的小筐裡，裝些雜碎：毛巾茶缸，膠鞋雨傘，一捲煙葉，還有一本黃曆。隨著時間過去，舅公挑子上的東西，一點一點挪到筐子裡，最後，索性調換過來，他挑擔子，舅公背筐。走鄉串村的路線，基本在高郵湖西北一帶，比較少往南去，大約是業內的成規，各有應事的區域，互不介入，有飯大家吃的意思。江都地面有幾家故舊，偶爾來下定，完畢之後，便稍稍繞道，去揚州城看親戚，祖父母家客遇舅公，就是這樣的時候。再次隨舅公去到，雖只一年之後，卻長成少年形貌。這一系的人個頭都高，他也是，抵到爺爺肩膀，和舅公齊平。奶奶正在和麵，他放下挑子，舀一瓢水淨了手，接過面盆揉起來。襯衫底下的肩背，鼓起肌肉，裡面都是氣力。剃頭挑子給推的平頭，展露出寬闊的前庭，黑漆漆的眉毛，幾乎插入鬢角，一眼看去，果真是個標緻的鄉下人。飯點到了，粥鍋揭蓋涼著，配粥的小菜擺開，他也有了完整一個鹹鴨蛋，不必與人合吃。一大屜包子熱騰騰地墩上桌，筷子夾起來，顫顫的一兜湯，咬開個口子，呼的一下，顧不上燙嘴，全吸進去。

他是從白案入行。先只不過剝蔥搗蒜擇菜，給豆芽換水，洗了小腳丫，夥計肋下一叉，叉進麵缸裡踩麵。實在忙不開，就當個人用了，發酵，擀皮，揪劑子，捏包子——一個包子二十六個褶！他腦子好，眼和手有準頭，學得進東西，最要緊的是，勤快。像他這個年紀，沒有不貪玩的，他就不貪。從小受孃孃管，他都不懂得怎麼玩。跟黑皮野了半年，覺得有趣，卻也不是缺不得。多少的，他有些不太像孩子，而像大人，事實上，一個成年人也不如他持重。那兩個夥計，都娶妻生子了，還脫不了玩心，和當地小孩子耍牌、擲骰子，贏不過人家，竟然哭了，倒要他來哄呢！舅公即以為難得，又難免不忍，有時趕他出去，應卯似地溜一圈回來，百無聊懶的樣子，就也不強求了，而是更用心地教他。

傳授廚事之餘，舅公還和他講書。孃孃用《紅樓夢》作腳本，舅公是黃曆。宴席散後，燒一木桶熱水讓師傅泡腳——他已經改口，叫舅公師傅，就算入了門。師傅腳插在熱水，黃曆攤在膝上，手指頭點著字念：「沐浴」、「掃舍」、「置產」、「行喪」、「作灶」、「飾垣」，時不時停下讚嘆一聲：多麼古啊！「古」，是師傅對事物的極高評價。有一回，向晚時分走在路上，太陽正往後落，光著膀子的男人在地頭上搖軲轆井，一畦畦的田壟從男人腳下輻射過來。師傅停下腳看一會兒，說：真古！於是，他也從這些片語中領會到了古意。彎腰往木桶添一點熱水，師傅繼續念下去：「會友」、「立約」、「裁衣」、「修倉」、「納畜」、「醞釀」，合起黃曆，結果擦腳布，結束道：學了十二對！或許就是讀黃曆的緣故，師傅習慣以「對」計數，因為這，吃過虧。曾經在集上買雞蛋，從籃子裡拾一個，嘴裡念「一對」，再拾一個，念「兩對」，賣雞蛋的女人很狡猾，跟著念，「三對」、「四對」，最後「三十對」。結帳付錢，走半路才悟過來，三十個雞蛋算作了六十個，回頭去找，哪裡還有人影。自此，買雞蛋的事就交給他，自己站一邊，不自主地念叨：一對，兩對，小徒弟終於忍不住，抬頭說：師傅，你別亂我！趕緊走開，站得遠遠的。接下來，凡論數計的採買都由他辦：鵝掌，鴨頭，豬蹄，雞爪，螃蟹，等等，凡過他手的進出，都記了帳。他看見過孃孃的帳本，學過來，黑皮用剩的練習簿，橫條上劃了豎條，列出日期、地點、物件、單價、斤兩，清楚整齊，拿給主家看，都咂舌稱嘆。

其時，黑皮已讀完一年級，二年級起就轉去公社的完小。十來里路程，星期天回家，他呢，很可能跟著師傅出門應差。算下來，他倆碰面的頻率大約兩個月一回，難免生分下來。這二年半裡，黑皮還是小孩子形狀，他卻改樣了。除去個頭體魄以及嗓音，他已經度過變聲期，不看人單聽說話，幾近成年男子。這些都在其次，最明顯的，是待人接物的態度。有個星期，黑皮到家，他也正在，晚飯桌上，黑皮碗吃空了，他伸手接過，起身添了飯送回來，坐下再吃自己的。不經意間，那些玩伴的日子遠去了。他在這一家的位置很微妙，一方面是寄居，黑皮的父母，他稱表叔表嬸的，甚至小表弟妹，都可任意差使，事實上，不等差使，他已經做在前面了，掃地提水，刷鍋洗碗；另一方面，他又在某種程度上分擔生計，舅公帶了他，至少抵得上半個夥計。出於兩種身分，他都被稱作「大哥」。那「大哥」不比這「大哥」，飯桌上，「大哥」和舅公並排坐上首，舅公小酌，也斟給半盅，下酒菜，撥一半到碗裡，「大哥」再撥給小弟妹。

三年過去，舅公說，出師了，去上海看孃孃吧！舅公又說，想回來，隨時隨地；不回來，有半技之長，總有飯吃。上路那天，表叔送他搭乘班車。叔侄倆爭搶行李好幾個回合，最終，表叔挑起擔子在前頭走了，追也追不上。他和表叔沒打過交道，見面笑一笑低頭過去。就這個人，從不占他飯桌的座，那一碟下酒菜從不伸筷子，老人偏向遠房的孩子，並無半點怨言，替他盛飯，總是雙手接碗。頭一回領教這人的力氣和強性，想不到勁道那麼大。上去班車，沒站穩腳，就開動了，回頭望去，表叔草帽底下流汗的臉倏忽而過，滿視野都是煌煌的日頭。擔子一頭是兩隻活雞，雞嗉子撐飽了，伏在蒲包底不動彈，半天咕一聲，半天咕一聲，打嗝似的。另一頭是花生芝麻大棗，一捆魚乾，一籃雞蛋。安頓好行李，看車窗外，一邊運河，一邊是熟了的麥田，他聞見麥香，彷彿遍地生煙，劈面而來。

再次來到上海，覺得一切都變小。街道窄了，樓矮了，一方方的窗格子，蜂房似的，人卻多了，密密匝匝的。他挑著擔子，遭來無數白眼，嫌他礙了走路。好容易擠上公共汽車，他發現連站都不會站，左右騰挪，全不對。人終於少了些，他也占到一個座位，稍安定一時，兩個蒲包惹起事端，原來，雞拉屎了，紛紛掩鼻和側目。雞屎臭尚未消停，又爬出一隻鱉魚，這才發現，隨身還攜帶有這活物。車廂裡騷動起來，他伏在地上捕捉，連帶人家的褲管一起捉住，就有人出價要買，紛紛嚷嚷中，車到站了。弄堂前的馬路依然清寂，門口剝豆的女人彷彿沒長年紀，原貌原樣，沿街窗戶伸出的竹竿，晾著洗淨的衣服，水珠滴到後頸裡，不由縮一下脖子，好像回到小時候，弄堂玩耍的孩子則是另一批了。走上樓梯，推開亭子間的門，孃孃正在桌邊吃早飯。牛奶鍋煮的泡飯，盛到金邊瓷碗裡，油條剪碎，澆上蝦子醬油，怕熱汽熏了眼鏡，脫下來放進眼鏡盒。這時候，驀地停下筷子，探出手取眼鏡，戴上，不及防地，微笑起來。他幾乎沒見過孃孃的笑容，難免有些窘，彎下腰，解開蒲包口，送給孃孃看。看一會兒，即動手一件一件往外取，放置桌面，很快，漫到地上，最後，地上也滿了，便將先前的收納到瓶罐裡。那兩隻雞，消化盡肚腹裡的食，嗉子癟下去，立在地板上，驚訝環境的改變，轉著脖子四下看，竟下了一個蛋。孃孃從床底米缸摸一把米，放在蚊香盤裡，推過去。姑侄二人蹲著，看雞們一起一落啄米，「篤篤篤」地響。

這批副食的到來，十分及時。這一年，除常規的定量供應之外，又新增幾種限額，孃孃家只她一個人口，算作小戶，配給就又要低一檔。家用帳目的簿記更為複雜與繁瑣，專闢一個半天，將各種票證排列對照。肉票、魚票、蛋票、豆製品卡——橫豎劃分成格子，買一份敲一個章，有的以季度計，有的以月計，還有的，以上中下旬為計。最後，孃孃打開一本摺子，如同豆製品卡的格式，每一格裡貼著手指頭大小的花紙票。孃孃說：你父親寄來的生活費，減去用掉的那些，餘下都買了貼花，給你存著。原來是一種極小額的儲蓄，一元起存，利雖薄但聊勝於無。他合起摺子，推回過去，說：我有錢！然後從衣領裡抽出一個小布袋子，裡面一卷票子。這些年師傅零散給的剃頭洗澡錢，臨來時又給一筆整的，你自己苦下的，師傅說。表嬸替他縫起來，穿上線，貼身掛在脖頸，叮囑輕易不可示人。現在，他全交給孃孃。孃孃用手帕在鏡片後面擦拭一下，喃喃說：你還是個孩子呢！他低下頭，窘得不行。這般大的少年人，最怕動感情，尤其他和孃孃，都不慣表達和交流。

自從他來到，採買和燒煮就全擔起了。材料的緊湊，還因為生活方式，上海的炊事比鄉下細碎多了。豆芽要掐去兩頭，蠶豆剝了殼，還要去皮，花生米也要去衣。金針菜黑木耳全年各二兩，需分配給各項菜式，魚是一掌長二指寬，天不亮就去排隊，不定買到買不到，半斤肉作幾樣吃，白切紅燒切絲切丁。開一次油鍋只出碗腳多點的菜，貓食似的，卻要有三四種。所以，格外的忙碌。匆匆進出弄堂，有時和師師走對面，彼此不說話，交臂而過。他長得再快，男孩也是晚發，何況師師又長他幾歲，完全是大人模樣，已經交了男朋友，窗戶底下叫著「師蓓蒂」，他方才知道師師的名字。過一陣子，隔壁後門一響，人下來了，遝遝走出弄堂，壓馬路去了。

爺叔走後空下的三樓亭子間，住進一對年輕夫婦，灶間裡多一份人家，原先爺叔是不大用廚的。孃孃冷若冰霜的態度讓人不敢接近，換了他情形就不同了，誰都會問兩句，今年多大，從哪裡來，長住還是短住，做什麼菜給孃孃吃？三樓新嫂嫂——底樓的婆婆這麼稱呼，新嫂嫂是個極愛說話的人，教他開關煤氣，監察走表的數字，斬肉殺魚，形勢很快反轉過來，變成他教她，婆婆站一邊看，嘖嘖稱奇。由此，遇見孃孃順勢也搭訕起來。孃孃呢，內心並不像外表那麼拒人千里，而是不善交際，對世事生畏，越生畏越不善，如此循環往復，最終徹底隔斷。一旦打通障礙，即隨和許多。有時候，女人們一同看他做事，案上案下，鍋裡鍋外，彷彿有幾雙手，卻一點不亂，就十分讚嘆。嘆著嘆著，漸漸漫遊開去。但廚房裡的說話，終究離不開食用，匱乏的日子，又總是遐想富庶的圖景，最近的一幅是尼克森訪華——聽到「尼克森」三個字，砧板上的刀不禁停一拍。又一次和這名字邂逅，與他有什麼關係呢？尼克森訪華的時候，女人們感慨道，菜場上多年的消匿又出現了：對蝦，黃魚，螃蟹，河鰻，蹄膀——都是後蹄，整隻的豬頭，牛腩肉，活雞鴨，冬筍，豌豆尖，紅綠椒⋯⋯可是，只能看，不能買，決不能買！里弄和單位，大會小會，小組長一家家上門，讓男人管好女人，東家管好保母，可是，又一個可是，看看也好呀！解解眼饞，饞蟲都要從眼睛裡爬出來了。說到此，三人哈哈大笑。他也笑，新嫂嫂搡他一把：你笑什麼？你知道我們笑什麼？於是，那三人又笑。

孃孃將他當大人看了。一同上街，不再前後走，而是並排。他已經和孃孃一般高。無論身高樣貌，還是神情，他都顯得比實際年齡成熟。這時節，市面流行一種的確良唠嘰的面料，藏青或者鐵灰的中山裝，錢數事小，難得的是票證，工業券，幾乎占去一個人一年的配給，他又沒有額度。可孃孃執意給他買一件，幾番推讓，到底拗不過。站在試衣鏡前面，店員說：你兒子很好看！從鏡子裡看見，孃孃臉一紅，模糊記起讓他改口叫「媽媽」的一幕。包起新衣服，出了店門，姑侄倆復又走成一前一後。經過醬園店，佇步討論買白腐乳還是紅腐乳，這一回聽他的，買紅的，餘下的乳汁可做一道腐乳肉。然後，再回到並排，進了弄堂。

轉眼，已經半年時間，也想過回師傅那裡，卻開不出口。孃孃每天晚上和他安排下一日的計畫，他能說下一日要走？大概因為暮年將至，更可能是，他長大了，原先是他聽孃孃，如今開始倒過來，孃孃聽他。凡事都要問他，他呢，有問必答，是作得主的人了。弄堂裡的一些公用事務，比如收掃地費，衛生檢查，發放老鼠藥滅蚊劑，登記臨時戶口，也都由他接洽。他腦子清楚，言語簡潔，態度和煦，不像孃孃，借她多還她少的樣子。他和鄰里熟悉起來，甚至有幾個稱得上朋友，其中就有那個被認為最危險的人物，小毛。小毛家原是看弄堂人，每晚搖著鈴喊「小心火燭」的，最先是他祖父，接著是他父親，再後來，這行業消失了，但他們依然住過街樓上。他去玩過，想起爺爺奶奶的家，從街面走進去必經的那條廊橋。看出去的景色也有點相似，綠樹和屋頂，覺得是老遠老遠以前。十四五的孩子，通常不會有太多可供回憶的事情，他卻有。小毛其實並不像世人眼睛裡那般可怕，就是不愛讀書，這個年月，愛讀書的有幾個？只不過不像他沒管束，精力又旺盛，有領袖型氣質，所以糾結得起一幫小孩子，呼之而來，呼之而去，難免讓人畏懼。隨著世道趨於平靖，小毛也長了歲數，屢次治安整頓，進去派出所，再放出來，隊伍就散了。但書是讀不好了，勉強初中畢業，因上頭兩個姊姊都插隊落戶，上山下鄉也落潮了，於是分在一家生物化工製品廠，正式走上社會。其時，小毛這乳名，除他母親，別人叫就要翻臉的，也算是當年梟雄的餘威吧。中秋時分，他領孃孃吩咐去食品店買散裝月餅，秤好包好結帳，缺半兩糧票，糧票有半兩之分配，算這城市的特色，在他看來大可忽略不計，但營業員並不通融。正為難，邊上伸過一隻手，遞來糧票半兩，脫口叫一聲「小毛」，小毛笑笑，不言語，銀貨兩訖，一同走出來。就這麼認識了。

兩人年齡相差一歲半，小毛長些，高一個頭頂，不多久，他就能趕上來。穿一色藏青色滌卡上裝，看起來就像兄弟生化製品廠說是生產單位，但運行制度上更接近機關，所以上的是常班。有時候，兩人約好在廠門口碰頭，一起去看電影。他早到幾分鐘，只見院子裡面，幾十輛自行車，瞄準大門，下班的電鈴一響，萬箭齊發。小毛喊一聲「上」，他縱身一躍，跳到車後架，勢如破竹一般，騎出車陣。假如生活不發生變故，一徑繼續下去，也挺好，可是，世事難料，誰都不知道前面等著的是什麼。

小毛和他交朋友，有處境的原因，舊黨鳥獸散，做為單位的新人，還不及網絡聯盟。這孩子呢，是弄堂世界的外來者，對過去的是非不甚了解，所以，自覺不自覺的，懷著重寫歷史的意思。當然，也不能排除個人特質的成分，這一項甚至排得到首位，他相貌堂堂，態度沉著，與小毛歷來的結識很不相同，這就涉及到等級的觀念了。弄堂裡住戶與過街樓人家，從主僕關係沿襲而來，經歷數次階級輪替，貧富消長，依然不能完全革除陳習。此一方臣服，彼一方卻不定釋然。小毛晚上出門，大人問起——自有過派出所拘禁，家裡管束嚴了，本當是小孩子淘氣，不料想吃了官司，平民百姓眼睛裡，穿制服的都是官府的來頭！只消說去大弄堂幾號亭子間孃孃家，便安心了。頭一次造訪，小毛梳齊頭髮，換了乾淨衣服，擦亮皮鞋，拎了一簍水果。孃孃家極少客人，尤其年輕的客人，眼前這一位彷彿昨天還是頑劣之輩，倏忽間成謙謙君子，真好比換了人間。於是，格外的殷勤，請坐讓茶來人倒緊張起來，幸好有他，居間周旋。第二次登門，就自然了。放下客套，閒話家常，說到興起，孃孃抽出香菸朝小毛面前送了送，小毛接過來，擦亮火柴給孃孃點上。再下一次，帶的是半條菸，菸也在限量範圍，小毛家人口多，又路途廣，票證方面就有餘地。孃孃還是不過意，為表示感謝，決定請小毛吃飯。

一聲令發，這兩人便忙碌起來。其時，供給稍微寬鬆，配額之外，略有些盈餘，但需要掌握先機，先機則決定於人脈。菜場肉攤上有小毛昔日的一個兄弟，允諾一個豬後蹄，但是，必須早到。眾人都知道每天只有兩隻後蹄，有心埋下一隻，卻撐不了太久，一旦起鬨，釀成動亂，你知道，兄弟說，肉案上的刀都是現成的。於是，次日清晨，天不亮，他就來到肉攤。昏黃的電燈光裡，已經有人站隊，小毛的兄弟低頭刮洗砧板，任人催促，只是不動刀。過了一刻，他身後又延伸十數人，兄弟這才從案下面拖上一只油膩膩的錢盒子，開張買賣。頭兩個買主都是要蹄膀，各一個前蹄，其中一人嘀咕道：後蹄呢？後蹄到哪裡去了！兄弟不說話，將鈔票扔過去，取回前蹄，那人及時按住，鈔票又回到盒子。第三位買的五花肉，第四腿肉，他排第五，照了照面，迅雷不及掩耳，鈔票飛過去，手中籃子一沉，蹄膀落進來。身後起了喧譁，人已經離開。

有了蹄膀，其他就簡單了。年輕人口味厚，小毛尤是，他家父母來自山東，平常飯食皆以鹽醬為重。揚幫菜的主打冰糖肘子，則屬他強項，對上了路子。從中午起直至晚飯時分，一邊守著鍋裡的蹄膀，一邊做幾樣細緻的蔬菜，蝦皮干絲、水芹豆芽、黃瓜海蜇，毛豆茭白，既照顧孃孃的習慣喜好，也是調節濃淡，平衡全域。等小毛來到，蹄膀掛著絲起鍋，醬色透亮，連孃孃都下筷子了。這一餐飯可稱功德圓滿，大快朵頤，熱情高漲，物質精神雙豐收。隨著盤光碗淨，氣氛趨向寧靜和平。收拾了飯桌，他下去廚房洗涮，完畢後上來，孃孃正翻開一本相冊，他坐上去，兩人頭抵頭看。黑色的卡紙上，透明角膜嵌貼一張張照片，有著長衫和戴珠花，正襟危坐，儀容肅穆的舊式男女，孃孃解說是兔子的老太爺，老太太。相片上的人，無論服飾還是神情，都像古人，或者戲臺上的人。又點了一個綢袍子裡的小孩，說是「爺爺」。他是見過爺爺的，無論如何與真人聯繫不起來，倒是那老太爺，眉眼間依稀有爺爺的影子。後來，爺爺脫去孩童形狀，梳分頭，西裝革履，照理應該與父親接近，卻又不是了——順孃孃的手，他看到父親的照片，戴皮衣皮帽，煥然成新人類。他還看到孃孃，蝴蝶袖的連衣裙，不戴眼鏡，瞳仁很亮，直逼著對面，被她看的人是要膽寒的，但少女的蕭瑟裡總有幾分嫵媚，不像成年之後的肅殺。再翻一頁，就是一家四口，年輕的父母和幼雛兒女。小毛脫口道：你，兔子！他也認出父親和姊姊，那抱他在懷裡的，彷彿認識，卻又不認識。孃孃伸手合起相冊，說：沒有了！站起身，就是逐客的意思了。

他送小毛下樓，到門口，小毛惶惑地問：你孃孃不高興？他說：沒有沒有！小毛是個簡單的人，就也放下心來。兩人站著，後弄窗戶裡的光半明半暗地照在臉上，小毛吸完一支菸，說：你長得像你媽！走了。他沒有進屋，抬頭看看天，被樓頂的堞牆刻成鋸齒形，模糊的記憶似乎要突破屏障，終於又沒有突破，回去了。他感覺心跳得很快，震動耳膜，嗡嗡的，過三五分鐘，復又平息下來。弄口的鐵門外，行道樹的影裡，一對男女相擁著，身邊停一輛自行車。他認出是隔壁師師和她的男友，有點害臊，可是並不躲避眼睛，這幅畫面使靜夜變得甜蜜。月亮移了一步，樹影將戀人掩藏更深，幾乎看不見，自行車的輻條卻爍爍發亮。

時間又過去一段，還是放不下舅公那裡的事，試探地向孃孃開口。父親的生活費固然可靠，終非長久之計，自己也大了，可以謀個事業——說到這裡，孃孃攔住話頭，搖手道：不必過慮，孃孃我也是有來源的。這「來源」真有其事，還是託辭，總歸不讓他走的意思。話說到此，便擱置下來，直到有一天，孃孃告訴了「源頭」的來歷，方才知道不是虛應。原來，孃孃有過一次婚姻，雙方父母都不看好，因門第不對等。那一方是怡和洋行襄理的公子，這一方只是市井人家女兒。可人在情中，且少不更事，再有，她也是新女性，追求自由，一股腦扎進去，從女中退學，還剩半年就畢業了呀！孃孃屈起手指在桌上叩一下：兩人奔往大後方去了。大半年後回來，一是錢花完了，二是懷孕。那一家是中式傳統西式教育，保守加開放，於是也接受了。然而，小兒女雙方卻生倦意，熱情這東西，孃孃說，來得快，去得也快，產下一子，留給夫家，因是孩子的母親，便承諾負責生活，再嫁時候截止。到底生意人，有誠信，自此月月給付，無論時局改變，市面動盪，從不曾中斷和拖延——他不禁要問，孃孃後來沒有結婚？孃孃頗有得色：他們想不到要養我一輩子，這就叫人算不如天算，婚姻的好處壞處都嚐過了，足矣！臉上忽又蒙上戚容，所以，孃孃我養你得起！可是，他為難地說，什麼時候我才能回報孃孃呢？孃孃抬起手搖了搖，就知道談話結束了。

隔日，吃過中飯，孃孃沒有如往常一樣午歇，而是換了出門衣服，說要帶他去一個地方。路上買了一簍蘋果，由他提著，上了無軌電車。仲夏季節，濃蔭覆地，碎銀子般的陽光裡，幾個滾鐵環的孩子，就像精靈閃動，漸漸被汽車拉下，消失在視野。又轉了一路車，他跟著孃孃沿馬路走去，兩邊的樓房，多是薑黃色拉毛的塗料，日頭底下，呈現顆粒狀的明暗，起著絨頭。山牆上爬著一些藤蔓植物，留下的是一卷卷絲帛般的影。和他們居住的東區，另有一番景象。囿於孃孃的生活，他對這城市見識極為有限，眼前不止房屋形制，商店櫥窗，街道的寬窄曲直，連路人的臉相都是特別的。無論老少男女，甚至兒童，一律有一種目無下塵的表情。孃孃的步態變得昂然，彷彿受周圍影響，又彷彿分庭抗禮，有什麼了不起，誰不知道誰啊！腳下加了速度，才不致落後。走過一條過廊，廊柱和廊柱之間，由一道道拱形門連接，石頭的柱底和柱頂，褐色磚砌的柱身。從廊下的陰涼裡出來，又到樹蔭斑駁的太陽地，滿世界都在翻金翻銀，眼睛都睜不開。路口轉彎，對面一排連體房屋，尖頂紅磚的三層，坐著半層高的臺階。他們沒有拾級上去，而是走入臺階邊的門，下幾格樓梯，就到了造訪的人家。

雖然是半地下的居室，亦要比孃孃的亭子間明亮，面積且相當寬大，劃分為幾個區域。東牆下一張雙人床，本白挑花鏤空的床罩，三面垂同色的流蘇；西牆一張長餐桌；中間背床向桌一具三人沙發，南窗下再橫放一具單人的，於是，臥室、飯廳、客堂，都有了。主人穿一身雪紡綢睡衣褲，稀疏的頭髮向後梳齊，面色清臞，歲數應在孃孃之上，但兩人卻互稱先生。寒暄後分別落座，將電風扇轉向他們姑侄，自己打開一柄摺扇，又叫「家主婆」斟酸梅湯給客人解暑。「家主婆」和孃孃差不多年紀，著一身黑色香雲紗，稱得肌膚雪白，更是顯年輕，夫婦倆就像兩代人。「家主婆」的滬語裡有蘇州口音，和孃孃說話也是熟稔的，喊他「弟弟」，弟弟在哪裡上班？聽他只十四歲，便問，弟弟在哪裡讀書？應酬下來，身上的汗也乾了，於是，孃孃話鋒一轉，切入正題：先生，今天來，就為這孩子拜師學藝！他不禁嚇一跳，知道孃孃有事，卻不知道是這檔子。那先生倒聲色不動，莞爾一笑：孔老二都打倒了，何師之有啊！孃孃說：孔老二與我們有什麼干係，又不讀聖賢書，只求薄技在身，掙碗飯吃。先生只是笑：彼此彼此，共同學習！孃孃冷笑一聲：先生不用拿新辭推諉我們，舊人舊話，就當三十年前，有什麼事不能應的！先生臉上有些掛不住，又放不下，浮起一層酡紅，訕笑著：這脾性還是三十年前啊！這邊針鋒相對，那邊，師娘沒事人一個，弟弟長弟弟短地照應他吃喝。

先生的口風到底軟下來，告饒說：早三年退休，連鍋鏟都沒再碰過。孃孃將酸梅湯送到嘴邊，品酒似地喝半口，也不看先生，兀自話道，某一日，路徑「狀元樓」，時間已到中午，便進去坐下，點一客紅燒小黃魚配白飯，那黃魚吃在口中，似曾相識，分明是過去的味道，俗話說「黃魚腦袋」，指的空無一物，這「空無一物」都吃淨了——說到此，孃孃回眸望先生一眼，先生低下頭去。付完帳走出來，想想又折返，繞到後廚看一眼，你知道，你知道我看見了誰？先生雙手舉起作一個揖：玩票而已！孃孃手裡的酸梅湯「篤」一聲放下：什麼玩票？回湯豆腐乾！兩人對視一會，忽又同聲笑起來，止都止不住，大有棋逢對手的快意。師娘這才轉身回頭，嗔道：神經病！

告辭時候，日頭斜下去一大半，先生和師娘送到門外，退遠望去，一黑一白，如玉樹臨風，很是好看。回家路上，孃孃慢慢告訴他，師娘原是先生的二房，解放以後，共產黨廢除妻妾制，於是，遣走大的，留下小的，那一筆分手錢還是老東家從香港寄來的一張支票，可不是小數目，揚州原籍買下一座院子。那東家就是孃孃先前的公婆。回來後不幾天，孃孃囑他專辦一桌酒，請先生和師娘，算作拜師飯。至於菜式，全權由他安排，惟有一條，斷不可缺了冰糖肘子，孃孃說，必得亮一手，讓先生不後悔收他。蹄膀還是要走小毛的路子，起大早和冒風險，火中取栗般再來一遍。因聽了孃孃說狀元樓小黃魚的事，他不敢貿然撞槍口，規避開，用青魚頭尾作一道甩水，中段一半熏魚，一半浸了糟油，放入鮮湯。酒香草頭上鋪一圈蛋餃，蝦皮油裡炸了拌冷豆腐……這些精緻的配菜更加烘托了冰糖肘子的酣暢濃烈，將宴席推上高潮，收徒的事就定下了。

先生姓單，淮揚大師傅胡松源外系後人，親不親，舅家人，就也稱得上嫡傳。二十歲出頭來到上海，先在洋行做司務，後被高級襄理目中，高薪聘用，專為要客辦宴。一九四九年，東家遷居香港，得力的僕傭帶走大半，他卻留下了。捨不下原籍的老娘是一條，看不上香港瘴癘之地是又一條，打底的一條則是，他算得上經歷過改朝換代的人了，無論誰坐天下，都要分出三六九等，朱元璋出身草莽，山芋乾果腹的窮鄉僻壤，坐上龍庭不也錦衣玉食！他們這一行總是用得著，所以就不怕沒飯吃。替老東家看兩年房子，這兩年內，先是軍管會進駐，他都看見過陳毅將軍，塊頭挺大，廣額方頤，尤其一雙耳朵，像似「三國」中的劉備，長可垂肩，能成事的樣子。確實，他承認，共產黨裡有人才。後來，軍管會搬離，換文管會。再後來，開始安置他們這些留守的人，看起來要長駐的樣子，單先生一家就搬進現在這套居室。顯然是汽車間改建的，但很寬敞，前後兩進，有衛生，有煤氣，而且獨用，再添上樓梯旁的小間，供女傭住。這女傭原是大太太的人，後來大太太有了新人，留給了他。人口、排場、起居簡約許多，簡有簡的好處，清淨自在。過去，終究寄人籬下，如今則一家之主。雖然小人物，總歸上一朝的遺屬，鼎革之際，所受不薄。最讓他服帖的是，新政府念舊，他供職的飯店的雅座，不間斷有昔日名流來到，京劇大師，越劇皇后，麵粉大王，金融大亨，起義將士，一律共產黨做東。如當年老東家的宴席一樣，都是他主持，排菜譜，定菜式，查驗進貨，甚至親自上灶——蟹黃大排翅，雞火干絲，蜜炙火方，翡翠魚絲，這些菜肴，離淮揚菜早已經十萬八千里，比如大排翅，食材來自遠海，是粵菜的範疇；火方，即火腿上方部位，或金華，或雲南，亦不是淮揚的原始物產。滬上淮揚名菜，實為廣納博取，融會貫通，自成一體。所以說，上海是個灘，什麼東西，到這裡都鋪陳開來。這些貴客也得新政風氣，放下架子，稱堂倌「同志」。有幾次專請他到座上，握手合影，那大領導還向他敬酒。這樣的熱絡光景漸漸淡去，最終消失。他視作人情之常，並不以為一闊臉就變，而是一朝天子一朝臣，不能拿客氣當福氣。等到了文化革命，無論新近故舊一鍋端，連國家主席都下野，又是一條船上的人。反是他，太平無事，老東家的孃孃說得不錯：薄技在身，走遍天下。不過她說起那紅燒小黃魚，使他生出些酸楚，多少有些淪落的心情。過去，小黃魚是給底下人吃的，哪裡用得著他動手！世道還是在變。

今日裡那一隻冰糖肘子，不禁喚起回憶來，讓他回去故里。有多少時間過去，又有多少世事轉變，他們都上了歲數。那孃孃，還記得她走時的樣子，看都不看襁褓裡的小把戲，徑直走出大門。她的住處還是他給找的，一個遠方親戚的房子，後來送過幾次生活費，一直沒有搬遷，所以，時間又好像停滯了。上樓走過廚房，黑洞洞四壁之間，那孩子立在灶頭跟前，嫩筍一般的身子和精神，彷彿少年的自己。

第五章

胡老師讓他主講讀書會，原以為說說而已，不料竟是當真，設在文玩店對面「福臨門」的包間。事實上，就是做一桌菜，請來賓品嚐，倒也別開生面。桌上菜下去多半，問題來了。頭一個胡老師，帶有提綱挈領的意思：為什麼「淮揚」會成為一大菜系？他沉著應答：由地理位置決定。大運河鑿通以來，成南北通道，物質集散中轉，尤以糧和鹽兩項為重要，於是，商賈聚集無數——要知道，凡名菜名點都出自富庶的區域，一是指出產，二則是消費，淮揚地方這兩項都具備了，可謂天時地利人和。於是就有人歷數川菜、粵菜、湘菜、雲南菜——胡老師接過去說，雲南菜他有發言權！曾經做緬玉生意，隔三岔五從雲南過境緬甸，那一帶很亂，有毒梟，有緬共，或者合二為一，需要迂迴曲折往來，就熟得很。雲南海拔不一，山長水阻，物種雜多，這裡是這樣，那裡就那樣了，非一門一派可以囊括。聽客說：不是有菸、茶、雲腿作代表嗎？胡老師說：菸是現代工業產品，不曉得過濾掉多少特質；普洱茶則商業童話，講故事講出來的；至於雲腿，只怕隔幾里路就是另一番味道。又有聽客道：重要的是水，貴州的茅臺最著名，實際上呢，凡泗水釀的，都是好酒！從淮揚到貴州，從菜品到酒品，跑得夠遠，又被他帶回來：所以，食材離不了水土，水土離不了節令，什麼時間產什麼，產什麼吃什麼，就是天地人貫通！一個促狹的問題來了，時差！中國的時令到美國應該如何換算？大家都笑，亂了一陣，有人說：美國有美國的時令，在原住民印第安人那裡，英格蘭人登陸，帶來科學，被同類項合併掉了！這一路跑得更遠，空間有半個地球，時間從原始到現代。他再一次將話頭帶回來，說到一樣東西，軟兜！美國沒有「軟兜」。在座人半數不知道「軟兜」是為何物。鱔魚，他說。哦？人們一怔，漸漸開悟，體味到這兩個字確實非常象形。牠生在稻田裡，你們想，養米的水和土！他說，《天工開物》第一篇，即「稻」，中國古代將天下稱作「社稷」，就是土和穀。誰都料不及，這廚子竟然說到「天工開物」，連「社稷」都出來了，題目也忒大了。氣氛變得肅穆，他慚愧起來，輕下聲音：聽師傅說的。胡老師說：你們知道他師傅是誰？大名鼎鼎莫有財！他嚇一跳，張口要辯解，四下竟鼓起掌來。凡來自上海，有不知道市長的，卻無有不知道莫有財。他要說不是都沒法說，胡老師一勁地慫恿，窘得臉都紅了。這陣子熱議終於過去，靜下來，那對民國姊妹中的一個問道：聽說師傅你給陳香梅辦過酒席，做的哪幾道菜呢？他拭去額上細汗，解脫地吐一口氣。

陳香梅的菜式均是原味，烤麩，熏魚，白斬雞，糖醋小排，蔥油軟兜——冷不防又說到

「軟兜」，抱歉似地停一停，跳過熱炒，直接到了砂鍋，醃篤鮮全家福，總而言之，他說，不要什麼新鮮噱頭，現代設計，盡量還原記憶中的上海口味，以我們這一行的看法，記憶不在大腦，而是舌頭，多少人離家鄉幾十年，口音不改，什麼道理？舌頭！吃遍山珍海味，最想吃的還是小時候的愛好，什麼道理？還是舌頭！說到此，在座就搜集起各方飲食習俗，重慶人的麻辣，山西老陳醋，山東大饅頭，有當年的知青去到皖北插隊，有一種「啥湯」，雞鴨骨架作底，放進麥仁，麵筋，最重要是一包藥材，凌晨燒火，天明揭鍋，滿城都是火辣辣的香味，開始不習慣，後來竟離不開了。武漢的熱乾麵，也是每日必吃。浙江溫州的「風肖」，兩個字也不知怎麼寫的，就是糯米鍋巴，薄如棉紙，白糖水一沖，燙得嘴裡起泡。有人提及小時候弄堂裡的糖粥擔子，伴隨梆子聲，就像童謠裡唱的，「篤篤篤，賣糖粥」，說到弄堂，故事就多了，五〇年代初，南市有一個賣糕團的行販，裝備一部彈子機，舊幣制三佰元，即三分錢一擊，以目標遠近為收穫多寡，糕團以時政事件為命名，「桂柳會戰」、「長沙大火」、「淞滬抗戰」，最貴重超價值的一件有也最反動，叫做「反攻大陸」！眾人都笑，他卻緊張起來，生怕激怒父親。再一想，父親並不在場，方才鬆一口氣，也笑了。自從上回起了爭執，父親就拒絕參加讀書會，連胡老師都疏遠了。大家都很開心，顯然是這一講最出彩的橋段，紛紛說道，這糕團販子定是蔣匪特務，遲早要吃人民政府的飯，「人民政府的飯」指的坐牢，滬上市井的俚語。也有人說行販不定已經潛逃，就在法拉盛，你我他中的一個！於是，又笑。他卻沉下了臉，因覺得這說笑都在針對父親。趁不注意，他起身離席，走廊上遇到老闆娘，問一句：散了嗎？他不回答，低頭側身而過。這些卻沒有瞞過胡老師的眼睛，猜得到其中的緣故，亦不好說破，掃大家的興致，由他去了。

這一日，胡老師上門來了，提一瓶二鍋頭，兩盒熟菜，要和老楊喝一杯。這一杯喝得夠長久，他出工開始，下工還未結束。進門只覺得一屋子酒氣，滿桌子的雞骨魚刺，隔壁房內，師師已經睡熟，這邊兩人用筷子挑仙人骨占卦。所謂仙人骨，即魚頭和魚脊相交處一根三角刺，筷子夾起鬆開，桌面上立住，意味著好運氣。兩人輪番挑起來，落下去，無一回立得住。走近一看，不是仙人骨，是一根魚肋的長刺。他原本不怕晚，有心也喝一杯，但看都醉得不行，便下令散了。將一個推上床，另一個推出門，架下樓去。胡老師腳底打著絆，舌頭也打著絆，力氣卻很大，掙扎著，企圖脫開他的攙扶：走開，我喝你沒話說，我和老楊是一對！他哪裡敢鬆手，只在嘴上「好，好」地哄著，一邊左右顧看，找計程車。頭頂一輪皓月，將他們的身影投在地面，看上去像打架一般。寂靜的夜裡，胡老師的聲音格外洪亮：我們，他點點自己胸口，又點點他的，心連心！好的，好的，他說。冷不防，當胸一掌，踉蹌後退幾步，站住了，胡老師已經坐倒在地。這時，街角閃出計程車黃色的頂燈，趕緊招手，和司機一併將胡老師塞進後座，付了車資，看著車一溜煙駛走，方才轉身回去。

第二天早上，他專到文玩店看一眼，昨晚的司機是個波多黎各人，多少有點不放心。

隔著玻璃窗，見胡老師在裡面活動，便離開了。煌煌的日頭底下，景物都有些發花，暈眩似的。心裡對胡老師感激，因他願意和父親做朋友，這一點，他是做不到的。父子大約是世界上最疏遠的關係，有一首臺灣歌曲，反覆唱的兩句：天上的星星像地上的人那麼擁擠，地上的人像天上的星星那麼疏遠——他們就是兩顆星星。暗中也期望共同生活能拉近彼此距離，父親三個月的探親簽證到期後，和上回不同，又續了三個月，顯然是師師的作用，她活躍了氣氛。但他不敢說師師究竟對父親有多少理解。那次讀書會父親生事，師師面上不說，背後是不滿的，譏誚說：就算不認蔣介石，也得認孫中山啊！他不搭腔，師師繼續說：國民黨已經成友黨，要翻老帳啊！他還不搭腔，師師再接著說：鄧小平說白貓黑貓捉住老鼠就是好貓，難道老幹部不學習嗎？他撐不住笑起來。師師就是會扯，從一件事扯到另一件，又扯到第三件，許多爭端就這麼扯平了。不像他們家，都是較真的人。有幾回，聽見父親企圖和師師談一些嚴肅的問題，比如「唯物主義」，師師很虛心地聽著。他懷疑她未必真有興趣，她懂什麼叫「唯物主義」嗎？因他自己也是不懂的。但等父親從抽象理論落實到具體事物，聲明他去世後不留遺骸，骨灰盡撒入大海，師師發言了。爸爸，她說，他很感激這一聲稱呼，爸爸，關於這一點我想發表些意見。你說，父親面帶微笑，期待聽到回饋。師師說：這不夠環保！他又要笑出來了。父親雖有些意外，卻依舊保持討論的態度：可以送到遠海。師師說：遠海的生物種群也會對近海產生影響！他都不知道師師從哪裡得來「生物種群」的概念。談話引入海洋生態的題目，扯是扯遠了，卻不能說不在「唯物主義」的範疇吧。

師師的胡攪蠻纏規避了交流中的危險。這危險具體是什麼，他說不上來，但又無時無刻不感覺到它的存在和窺伺，像水底的暗礁，稍不留意就會翻船。而他們家的人，似乎是一種特別警覺的動物，稍有風吹草動，預先繞開。更徹底的做法是縮在自己的殼子裡，與外界築起一層障壁。師師在某種程度，緩解了他，也許還有父親的孤獨感。他們三個，相處得不錯，抑或還加上姊姊，不過只能偶爾為之。現在，他相信女人的天敵是女人這句話了。師師和姊姊，笑裡都閃著刀光，話沒說上幾個來回，便揚眉劍出鞘，兵刃相向。奇怪的是，這樣的緊張關係，應不見面才好，可偏偏的，兩人並不回避，甚至很喜歡，無論哪方發出邀請，對方必定欣然接受，於是，這邀請多少有一點約戰的意思。姊姊的德州佬男友，也很會湊熱鬧，用師師的話，「小二子跟進」，擠一腳的意思。出乎所有人意料，他們這一對，看起來配錯了，倒十分穩定，度過這麼些時間以及地理上的變動，依然在一起。其中的原委，他和父親，從來不作討論，只各自困惑。但誰能捂住師師的大嘴巴？並沒有人徵詢她，陡然間說出一句：誰也看不懂誰！聽起來很荒唐，仔細想，卻不無道理。好比瞎貓碰著死老鼠，師師就能撲捉到真理！那位仁兄也會扯，扯和扯不一樣，師師是假癡假呆的扯，多少有些存心，德州佬則真癡呆，又聽不懂中文，每到形勢激烈的時候，急切要姊姊替他翻譯。姊姊呢，也是存心，翻過去全不是那麼會事，他再回來一句，可真是亂成一團麻。無論怎樣，效果是好的，大家都樂起來，嚴肅的事情變得滑稽。師師對德州佬也有一句評價，「說死話」，滬上人的俗語，抖一個空包袱的意思。德州佬的「死話」並非出於語言的機巧，純屬於渾然不覺。

長島有一家日本料理，新近舉辦活動，週六週日晚，一人一百元自點餐，由師師發起，全家聚一次。下午六時左右，兩邊人都到齊，圍桌而坐，喝一會麥茶，研究功能表。本來各吃各的，最民主自由，即便如此，也能生齟齬。師師先要了大份的魚生拼盤，鐵板燒烤，味增湯和蒸蛋。姊姊合上手裡的菜單，說：夠了，不必再加！這句話本來無懈可擊，師師就挑得出刺來，以為有「越俎代庖」的指摘，答一句：這些只是打底，再想吃什麼再點，多少不過一百元！姊姊一時無以應對，差不多算過去了，偏偏不巧，此時此刻，德州佬點了一杯威士卡，只看見姊姊眼睛一亮，鬥志點燃：酒是一百元以外的啊！話沒落音，師師一揮手，招來服務生，要了一整瓶威士卡。服務生是美國孩子，美國人大多沒眼色，多嘴道：就不包括在餐費！師師很火大地說：我知道了！那男孩帶著疑慮的表情退下了。姊姊說：美國人都是很節約的。師師一笑：這一點我最懂得，一口一聲「親愛的」，吃個漢堡包都要對半對分帳！他不禁在桌面擊一掌，好！師師的嘴真是爽利，緊接看見姊姊變了臉色，心裡擂起鼓來。姊姊也一笑，她們的笑令他膽寒——所以說，嫁來美國的人要想清楚，是你的是你的，不是你的就不是你的！平心而論，姊姊不如師師有急智會說話，她刻薄在外，荏弱在裡，難免進退失據。而師師，遊刃有餘。師師臉白了一下，即恢復正常：還好還好，我嫁了個中國人！德州佬聽得懂言語往來中有「美國」和「中國」的字樣，插嘴道：文化，這是文化！可說歪打正著，人們怔一怔，笑起來。事情到這裡應該告一段落，雙方卻不肯甘休，彷彿意猶未盡。他覺得他們家人都不正常，師師是正常的，但是，遇到姊姊，便不正常了。

師師不無得意，將方才的話題接下去：所以，按中國文化的慣例，今天的餐費我們全包！姊姊應道：入鄉隨俗，各付各的，拆夥的時候不必計較你的我的！師師說：中國人信奉白頭到老！話脫口即知道失言，因前一段婚姻中途而廢，搬起石頭砸自己腳，已經收不回了。姊姊「哧」地笑了半聲，戛然止住，一片寂然，他的笑也收起了。德州佬高舉酒杯，說：乾杯！依次與在座碰一下。他發現，德州佬並非不諳世事，他自有通路，這時候，倒有些明白他和姊姊的相處之道了。

眼看父親續簽的三個月又將到期，姊姊帶父親報名旅行社，去加勒比海玩一趟。和來時一樣，操辦一桌酒菜送行。除家裡人，他自作主請了胡老師夫婦，心想當了客人面，她們還不約束些！胡老師一對可說青梅竹馬，一條淮海路上長大，一個小學、中學的前後同校，區別在於，一個高中畢業去了新疆，另一個則留在上海做了「社會青年」，所謂「社會青年」其實就是失業的同義詞。胡師母長得很漂亮，讀書時候是校花，出來後是「淮海路一枝花」。她父親早年從浙江寧波到上海做裁縫，屬「奉幫」一系的，本來有一個門面，後來收起店號，自己在家接回頭客的生意，足夠生計尚有盈餘。母親據說原是打下手的針黹女工，順風順水做上老闆娘，大躍進號召主婦們走出家庭，就在弄堂口居委會辦的縫紉鋪裡做，算是端公家飯碗。家中養了三個孩子，下面兩個男孩和通常人家無異，大的即胡師母，因是頭生，又是女孩，調養格外用心思，從小打扮得洋娃娃一般，長大更是出挑。人們說那老裁縫手藝好，工價平，惟有一點，剋扣衣料。女兒身上的漂亮衣服，就是剋扣下來的零頭做成，無奈它拼嵌巧妙，非但看不出，還十分新穎。模樣好的女孩子多半讀不進書，心思不在此處，初中畢業，沒考上高中。正值號召知識青年支援新疆軍團，帶兵的人都來到上海，各學校派了名額，還專來慫恿她。這麼樣絹做的人，去到大漠孤煙的邊地，大可成模範和典型。同一條淮海路上，不就有出身資產者家庭的女兒帶頭報名，可惜這女兒不是那女兒。母親對她說——她們母女有點像姐妹，兩人手裡做著針線，嘴裡互訴衷腸，母親說，投胎投在上海是一等福氣，投在淮海路再又上一等福氣。所以，任憑說得花好稻好，她是決不會受蠱惑的。但上海的好，是有一點危險的，聽「淮海路一枝花」的別稱，就知道這城市多麼浮浪。幸而大人管束緊，否則，放到世界上，誰駕得住方向？只幫著買些日常雜用，進出弄堂，已經引來無數眼睛，其中有一雙就是胡老師的。事情開始得還順利，年輕的胡老師相貌堂堂，重點高中的優才生，不久即將升入大學，已經選定同濟土木系，那裡有學生銅管樂隊，想去裡面吹大號，還有一個香港父親，雖然負心於結髮妻，兒子總是認的，偶爾寄信來，全弄堂的人都可以作證明，上海市井有一顆香港心，既是前生，又是今夢。然而，世事難料，剎那間好事變壞事，恰是「海外關係」這一條，成了命運的攔路虎。大學擦肩而過，換成新疆朝他招手。時代熱情激動不了他，此時此刻，自知身在邊緣，進不了歷史潮流，所以服從動員，是因為向來行動力強。眾人瞻望「一枝花」，惟有他，不僅眼睛看，還要設計畫：搭訕，送電影票，說服母親照應老裁縫生意，替兩個小的補習功課。他對「一枝花」說，給三年時間，是聚是散，自有定規。這句話，像是哄小姑娘的，蹊蹺的是，家裡的大人居然也信了，除去人格魅力，香港背景依然發揮作用。一條淮海路上，多少父親母親在香港，困難時期，寄來一個個火油箱，裡面裝著豬油、白糖、魚肉罐頭，小孩子則一個個過境去團圓。事實上，三年的期限推遲到五年，踐約回到上海，和「一枝花」結婚。洞房花燭，新娘方才知道，新郎沒有戶口，但卻有精壯的一條身子，爐火煅過似的。戈壁灘上迷路，整五天半米水不沾牙，早上睜開眼睛，一輪紅日拔地起來，以為瀕死的譫妄，可是活下來了；從上海探親結束，乘坐幾日幾夜火車到烏魯木齊，等過路卡車捎去農場駐地，錢用完了，帶去的香菸、大米、捲麵、香腸，包括身上的衣服賣盡了，終於來一班順風車，幾十人湧上去，司機不敢開門窗，就這麼掛在後車廂上，一行幾十裡；夜半下大雨，乾打壘的土層頂塌方，以為夢魘壓住了，其實是泥和水，埋到脖子根……可是，胡老師枕頭上發誓：出生入死，不讓你吃一點苦！胡師母劈里啪啦一頓嘴巴：進一扇門，還說兩家話？上海的女子外表是花，內裡是草根，俗話說，上得廳堂，下得廚房，就是指這個。

依照慣例，他下廚，師師上菜兼陪客。胡老師帶來的五糧液，和父親對飲，其他人是紅酒飲料茶。有胡師母在場調和，姊姊和師師便放過了對方，解脫戰備狀態。德州佬難免有些無聊，但被美食吸引，摒除旁騖，專心口舌之欲，只時不時地喊「傑瑞」，發出無數天問。「螞蟻上樹」菜名的來歷，「宮保雞丁」出自何典，「霸王別姬」的故事，還有「龍虎鬥」，「翡翠白玉」——這一題轉給了胡老師，由此「玉」到彼「玉」，即石中的精華，比如新疆的和闐玉，最上品為羊脂玉，溫潤而堅硬，與你們的鑽石不同，他對德州佬說，鑽石的光是穿透性的，所謂「光芒四射」，「玉」卻柔中有鋼，鋼中有柔，合乎中國精神最高境界，中庸，因此常用作士大夫清志的象徵。德州佬反詰道：那麼，《紅樓夢》賈寶玉口中含的玉又意味什麼？大家都知道，他頂反對傳統文化！在座人面面相覷，心想這孩子不得了，不是金融專業的嗎，轉眼間變漢學家了。最後，胡師母站出來作回答：賈寶玉參加科考，完成讀書人的功業，然後才回去大荒山無稽崖青梗峰，那塊玉他還給了僧道二人。胡師母讀《紅樓夢》比德州佬熟，聽得他直點頭，未必真懂，卻是折服。眾人鬆下一口氣，驟然又提起來，因他緊接說出這樣一句話：大荒山無稽崖青梗峰是宇宙時間。這就換成眾人服他了。

胡師母向姊姊說：你把他教得很好！姊姊早已經笑得直不起腰，酒意和笑容改變了她的面相，顯得年輕，而且隨和。胡師母忍不住要問：為什麼不結婚，生一個寶寶？姊姊憋著笑轉向德州佬，問：為什麼不結婚，生一個寶寶？德州佬做了個掩鼻的動作：寶寶很臭，臭死了！姊姊又笑，德州佬佯裝正經，拈起一朵裝盤的蘿蔔花，送到姊姊臉前：我要結婚，和我結婚！姊姊抬手打飛蘿蔔花，兩人笑作一團，座上人陪笑幾聲，多少有些尷尬。幸好師師上了新菜，拔絲蘋果，筷子從四面伸來，扯著糖絲收回，空中織出一張網，氣氛很熱烈。很快，盤子就見底。父親擱下筷子，說：如果有個孩子，你會比較快樂。本以為擱置的話題又拎起來，人們發現，方才的哄鬧中，父親其實是沉默著的。姊姊挑高眉毛：我不快樂嗎？我很快樂！說罷便笑。德州佬跟著笑一聲，彷彿回音，很快煞住了。父親仰頭喝一盅酒：快樂就好！姊姊卻不依了：你倒說說，我怎麼不快樂了？父親和解地說：我並沒有說你不快樂，我很高興你是快樂的。他顯然怕女兒，到這個年齡，作父母的都怕兒女。姊姊不肯放過，追逼道：你說了，「如果有個孩子，你會比較快樂」，意思就是我是不快樂的！父親被她激起火了，手裡的酒盅一墩：我說了，怎麼樣，多大的罪？胡師母開解說：你爸爸想抱孫子了，你們倆的孩子一定很漂亮，中西合璧！姊姊將筷子拍到桌面：我最討厭雜種！德州人完全聽不懂言語來去的內容，直覺裡和自己有關係又沒關係，見諸位神態嚴峻，再不敢插嘴，索性起身離桌，到廚房與傑瑞說話。

傑瑞，他搖動著葡萄酒杯，看玻璃壁上的掛漿，為什麼不開飯店呢？憑你的手藝，生意興隆，財源滾滾！後兩句是用中文說的。「傑瑞」說：不一定，美國人另有口味。那麼，德州人很虛心地請教：中國人和美國人，誰的「口味」更好？「傑瑞」認真想一想，回答：路數不同，比如，你們覺得好看的女人，我們常常以為是醜的，甚至極醜！德州人也認真想一想：你們以為那種金髮碧眼的美人，在我們看來，很普通！「傑瑞」說：很好，各取所需。嘴上搭話，手裡正做一道「松鼠桂魚」，倒提著魚尾，滑入沸滾的油鍋，魚身上的刀口齊嶄嶄綻開，德州佬不由打個寒戰，覺出恐怖。「傑瑞」瞅他一眼，說：聖人有一句話，「君子遠庖廚」！德州佬問什麼意思，他自己也不怎麼清楚，就簡單說：知識分子不要進廚房！德州佬退到門口，復又進來，問：你老婆漂亮我老婆漂亮？他不假思索道：我老婆！德州人說：我老婆！閃出去了。

「松鼠桂魚」起鍋裝盤，師師接過去，他則坐下小歇。餐桌上的風波已經平息，都在聽胡老師話說當年。那時候，從新疆跑回上海與師母結婚，一住大半年，用病假單向那邊點卯。肝炎、腎炎、肺炎、結核、胃潰瘍、類風濕、高血壓，除常見病外，還有些稀奇古怪的罕見病，一般人聽都沒聽說過，肌無力綜合症、脆骨症、植物神經紊亂，心因性休克，三教九流的人脈中，不乏醫院裡的結識，都是他們想出來的。中間實在催不過，返回一兩次，心理暗示還是佯裝，或者一半對一半，到了那邊，他真休克過幾次。送到場部醫院，驗血指標果有多項不正常。名字叫醫院，實際只算得衛生所，並沒有更多的檢測手段，主要聽病人自訴，病假就續下來。用胡老師話說，火車開過長江大橋，所有症狀一一消退，進到上海站，又是一條精壯的身子。人回來了，農場的工資停發，生計怎麼辦？世上三百六十行，本人做過三百六十一！胡老師一拍案，桌上的碗碟跳起來，落下去。

師師立在姊姊身後，添茶斟酒，挑刺剔骨，殷勤獻好中且流露出快意，就猜到他不在場時候發生什麼，趁了心願。女人裡，師師應屬氣量大的，可是，就不肯放過姊姊！或多或少也有他的緣故，本來沒要緊，落到對方手裡，卻成了要害，許多爭端都是這麼發生的。他既好笑又有些不安，隱約中，能量還在積蓄，隨時產生後續。打發師師去廚房炒一道蔬菜，給自己斟半杯酒，聽胡老師說話。

有一件事，老婆都不知道，胡老師說，曾經去廣東深圳，準備越境香港！他們一行三人，籌足錢，聯絡好當地人，租一條小木船，到約定時間地點，那人卻不幹了，說巡邏艇增加往來次數，探照燈開得雪亮，海面上掃來掃去，暫時都收手停歇，伺機再發。村落房屋牆上，都寫著嚴禁偷渡，打擊犯罪的大字。有線廣播報著遣返者的名單，讓管轄部門去領人。海灘上有游泳溺死又被海流送回來的屍體，赤條條的，年輕、黝黑、鐵打般的筋骨，合撲著臉埋在沙粒裡，彷彿累了休息一時，卻永遠醒不過來。於是，三個人原路去原路回——人們看胡師母，胡師母波瀾不驚：他當我不知道，「老蜜絲」早告訴我了！「老蜜絲」，同行三人組中的一個，其實是個男人，體育學院水上運動專業的學生，不知為何得這麼個雅號。胡老師嚇一跳：「老蜜絲」為什麼告訴你？師母平靜道：向我借錢。為什麼向你借錢？胡老師跟進一步追問。我也向他借錢，師母回答。胡老師倒吸一口氣：你從來沒同我說過！有什麼好說的？師母反問。多少年的祕密不提防間揭開，座上人都愕然，紛紛道：師母知道還不攔著，好一步險棋！胡師母說：他這個人最會看山水，曉得進退，又怕死得很！胡老師不服氣道：何以見得？胡師母不與他爭，只笑著點頭，顯然手裡握著證據。父親舉杯道：惜命好啊！大家都和胡老師碰杯，姊姊也喝了。他放下心來，在姊姊肩上拍一下，感覺到那肩膀的薄和瘦。站起身進廚房，著手最後一款麵點。

這一款麵點他下了功夫，難度在物色食材。說起來簡單，細究卻頗費周折，就是小麥。不能生，不能熟，恰是返青的一刻，摘下來，搓成粒；石臼裡搗出漿，且不能爛，需保持原形；傾在手裡揉，揉，揉成團；壓在扁盤裡，拍打、切塊，上籠蒸。為了它，專在盆裡栽幾十株麥子。美國這地方，水土太豐腴，種什麼，長什麼，長什麼都是肥碩壯大，他要的麥子卻是顆粒小、瘦、高密度，從土裡硬擠出來。中國的莊稼，哪一種不是？樹的年輪壓得死緊，銅線似地一周套一周，箍得個千年不朽。這一款麵點，說是甜品，倒有些苦澀，但苦盡甜來，行話叫回甘。少有人知道它，名不見經傳，事實上，連「名」也沒有。源出並不在淮揚地區，更要向北，鹽城如東一帶，想來是青黃不接春荒的時日，苦極了，救命的吃食，逐漸演化過來。他瞅準長勢，及時掐下來，撿出硬實的麥仁，早一日搗好揉好，濕手巾蓋在盤子裡，這時切好上籠。還需看著火，不能太過，太過就散了。

端上去的時候，德州人在講他的故事，接了前面偷渡的話題。一百多年前，愛爾蘭土豆受災，顆粒無收，全國大饑荒，餓殍遍野，難民們離鄉背井，向四處投生，幾十萬人來到新大陸，在某種程度上改變了北美人口種族的結構，他的先祖就在其中。父親說，聽起來很像闖關東，東北的山東籍人占相當比例，山西呢，多往內蒙一帶，信天遊「走西口」就唱的那一段，走千走萬，奔一口吃的！父親感嘆道。姊姊說：有什麼比「吃」更重要？話說的沒錯，但有點找茬的意思，這晚上，父女倆較上勁似的。人們都嗅出危險的氣味，預感到某個節骨眼上要炸，胡老師插嘴道：今天世界正好倒過來，就拿美國做例子，毀滅它的不是原子彈，不是星際大戰，而是肥胖！他在餐桌正中放下盤子，說：這可是一道飢餓的點心！待人們伸筷子時候，將做法與來歷敘述一遍。胡老師也發感嘆：中國許多菜式都來自饑荒的經驗，為了儲備和防腐，比如醃、臘、黴、臭——德州人說，我們西方人的「芝士」也一樣！胡老師說：還是不一樣，你們囤積高熱能食物，屬食肉族，我們是食草族！他不禁也湊個趣：據說，我們的腸子要比洋人長好幾米！大家都笑，以為他說死話，胡老師正色道：莫以為無稽之談，聽過一位生命科學專家的觀點，專研究中國人高血糖高血脂多發的現象，結論是人口密集，導致生態貧瘠，經過長期進化，優勝劣汰，只需要極少的食物便可以生存，如今陡然間豐裕起來，於是，毛病來了！眾人均覺得有道理，要求請這位專家主持一期讀書會。

他卻有不同看法，幾千年前，聖人就有「食不厭精，膾不厭細」之道，恰是富裕的文明；洋人求的是力道足，法餐中有一道牛肉，名字就叫「韃靼人」，「韃靼人」是什麼人？野蠻人！忽必烈做皇帝，年號用的是漢字，其實是順降——師師打斷他：趕緊說說「韃靼人」是什麼樣的菜式！生牛肉末，他說。大家一怔，譯給德州人聽，他則以為自然：好吃！眾人就笑：包餛飩很好。父親說：鮮族有一道菜，生牛肉拌梨絲。胡師母說：生牛肉不敢恭維，我卻欣賞日本料理中的生魚片！他解釋給眾人聽：日本地方，汪洋中一群島，又都是山地，沒什麼出產，就一樣東西多，三文魚，所以就在這上面下功夫，創許多新品。胡師母說：這就叫天地生，天地養！正是這道理，他接過去說，什麼節令吃什麼，不在季候上的東西，無益反有害，比如茄子，本來是好東西，《紅樓夢》裡，特別寫到它，過到秋後，卻成發物，引出舊疾來了！姊姊反問：那麼，未熟的麥仁，吃了有什麼後果？他曉得姊姊刺頭的脾性，樣樣要占上風，今天似乎遭遇另外的事由，越發不馴，笑道：所以只能淺嚐則止，多少年來，不只這一回嗎？還是要掐住時辰老了不行，嫩了也不行。師師說：也是造孽呢！兩人都持退讓的態度，姊姊不好再計較了。這時，座上的氣氛融合許多，酒足飯飽也讓人放鬆精神。晚宴進到尾聲，開始說告別的話。明日幾時的航班，哪個機場，送機的車聯繫好沒有？此一去什麼時候再來，一定要多、多、多地來啊！胡老師夫婦殷切道，乘興建議老父親申請移民綠卡，兩個兒女都定居了，何足掛慮的？父親則搖頭：金窩銀窩比不上自己的草窩。師母說：家人在哪裡，窩在哪裡！姊姊又發難：當年胡老師去新疆，師母倒沒有去嘛！一晚上下來，人們已經習慣她的挑釁，水來土掩，兵來將擋。胡師母鎮定回答：上海這邊有我和孩子兩個，那邊他一個，你說哪個是家？姊姊語塞。他察覺一絲緊張空氣，隱約間，方才遏止的事態在抬頭，介面道：又不是出征打架，論人多人少！眾人笑起來。胡老師說：我的原則是，哪頭轉得開舵，哪頭安家，我不說美國多少好，可是有一條，水面寬，左右逢源！父親還是搖頭：這水不是那水。這句話人們聽不太懂了，父親又來一句：他鄉非是我鄉！話裡的禪機更深，座上人都看他，父親改搖頭為點頭，臉上浮起笑容，眼睛亮著。做兒女的很少見有這般表情，酒確實能移性啊！

我這一生，庸庸碌碌，無所作為，勉強可稱道的惟兩樁事——父親說，革命和兒女。胡老師表示理解：人生何求，立業成家。父親卻不同意：並不是「立業」的意思，那也忒功利了，而是，信仰！胡老師，你比我，到底晚生，閱歷淺。胡老師是啊是的應著，對一個喝多了的人，還能怎麼樣？我出生在一個舊式家庭，祖上經營鹽業，道光時候，實行新法，兩淮的鹽商便萎縮沒落，一路下行，到曾祖代，其實就是坐吃，我一輩人出世，田地、房屋、家什，典當一空，比赤貧更赤貧，因他們只是窮，我們還是潦倒！都說江南好地方，鶯飛草長，卻不知道身在其中的不堪，冬天潮冷，夏日溽熱，小孩子不是凍瘡就是癤子，大人一年到頭腿上起丹毒；姨娘們爭風吃醋，暗中下絆子，叔伯們偷兒女的壓歲錢吃花酒；屋簷上鏤花的滴水碎下來砸了老媽子的頭，找不到賠帳，擅自拿了老太太帽頂上的玉佩；米缸見底，最後的一角錢去買三丁包解饞；皮襖蛀洞；牆角長小蘑菇；天棚跑著大老鼠；魚缸裡養浮游；子弟上不起新學堂，對外只說家有古訓；女眷們倒新式打扮，燙髮皮鞋，無袖旗袍，這就是舊中國！父親慨然而道。他慶幸自己及早走出家門，跟一位鄰家大哥，去到上海，讀公費學校，參加青年小組，迎來一九四九，又以調幹生名義，考入東北工業大學，後來知道，大哥是中共地下黨員，他是我的引路人！父親說。

寡言的人，一旦開了話匣子，止也止不住。大家都安靜聽講，德州人雖然不甚懂，但看周圍表情，曉得在說嚴肅的事情，收起插科打諢，神情專注。橫空穿越的七號線上走著火車，時間很晚了，這裡不僅沒有結束，倒彷彿剛開始。師師快手快腳拾起碗碟，端上水果，父親轉眸看著兒媳，眼光變得慈愛。這樣的時候，他最感激師師，代他，還代姊姊接受父愛。父親說：有這一兒一女，媳婦，你——這「你」指的德州人，德州人的回應是，伸手攬過姊姊的肩膀，姊姊推開他，身體傾向父親，問出一句：媽媽呢？媽媽在哪裡呢？父親撐一會，沒撐住，站起來，踉蹌一下，被胡老師扶住了。空氣中驟然聚集能量，迅速達到飽和，然後，「嘭」的一聲，原子彈爆炸。沒有人，除了他們自家，沒有人知道這個爆炸的核是什麼，只知道不是什麼，不是現場的任何一件事物。姊姊試圖攔住父親，不讓退走，手臂被打開了。對於一個向來溫和的人，這動作格外粗暴。這席最後的晚餐，人都變得不正常。姊姊扭轉身子，對父親背後嚷：你的兩樁成就裡面，媽媽屬於哪一樁？已經離開飯桌，向臥室走去的父親，又回來，臉上呈現一種可怕的笑容，將面貌毀壞了，對著姊姊，回答道：兩樁都是，既革命，又兒女！姊姊暴怒起來：偽君子，你和媽媽離婚，背叛革命，背叛兒女！父親瞇縫眼睛，露出一種類似無賴的表情：你呢？你為什麼和媽媽劃清界線！姊姊從椅子上跳將起來，向父親撲過去，胡師母攔腰抱住，凜然道：都給我閉嘴！這一聲喝斥，讓所有人震顫，當年的「一枝花」，威風竟如同大男子。她把姊姊摔回到椅上，拍著桌子：我平生最不要聽的就是「革命」兩個字，什麼都攪成渾江水！轉頭指著姊姊：你父親和母親結婚，才有你們兒女；和母親離婚，也是為你們兒女！事情經她一說，倒簡單明瞭：活著最重要，懂不懂？活著就要吃飯，誰給你們吃飯？人們坐在自己記的座位上，惟她站著，居高臨下掃視周圍，經過德州人時候，用滬語說：儂是勿會懂的！德州人點頭說是，很敬慕的樣子。他真被這女人降服了，又美麗又凶惡，雖然上了歲數，恰恰是歲數，才有魅力。他不怕歲數，美國腹地無邊無垠，彷彿時間還未起源，正需要歲數來劃下刻度。胡師母倒笑起來，父親酒也醒了一半，囁嚅著：沒有革命就沒有我——胡師母拍拍父親肩膀，沒有誰歷史都在進步！胡老師率先鼓掌，師師，德州人也跟著拍手。父親和姊姊沒動彈，他呢，挪開桌上的東西，雙手扶住兩端，放下支架，桌面合起，並成矮几，再支起，拉開，又成餐桌。來來回回，茶几變餐桌，餐桌變茶几，這一晚終於結束了。

松花江的冰面上，姊姊在滑行。毛線帽壓住頭髮，露出老鼠尾巴似的辮梢。雙臂展開，將連著手套的毛線繩抻直。脫去棉襖，毛衣嫌小了，緊裹了身子，臃腫的棉褲更襯出腰肢纖細，逆光的時候，就看見一條黑影，鍍著金邊，在人群穿梭、騰挪、旋轉、跳躍——雙腳在空中剪兩下，落回冰面。她俯下身子，向後抬腿，腦袋向左側，再向右側，乘著慣性。他看見她的笑靨，凍紅的臉，沁著細汗，就像花瓣上的露珠子。他腳踩冰鞋，綁緊了，一步不敢移動，倚在一棵樹，等姊姊給他鬆綁。本來說帶他的，可禁不住夥伴們的叫喚，四面八方都在喊她的名字，北方乾爽晴朗的空氣中，聲波沒有阻礙，傳得極開。姊姊的名字，脆生生的，鈴鐺似的，這邊也是，那邊也是。於是，姊姊丟下弟弟，箭一般射了出去。這時候的姊，快活得像一隻鳥，無拘無束，自由自在。他並不因為被丟棄而沮喪，相反，鬆一口氣。太陽在冰面上的反光，刺痛了眼睛，天地無比開闊，令人生畏，無從依傍，自覺得渺小極了，一陣風就能吹跑。耳邊是冰刀謔謔的摩擦，盤互交錯的弧線，光影變換明暗，他感到暈眩，快樂的暈眩。可是，依然想念南方。

手風琴在歌唱，這地方時興一種名叫「巴揚」的手風琴，左右都是鈕扣式的按鍵，適宜演奏快速的樂曲。彷彿看得見舞步，穿著小羊皮靴子，鞋跟踏著拍點，風鼓起裙襬，滴溜溜轉，有一股瘋勁，莫名的激昂。江這邊，江對岸，這一片，那一片，最後彙集起來，順著冰面地下的江水，一併流淌。他有些害怕呢！隨時隨地準備，冰鞋的刀鋒，吱地劃開縫隙，唏嚓崩裂開來。就像一個恐高症的人，想像臨萬丈深淵。他微微打戰，懸著一顆心。人們在滑翔，好像長了翅膀，脫離地心引力，飛起來了。手風琴更加激越。人們簇擁著姊姊，合力將她拋起，接住，再拋起，他驚得幾乎叫出聲，危險！姊姊顯然熱衷這危險的遊戲，聽得見她的笑聲，幸福滿漲，從周身溢出。太陽向西去，晚霞從天邊鋪來，只一瞬間，變成暮靄，冰上的人散盡了。他尾隨姊姊和她的朋友，冰鞋在背上搖晃，手臂搭著手臂，邁開大步，所向無前的姿態。手風琴剩下一架，在遙遠的森林裡，也許受環境氣氛影響，節奏緩和下來，多了延長音，裝飾符就像小漩渦，裡面盛著些憂傷。

送走父親的次日，他去長島接一單家宴。事畢結清帳款，沒有回家，而是直接往曼哈頓唐人街，旅社裡宿一晚，天明時分搭大巴去了大西洋城。他很久沒有玩過了，自從師師來到，逐漸疏離最後戒斷，已經過去十年。今日再次踏上路途，卻彷彿只一夜之間。依然是嶙峋天際線上魚肚白的晨曦，前一日的廚餘發酵的腐臭，拖車載著貨箱壓得路面嘎吱嘎吱叫，早市的糕團果粉鋪蒸汽瀰漫。大巴的車門口站著一個導遊，舉著旗，等待客人上車。車裡坐著三五散客，打著盹，形貌看去，多是中國餐館的廚工或者跑堂，就彷彿看見過去的自己，不禁意識到生活的改變。

白晝裡的大西洋城蒙著一層倦意，徹夜狂歡之後，意興闌珊。晨光沒有使它振作，反而映襯出憔悴。有幾支旅行社的團隊走在斑馬線上，汽車放緩速度，尾氣掃著路面，等人走淨，一踩油門，駛去了。走到一座大廈底下，跨入轉門裡，與其說他推門，不如說門推他，燈光流螢般撲面，眨眼工夫，換了人間。光從四面八方照耀，人和物都沒有投影，好像空心。時間也好像空心，沒有日夜更替。慢慢舉步移動，低頭看見大理石地坪上倒映出模糊的輪廓，那是自己。有一股氣味從腳底起來，是清香劑的噴霧，這化學合成的芬芳裡暗藏著體臭，汗腺，菸草，咖啡機壅塞的殘渣，隔宿的脂粉，他似乎被召回了，隱隱地興奮著。走過老虎機，轉盤，百家樂，二十一點牌桌，男人頭上的髮蠟在射燈下發光，女人的妝容像一副石膏面具，射燈下的手，也是石膏白。一個年輕的亞洲人，超不過二十歲，顯然是初涉，縮著手腳，發牌人厲聲道：把手拿上來！亞洲人左右看看，沒有動，那人再喝一聲：把手拿上來！方才知道說的他，未及反應，第三遍又來了：把手拿上來！年輕人赤紅臉，將手放上綠絨檯面，十指又細又長，兒童般粉嫩的膚色，指甲很乾淨。他不覺點頭一笑，不出三月，這孩子會變成老練的賭徒，他有一雙老千的手。

時間又變得模糊，場子的區隔依然如十年之前，桌臺都沒有換地方，荷官幾乎也是老面孔，心想，這就叫洞中一日，世上千年！流連牌桌之間，聽見有人喊他名字「傑瑞」，回頭看，亦脫口叫一聲「倩西」。倩西檯子上的賭客散了，正往牌盒灌牌，笑盈盈看他，一雙單瞼的狹長眼，一直插入鬢角。彷彿昨天才見過面似的，雙方都沒有一點驚詫。他拉開椅子坐下，倩西開始發牌，互相看見對方無名指上的戒指，意識到有許多事情發生了。

倩西是越南西貢的華裔，一九七五年北越攻占南越時候，逃亡美國，據說一張簽證需向蛇頭交九根金條。他曾經拿這事問過倩西，她淡然道：像我們這種漂泊的人，一生都在積攢財富，黃金算不上什麼！他「哦」一聲，有點不好意思自己沒見識。倩西說：主要是心。他抬起眼睛看她，她卻看向很遠的地方：我非常想念越南。莊荷同賭客不能有私誼，這是行規，但中國人重鄉情，出了門，難免會搭訕。曾經，還在倩西的住處借宿，不是那一類生意，他另有生意夥伴，卻從不過通宵，完事走人。他和倩西一個床上，一個地下，說著話便睡著了。朦朧中，倩西起夜，一隻赤腳踩著他肋下，動一動身子，又睡過去了。早晨，睜開眼睛，倩西睡得正熟，天光透過花布窗簾，投在臉上，將玉黃的皮膚映成透明。他捲起鋪蓋，給自己煮一壺咖啡，煎兩個杏利蛋捲，她那一份蓋在鍋裡。然後出門，搭早班車回曼哈頓。後來，和師師一起生活，多少是沿襲這個方式。

第六章

假如沒有後面發生的事，生活本可以順利進行。

拜單先生為師，算是入了胡松源宗門，有了業內的身分。單先生授徒另有一功，不動手，只動嘴。到他家裡，各坐一把椅，中間隔一張矮几，幾上兩杯清茶，一個講，一個聽，聽的給講的添水，遞手巾，方才分出上下長幼。講著講著，又顛倒過來，長的對幼的說：你忙不忙？還有幾句，耽誤不了太久。好像不是教他教，而是求他學。

單先生府上，已經冷清許多，手藝閒置很久，一肚子的話也積了許多。說的菜譜，其實是人間世，你以為——他指著對面的少年，菜式是做出來的？錯，是吃出來的！用時髦的話說，存在決定意識，還是意識決定存在，口味和美食，哪個前哪個後？單先生的觀點和當今唯物論反過來，口味在前！所以，上等的廚子，首先要培養口味，也就是品！用什麼培養，美食。事情又掉過頭來，可是，慢！單先生又豎起一根手指，不要想亂我方寸！我沒有，他辯解說。不，不說話我也知道，你歲數不夠做我兒子的，頭腦卻頂得過三個大人！好比先有雞先有蛋的發問，當然必有一件占先，卻不是雞也不是蛋，而是從另一件東西變來，就像猴子進化到人類，你說，猴子是人不是人？這問題難住他了，不敢說「是」也不敢說「不是」。單先生接著說：中國有一本大書，叫做《易經》，知道嗎？模糊中彷彿聽上一個師傅，就是舅公說過，於是點頭。「易」是什麼意思，就是「變」！單先生的指頭伸向前面，邈遠的地方，他隱約有所覺悟，遲疑道：師傅的意思——說下去，單先生的手指頭往下一畫，批准的表示。不知道徒弟說的對不對，培養口味的那道美食未必可食——聰明！單先生嚷出兩個字。受到鼓勵，振作一下，大起聲音，繼續說：也許是顏色和氣味，色香味，「味」排在第三，最後出來的。先生屈起手指，在矮几面上一叩。就知道答對了。

洋人品酒，一看，掛漿；二嗅，醇釀；三嚐——最後一關，所以，自古天下一家，勿論東西南北，千條江河歸大海。還有，先生將身子傾過來，壓低音量，耳語道：凡是好廚子都有一性，饞，本人就是一條饞蟲！臉上流露淘氣的表情，像一個頑童。饞，其實是天賜一條舌頭，辨得出好壞；吃得下，還要有得吃，那就是福氣；第三，肯勤力，動腦動手，就叫天時地利人和！淮揚菜——終於說到正題，都說鹽商的銀子鋪路，打開食府，我就不同意！商賈都是粗人，出來跑碼頭的會有怎樣的家世，還不是窮極了，暴發成新貴？吃是有的吃了，到底沒有根基，半路出道，走偏鋒了，也是錢害了他們。先生舉個例子！他央求道。單先生身子仰回椅背，端起茶杯，點頭，搖頭，緩緩說出一句，口味最忌刁鑽促狹！放下茶杯，由徒弟添上新水，方才繼續：淮揚菜，好就好在大路朝天，一派正氣，肉是肉，魚是魚，不像廣幫，聽說有吃猴腦的！駭然變色，白了白：有靈性的活物萬不可食，犯天條的！我們淮揚一路裡，絕無稀奇古怪，即便葷腥，也是茹素的葷腥，豬牛羊吃的麥麩，雞鴨是礱糠，鵝吃草，軟兜，差不多與稻米同科，都是水田裡生長棲息，然而——話鋒陡轉，到了滬上，根性大改！改在哪裡？他緊問道，言出便知道錯了，因已經摸著先生的路數，越問越不答，所答也非所問，果然，回過來的一句是：上海是個灘！

有時候，單先生也帶他上街，外面走走，走去哪裡？菜場。往往在下午，小學校課間眼保健操的音樂響起，攤位空了，水龍頭沖著地面，木案子刷得發白。魚鱗黏在地面，光線轉移中螢光一閃一閃；肉砧板血水滲透了，蒼蠅嗡嗡地盤旋；黃魚車載著空筐子，咯吱咯吱騎走了；遺下的菜皮，躲不過老太婆和小孩子的眼睛，全收攏起來。菜場也有恬靜的時刻呢，第二輪買賣悄悄興起了。馬路沿上，或者菜案的末梢，還有，藏在後面的門洞。零星一點東西，小撮小撮，擺在土布包袱皮上，跟前蹲著的人，穿同色的土布，顯見得來自近郊的農戶。本地話的叫名，聽也聽不懂，聽懂了卻又不認識，原本在田邊地頭溝底自生自滅，剜到家裡栽種，半原始半馴化的野物。單先生要看的就是這個！彎腰拾起一塊褐色的根莖，翻來覆去，那浦東女人稱作「榔頭菇」，敲碎磨細，比生粉好用。單師傅笑道：好比五服以外的姑舅，一家人不認一家人，今日的慈菇就從它來的，所以又叫「野慈菇」！再有一株碎葉草，彷彿茶葉尖，叫「枸雞頭」，果實和根皮可入藥用，主治補腎養肝清熱涼血，少有人知道嫩芽為一道菜，上得席面。布袋裡盛的米粒，瘦長的形狀，又像蓮子裡的那顆芯，賣主稱作「雕胡米」，他卻左右摸不著頭腦，單先生又笑起來：茭白總歸見過吧，這是它的族兄，學名一個字，「蔣」！

偶爾的，單先生領他下館子。這時候，市面繁榮了些，菜場上有自由買賣，老字型大小重新掛出牌子。單先生並不專挑淮揚店，倒去另一些，比如「德興館」，比如「燕雲樓」，點的也不是什麼名品珍饈，而是家常菜。德興館的「八寶辣醬」，燕雲樓的「豬油菜飯」。單先生的意思是，越簡單越見功底。八寶辣醬的花生米炒到幾成熟，豆醬甜醬自製還是買的行貨，肉丁的部位，筍呢，是「冬」是「春」？起鍋時候有沒有黏底，裝盤又是否掛油。豬油菜飯裡的鹹肉、青菜、米飯、豬油，所涉領域涵蓋就廣了，種植、養殖、提煉、醃製，一切備齊，最後的火候則是大要。將近餐畢，他離座結帳，單先生雖視作當然，心裡還是有好感，覺得這孩子「上路」，就肯多說點。他又是什麼樣的眼色，解得透人意，向學更迫切。有一次，直接問，為什麼不去淮揚菜館，不是師傅的老土地？單先生回答：上海是個灘！

這話成了警句，又像禪語，要參悟。自己琢磨著，理解為廣采博納，融會貫通的意思。反過來想，是否也透露上海的菜系無論哪一系，都已漸離本宗，自成一路？於是，就需從周邊包抄，方才得門而入。日子久了，他還發現，單先生的回避裡多少有一種，類似近鄉情卻的心理。有一天，師徒走在路上，對面來一個人，老遠喊道「老單」，趨前握起「老單」的手，熱切問候。「老單」則「好好好」虛應，待人過去，走出幾步，忽冷笑一聲：你聽他叫我什麼，「老單」，還要握手！原來，是先前的一名廚工，水案上的，幾年都出不了師，卻有一門絕活，雕花。蘿蔔、冬瓜、萵筍、紅薯，雕得出花卉鳥獸，甚至人像，單先生稱為「末技」，不知何時越興越盛。就這樣，此人到了面案，紅案，然後二廚，再然後——大廚，他介面道，錯！單先生露出狡黠的笑容，飯店領導，出道啦！先生手背在身後，走著戲臺上鬚生的腳步：你若給他吃魚翅，保管當作線粉，沒吃過好東西！

單先生終於說到了魚翅，話裡還是有敬意的，似乎離開淮揚菜質樸的本分，其實呢，單先生說，魚翅本身無嗅無味，但有膏腴，藏得住鮮，文火慢燉二日以上，這是功夫一，功夫二，就在輔料了！火腿必是金華，蟹必是陽澄湖大白背，雞是浦東九斤黃，稻糠揉搓的豬肚，鱔魚，即軟兜，去骨剔肉——彷彿一線游絲，連接本鄉。就像姑娘，古稱「揚州瘦馬」，到滬上長三堂子，黃浦江的水喝上七日，立時脫胎換骨，成摩登人兒，所以說上海是「魔都」，勾魂呢！話扯得遠了，急煞住：你是童男子，不懂！

跟單先生學藝，無一個字涉及酬勞，但他從未空手去的。先是孃孃準備，後來自辦，三四次過後不覺手緊，就想掙一點花銷。和小毛商量，小毛很熱心，一來幫朋友，二來，怎麼說，亭子間的人家到社會上找活路，有一點良民落草的意思，於是，供出許多線索。小毛供職的生物製品研究所開始經營創收，從社會上接了雜活，時不時，需要臨時工，搬運，檢貨，打包，傳遞，五花八門，所裡統是知識分子行政幹部，連小毛都作了科員，獨缺他這號的，論小時計費，這是一項；小毛的母親在街道工廠，這樣作坊式的弄堂廠，多是「媽媽姊姊走出來」的大躍進時代創辦，以女工為主，且又上了歲數，有心招他進去，無奈沒有長住戶口，就雇他幹一些力氣活，踏黃魚車送材料和成品，踏一趟算一趟錢，是又一項。其時，自由經濟活躍起來，遍地開花，休息日裡，小毛和他到十六鋪拉來西瓜，菜場裡擺攤，不是有個朋友嗎？批發價進，零售價出，刨去損耗，給朋友買幾條香菸，餘下兩人對半分，入帳比得過前兩項。夏末時候，西瓜生意下市了，小毛喊他去浦東三林塘捉蟋蟀，專替他借一輛自行車。夜裡十點鐘敲過，兩人上路了。路燈將柏油路面照得亮堂堂的，公交末班車在身邊行駛，並騎一段，看見車廂裡明晃晃的，幾乎無人，這情景似曾相識。在江邊碼頭上輪渡，江心停了一輪明月，格外的圓和大。忽然想起，多年前，跟三樓爺叔去鋼廠洗澡，不過是黎明時分。船靠岸，叮噹的下錨，自行車推下甲板，其中七八個往一個方向去，原來彼此認識的。都是少年人，唯有一位長者，看起來三十歲朝上，人們稱「爺叔」，上海弄堂裡有著無數爺叔，所謂藏龍臥虎，就是指他們。但爺叔和爺叔不同。就拿他家樓上的作比吧，那一個獨往獨來，如今且銷聲匿跡，蹤影不見，這一個則前呼後擁，呈眾星捧月之勢，一陣風向前去了。狹窄的田埂很快將隊伍擠成細長的一條，借來的車不熟，跌了一跤，爬起來，就掉在最後面。

車隊駛進一片玉米地，他跟過去，卻看不見人了。葉片劃拉著，耳朵灌滿刷刷的聲響，蓋住其餘的動靜。照理有些嚇人，可是卻格外安寧，嘴裡甚至哼起一首歌，他聽不見自己的聲音，所以不怕醜：小小的郎兒哎，月下芙蓉牡丹花兒開，金黃麥那個割下，秧呀來的栽了，拔根蘆柴花花……是跟黑皮學的，眼前豁然一亮，耳朵也一亮，徹底靜下來。視野展開，彷彿有無數大小鏡子，閃閃爍爍，原來是水塘。於此同時，蛙聲貼地而起，天地間全是。車隊就在不遠處，幾十米開外，輪上的輻條劃出光圈。腳下加緊，追上去。露水下來了，細密密的，穿透鏗鏘的蛙鳴，彷彿從篩眼裡滲漏。順著水塘和水塘間的路徑，彎彎曲曲，尾隨車隊。經過一片瓜地，蛙的鼓譟偃息，忽生出無聲世界，蟋蟀的振翅卻攪動了靜夜的氣流。露水下成小雨，頭髮和衣服透濕，呼吸變得清甜。他煞住車，輪下已經無路，到了一片稻茬地。他喊一聲「小毛」，爺叔回頭「噓」一聲，眼睛炯炯的，在眉棱底下射出光芒，他那位爺叔可沒有這等氣勢。

回程的時間，晨曦微明，輪渡到岸，早點鋪的豆漿開鍋了。大家坐進去，買的買，端的端，爺叔自是不動，摸出一支菸，立刻有火送上去。豆漿滾燙，油條鬆脆，鹹大餅蔥香撲面，一身濕寒盡消，爺叔開始講故事了。講的《聊齋》，專有一篇名「促織」，「促織」即蟋蟀的雅稱，滬語「趯績」的「績」就是「織」這個字。所以，上海地方古來有之，哪裡像歷史上說，鴉片戰爭以後方才開埠！話說那「促織」身量短小，顏色也暗淡無華，既沒有品相，功架也欠佳，蒲松齡稱「蠢若木雞」，瑟縮而伏，「蟹殼青」傲然無視，只當玩笑，不過繞著撩撥幾下，算是應戰。卻不料，小黑蟲當地一躍，須尾乍開，箭似地射出去，銜住蟹殼青的頸子。四下不由驚呼起來，爺叔的手往下壓一壓，表示事情還剛開始。後來，向「促織」的主人向宮裡進貢，朝廷上下也是不信，只放出些下品博弈，繼而中品，再為上品，一路獲勝，最後，極品上來了：「蝴蝶」、「螳螂」、「油利撻」、「青絲額」——都是皇上親自封的號。宮裡鬥戲就像作戰一般，鼓樂大作，那小黑蟲子越戰越勇，抖擻精神，踩著拍點跳舞翻筋斗，得號為「卓異」。

講述到此，他不禁覺得「卓異」兩個字與爺叔十分相配。爺叔戴秀琅架眼睛，窄沿草帽，一把長柄雨傘，並不撐開，只握著，坐下立於腿邊，騎車則順在大梁，是用作手杖，即「斯迪克」。白色圓領衫束進牛仔褲腰，繫一根銅眼銅扣的原色皮帶。爺叔的本職是在華亭路做服裝，從行頭上可看出進貨的風格取向。爺叔的年齡、資歷、身分、讀書的修養，本不該涉足半大孩子淘裡，卻樂在其中，這就是有性情，所以，稱得上「卓異」。爺叔說：所謂真人不露相，羅漢下到凡間，都是俗得不能再俗，慧眼才能識珠，窺見稟賦！如何才有一雙慧眼呢？眾人問。修煉！爺叔言簡意賅，站起身來要走路的意思，復又站定，挨個臉上掃過：怎麼沒有人問，那「促織」從何得來異稟？人們囁嚅著，話不成句。從人而得！爺叔說。這就更困頓了，面面相覷，對著這麼些懵懂的眼睛，爺叔嘆口氣道：九歲小兒失手捏死家中一隻神力「促織」，自知父母饒不過他，投井身亡，化為這小黑蟲子！爺叔將頂上草帽舉了舉，再扣下，這回真要走了。於是，呼啦啦一眾人跟隨上車，向市裡去了。

後來發生的事情，其實是有預兆的。那一天，孃孃出去了，餘他自己在家。午覺醒來，日光斜進窗戶，有一種惘然的明亮。人慵懶得很，一動不動中，有一個印象從極深遠處逼近，彷彿努力要浮出水面卻又不得。小姑娘在後弄裡跳皮筋，唱著千年不變的歌謠：馬蘭花，馬蘭花，風吹雨打都不怕，勤勞的人在對你說話——是不是這句詞促使他作出下面的行動，之後凡想起這事情，耳邊都會有它：勤勞的人在對你說話。他翻身下床，拉開大櫥的門，停了停，有一些愕然，櫥門裡面幾乎是大千世界。收納的區隔縱向為寬窄兩部，橫向三層，寬部的中層是衣服，比較重要的依長短排列垂掛，日常的穿戴則按四季輪回的次序，分別置放在窄部的中層，可說占據了主要空間。上層是一列青瓷罐，顏色款式同樣，上面貼著白紙標籤，寫著小字：阿膠、天麻、當歸、三七……其中獨有一具玻璃瓶，裡面是整個一支人參，形態完美，可以入畫，根部繫著一條紅絲帶。底層是抽屜，寬窄各有兩疊。一格大抽屜是孃孃的鞋子，他無甚興趣，推上了。下一格就雜了，舊手袋，斷了環的珍珠鏈子，乾涸的香水瓶，勾絲的玻璃絲襪，蟬蛻似的一堆，剛要推上，卻停住，他看見一個陶瓷盒子，底座鍍金，蓋上立著兩個小人，一男一女，形容逼真可愛，依偎著坐在一段橫木上，身後還有一隻小羊。背後有旋鈕，轉動幾周鬆開，就有音樂傳出來，彷彿在哪裡聽過。這天下午，彷佛說好似的，時間倒流，將零星散落的細節送到跟前，「勤勞的人在對你說話」。生怕把孃孃的東西弄壞，等樂曲唱完，小心放回去，推上抽屜。現在只剩下兩個小抽屜了，上一格都是雜碎，舊鑰匙，水電費收據，幾張聖誕卡，不知哪年哪月的，收支流水帳本也在這裡，針線包，絨線針，幾疊零頭布。拉開下一格，他才明白要找的是什麼。抽屜迎面放著相冊，就是小毛來吃飯的晚上，孃孃取出來給他看的那一本。他沒有看見孃孃收在哪裡，可是卻又像是知道。他從來不擅自翻找東西，這一點，孃孃曾經向鄰居新嫂嫂說起，誇他懂事，但也流露出失落，他還是與她生分。

取出相冊，打開來，一頁一頁揭過去，揭到一頁，沒有照片，只餘下四個透明膠紙角。看著四角之間，黑色的相冊底板，他鬆了一口氣。照片抽走了，危險避開了，「勤勞的人」終於沒有說話，它究竟要說什麼呢？合起相冊，原樣放好，推回抽屜，關上櫥門，一系列動作急速完成，他發現心跳得很快。弄堂裡的歌謠停止了，小姑娘收起皮筋去玩別的遊戲，四下裡靜得出奇，似乎要發生什麼事情了。這間朝北的亭子間裡倏忽充滿薑黃色的夕照，人在其中，又像在遠處，一個自己看著另一個自己。他很少審視自己的生活，這一刻的客觀性也轉瞬即逝。光線變得平面，物體的三維變成二維，再成一維的線條，暮色降臨。

他在大西洋城待了三天，大概因為久不涉足，手氣分外好，盈多虧少。到第二天下午，方才輸淨，完成自定的額度。這三天裡，他借宿在倩西的小屋。倩西結婚後，家安在費城，這小屋還保留著，親朋好友過來住一住，自己呢，也可用作歇腳打尖。小屋子總是收拾得很整齊清潔，十年的時間未有半點腐蝕。窗簾換了花色，桌布茶巾也有更新，依然簡單素雅，保持著閨閣的娟秀氣息，似乎為女兒的日子留念。除去第一天不期而遇，他們沒有再照面，但處處是倩西的手冰箱裡的食品，淋浴房架上的香波沐浴露，小巧的伸縮晾衣架，調料品裡的醬醋油鹽，小紙盒子上用漢字寫了「菜金」。門上，窗下，玄關，衣架，處處掛著香袋，南亞一帶的香料和繪製圖案。他將吃空的冰箱重新填滿，床單枕套洗淨熨平，仔細吸一遍塵，往菜金盒丟下剩餘的零錢，鑰匙放在門口腳墊下面，然後去搭乘回曼哈頓的大巴。

不告而別的三天裡，師師也擔心也不擔心。她知道他出不了事，卻想不出他會去什麼地方。他們倆彼此間沒有祕密，同時，也了解不多，就像自己和自己。她想過舊金山唐人街的臺山人老闆，他到美國後第一份工，對他說艾森豪也在餐館端過盤子，會不會去了那裡？再想，倘若去那裡，自然要回來，心又定了。倒是去他任廚的飯店一趟，不說找人，只替他請假。老闆也從內地出來的，北方人，性情豪爽，一揮手：沒問題！繼而記起來，他請過假了。她趕緊接過來：大約還要續幾日。於是知道他作了準備，就不像有意外的事端。然而，枕邊人卻變得陌生，睽違的那些時間，忽地顯現，一片空茫。他和她的第一次，並不是第一次，她是過了明路的，他呢？從未追究過，一個成年男人，沒有經驗才怪！私心還覺得釋然，因為扯平了，統統歸零。事實上，即便現在，師師也不以為有男女間的隱情。在這外族人的社會裡，同宗同源的際遇本就有限，更何況同心同德，他們對彼此滿意，當然不像胡老師夫婦熱烈的一對——想到胡老師，便坐不住了，起身出門，就往緬街東頭的文玩店去。

走在熙攘的人群，時不時地，一張彩色列印的薄紙塞進懷裡，閃身讓開，由它自行落到地上，躲不及接下來，順手送進垃圾箱。無須看一眼就知道什麼內容，不外乎移民諮詢，美元匯兌，新店開張，舊鋪出讓。她也印發過這類廣告，就是請胡老師擬的文字，措辭講究得多了：南北菜肴，東西門戶，天地姻緣，貴庶事物。後來，做出聲譽，口口相傳，廣告也發完了。初來法拉盛的日子就在眼前，倏忽卻已經十數年，又生出許多事情。她的父母相繼離世，回去奔喪，大殮那天，親屬中夾了一張生面孔，白淨皮膚，雞冠狀的髮型，原來是兒子。兒子身後緊跟了叔伯兄弟，寸步不離，生怕被他母親帶走似的。心裡好笑，卻也踏實了，人家的寶貝，何苦掠人之美。她生育早，還未生得兒女心腸，倒也好，免去分離之苦。襁褓裡的嬰兒，一下子長成少年，彷彿是另一個人，感觸甚至不及當年看見兔子。內心裡，她自覺不覺地，有些把兔子當兒子，可是，這人到哪裡去了呢！

看師師推門進來，胡老師喊道「稀客」，這一聲讓她想起已經許久沒來過這裡。環顧周圍，除櫃子裡的陳設，布局並無大改。胡老師正拆包幾個紫砂壺，解釋說是宜興龍窯燒製。要知道，如今都換成電爐，溫度可控，不像古老的柴窯，變數很多，成品只在毛坯十之二三，但卻有始料不及的結果，陶製中的「窯變」指的就是這個。師師哪有心思聽這個，又不好掃胡老師興致，沉默著。胡老師小心托起一把柿形壺，顛倒著放在檯面，合絲合縫，無一點不穩，說道：器型對了，做工也對。再又扶起來，轉著觀察：確是老泥！師師終有些不耐，撇撇嘴：一向做玉器，怎麼鼓搗起紫砂壺來了！胡老師認真道：學習，活到老，學到老！師師沒話說了，兀自坐進扶手椅裡。那邊的講壇繼續著：世界上老貨越來越少，必須開發新品種，一座礦山，從冰川消融，海底成陸，幾千幾萬年的時間，幾十年就可以兜底挖空，從有到無；別看市面上這個玉，那個玉，真正的老玉哪裡是等閒之輩遇得見的；就說紫砂，那泥也已經差不多了，大師們拚的首先是泥，其次才是手藝！四下裡只有他一個人說話，抬起頭，看見旁邊人在哭。放下手裡的壺，將包裝紙展平，摺起。現在，靜下來的店堂只聽見涕泣的聲音。

店主人退到後面接了水，插上電，案上布開杯具。不一會兒，水滾了，便沏茶，洗茶，潷汁，斟進小乒乓杯。哭泣的人抽噎地說：我不是來喝茶的。卻也端起來喝乾，胡老師即斟滿，再喝乾，再斟滿。三巡以後，喝茶收了眼淚：胡老師，你評評道理，他姊姊和爸爸吵架，他給我臉子看！斟茶人又燒開一滾水，換一味茶，重新沏一壺。我不知道他們的事，總是幾頭討好，就希望和和氣氣吃一餐飯！胡老師很同意：是！聽胡老師附和，她平靜了一些：有沒有覺得，這家人都是怪胎，爸爸是老幹部，姊姊是老小姐，世上有一種人，生來是老小姐，結婚不結婚都是，還有一個呢，看上去沒毛病，可是心裡有，病根呢，在第四個人，他娘身上！斟茶的手停住了，有話要說，師師按住他的手：不，不不，不要攔我的話，剛才你說話，我也沒有攔你！他只好不說了。你要問他，興許還問得出些端底，不像我們，蒙在鼓裡，凡提到他娘，萬事停擺，煞車！她看著對方，有無限的疑惑。胡老師到底搶上話來：家庭內部的事情，外人不得而知！我是外人嗎？你的意思，我是外人了！胡老師自知失言，又收不回來，只得擺手。師師接著說：那天你也在場，誰先提的，他自家姊姊，總歸內部人了吧，怪我嗎？他並沒有怪你！胡老師又搶上一句。那麼他招呼不打，一走了之，算什麼意思！胡老師回答不出，只得沉默，師師就追一句：他和你說了沒有？沒有！胡老師趕緊搖頭。真沒有？沒有！師師看著他，他也看她，雙目對恃，胡老師先讓開，師師便也放過了。

在美國華人圈生活那麼多年，胡老師其實大致知道同胞們的一些去處，不外乎賭和嫖兩項。莫名的苦悶襲來，難免求助於它，也是過來人了。師師手裡轉著茶盅：他同胡老師你，比和我肯說話。胡老師笑起來：怎麼可能，你們是夫妻，一句頂一萬句。師師也笑：九百九十九句廢話，吃飯啦，睡覺啦，起來啦——說下去！胡老師鼓勵道，她反說不下去了，胡老師指著她，說啊！有什麼說頭的，老和尚念經似的。對了！胡老師一拍案，就是念經，念到一萬句，天地重開。師師道：什麼意思，我不懂。胡老師肯定道：你懂的，有一句話，修百年同舟，修千年共枕，此時無聲勝有聲！師師說：未必，還有一句話，夫妻如衣衫，兄弟如手足！胡老師說：你倒讀過不少書。師師說：生活中學習。說罷，擱下茶盅，起身離去。胡老師將她撂下的茶盅翻過身，倒扣在案上，心裡回味方才一段言語來往，甚覺得有趣。問與答繞著圈子，稍一觸及便閃開，結果卻是，問也問了，答也答了，就像中國功夫裡的太極。從自身經驗出發，知道女人是世上最不好惹的人種，聰明，尤其聰明而不自知的那一類。他老婆就是，師師也是，看上去顢頇混沌，出言不經大腦，然而，內藏機鋒。彷彿有著超感，你以為是不講道理，事實呢，先知一般，曖昧的局勢中，總能夠走對路。這時候，來見他胡老師，就是一例。

走到家，開鎖推門，聽見浴室嘩嘩的水聲，知道人回來了。片刻之後，洗澡的人赤裸裸走出來，打個照面，什麼事也沒有，過去了。

生活繼續。曾經的激烈和焦灼，很快平均分配於日復一日，連餘數都除盡了。安穩靜好的歲月，相應也是沉悶的，或者說以沉悶為代價。他下午四時去餐館，子夜甚至凌晨回家，這一等的大廚，晚市才出陣。師師那邊要複雜一些，私人訂製的家宴，回頭客都不及應付，只能撿近便和友好，倒免去招商。租房的聯絡比較簡單，主要在於資訊，師師性情爽利，不拘泥小利，這一帶的風評很好，無論上家下家，供量都充裕。婚姻的事情，只是牽線，又不能「包生兒子」。但是，此一項會派生彼一項，一項接一項，接成產業鏈。比如，她介紹的一位月嫂，即將黑下身分，主僕兩邊都求她想辦法，於是啟動婚介業務，找到一個美國老頭，語言的問題就來了，不得已她親自出馬。師師的英語對話是在假設的前提下建立交流，就是自信對方完全聽得懂她，她也完全聽得懂對方，一句去，一句來，勿管通不通，即可無限進行。與其是語言，毋寧是鎮定的態度，讓對話者服了她，相信那一連串流利的音節大有深意。時不時，幾個耳熟的字詞蹦出來，座標似的，指引了談話的方向，你能說聽不懂？就這樣，她隨那女人去約會，竟然消磨一個晚上，雙方還意猶未盡，約了下一次。師師心裡有數，曉得老頭醉翁之意，再去時，放下一本英漢雙向字典，便退場了。這些麻煩，按師師的話，沾上手甩也甩不脫，但是也有趣，還讓人得意，她向他說，你若不要我，要我的人多了！他回家的那天夜裡，她又說了，此情此景，就是話中有話。他回應：只有你不要我，哪裡會倒過來！她冷笑一聲：怕只怕，搭錯一根神經！他說：你搭錯神經！她說：你搭錯！他又說：你！她再說：你！這兩人鬥嘴就像小孩子，一個字可往返無數回合，言不及義中繞開了敏感區域，卻是出於成熟的心智。

他們挺合得來。身在異國異族，對某一類婚姻是有益處的。人際關係簡化，也和過往的經歷斷開。法拉盛多的是這樣封閉的人生，事物的動態到這裡就靜止了。街上的繁體字的店招，民國年號的記時，再要留個心眼，就會聽見舊式的蘇州腔的滬語，衣著態度也是舊式的摩登，都是歷史停滯的表徵。新東西也有，意味又一輪啟動，法輪功的報紙，中共退黨辦事處，大陸派遣演出團海報，孔子學院的公告，立法委員來美的演講，粵語課，足浴房，三溫暖，華裔小姐競選……就這麼著，原鄉生活凋落下的零星半點，重組成法拉盛的編年。

但是，切莫以為它沒有自己，法拉盛亦有時間的軌跡，以一種純粹的生存原則劃下刻度。沒有民族的國家的大義，只出於個體需求，因為量大，足夠形成循環。從曼哈頓四十二條街始發的七號線，滿載著的人，就是去充盈記憶體，擴容供和產的週期。七號線行走在曠野上，新大陸呈現原始的面貌，彷彿移民的車隊正從東岸往西岸，四下是未開墾的處女地。高架的鐵軌下面，地上物凌亂疏闊地分布，流露著無政府狀態。從終點站的閘口上到路面，喧譁的市聲撲面而來，讓人忘記了美利堅合眾國，而是到了中國內陸發展中的城鎮。一派草莽，但生氣勃勃。走路的人一律目標明確，步伐堅定，軒昂的面部表情，來源於無知無畏。這一塊僑埠，不知從哪裡飛出去的，你可以說它是造假，假品牌，假商標，假產地，假身分，假來歷，假話連篇，也是重生，假娘胎裡生出的真性命。上一段人生從此成了前世，關於前世，坊間有許多傳說，夢裡常出現的一處地方，就是！還有忘川的水，孟婆的湯，兩百年前的靈異講究，一百年前心理學超驗理論，說的都是！到法拉盛，就搖身一變，變成什麼？八卦！背地裡的嚼舌頭，每個人都是另一個的談資，謠言的源頭，誰捂得住誰的嘴呢？有時候，瞎話也能開出真理的花朵。

胡師母就和胡老師說過：或者拎出攤平，角角落落翻開來，或者團起揉碎爛掉，怕就怕欲言又止，欲罷還休。胡老師知道她指的什麼，答道：哪裡由得自己，好比舊傷或者暗病，不定什麼時候發作，擋也擋不住！胡師母堅持自己的意見：一個膿頭，切開它，癟了，就結痂了。胡老師說：倘若沒有膿頭呢？胡師母說：吃些發物，吊它出來，香椿，蔥韭，牛羊肉！胡老師說：一物對一物，誰知道哪裡對哪裡，就像花粉過敏，美國人非要找出過敏源，找出來沒有啊，空屁！胡師母點頭道：這話有點對頭了，《紅樓夢》裡賈寶玉，焚香淨身，屋裡人都清出去，等他林妹妹託夢，就是不來；他考場出來走失，闔家人上天入地也找不到，他老子船泊途中，卻見一個僧人上前作揖，原來是他，正應古話，踏破鐵鞋無覓處，得來全不費功夫！胡老師笑起來：讀「紅樓」堪稱活學活用！胡師母得意說：當然！胡老師又說：我不如你讀得通，只覺得其中有個人像你。誰？胡師母問，以為答案是林黛玉，不料是紫鵑，難免失落了，詰問道：怎麼是個丫頭？胡老師說：我喜歡這丫頭，勝過無數小姐！喜歡她什麼？一個字，「義」！命卻不濟，到庵子裡做了尼姑！胡老師就說：我就是你的庵子，不過我是人間禪。話到這裡，說不下去了，因為兩人都不是玄學家，儒釋道一門不通，不過道聽塗說的雜拌。也扯得夠遠，想不起哪裡起的頭，又怎麼走到這裡。靜一靜，就睡了。

波瀾平息，歸於細水長流，到底還是留下餘波，潛在地影響事態。他從此不再參加讀書會，胡老師請他，當時不能駁面子，答應了，臨到頭總能找到託辭告假。師師推動也不奏效，問他緣故，或說累，或說忙，忙什麼？有事，什麼事？不再回答，直接推出門去了。復回大西洋城，有一次就有二次三次，不定上賭場，而是待在倩西的小屋裡。賭資是個問題，有家庭的人，財政的自由度難免受限制，他又不願意為錢和師師起爭端，本來也不是奔賭來的，奔的是清靜。他來他走，倩西有時之前知道，有時則在之後，多少有些故意回避，不去打擾，曉得是個有心事的人。中間有一次，突下大雨，還夾著冰雹，倩西就宿在這裡。看她提著高跟鞋，濕淋淋地進門，彼此也沒有太大的意外。那邊洗澡更衣，這邊已經下好一碗熱湯粉，刀面壓碎花生米，撒上去，再加一層炸焦的蒜末，滿屋生香。然後，他繼續看電視，倩西吃飯。倩西告訴說，不久前去中國大陸旅行，黃山真美，蘇錫常的飯菜好吃，但口味過甜了，上海呢，太先進了，相比之下，曼哈頓簡直就是鄉下，外灘的夜景呀，震撼！唯一的遺憾是，人太多，太多，實在太多了！可是，倩西帶了些愧意似地說：還是想念西貢！又解釋道：不是喜歡，是想念。他問：想念什麼？倩西想了想：人，那裡的人很淳樸。他說：那麼回去看看嘛！倩西搖頭：不回去，回去會哭！她喝乾碗底最後一口湯，他想到師師，這兩個女人的吃相都好，有一種對食物的珍惜和理解。做廚子的往往缺乏食欲，所以很羨慕那些好胃口的人。倩西到水斗涮洗鍋碗，他關上電視，將枕頭鋪蓋移到席地的床墊，躺下了。不一會，倩西也上床關燈。雨點敲在床玻璃上，一片嘩響。

你呢？倩西還沒有睡意，你不回上海看看，驚豔啊！他說：我其實不是上海人。那麼哪裡人呢？倩西問。停了停，他說：東北。我們東北人那疙瘩呵——翠花上酸菜！倩西笑起來：賭場裡，東北人最多，出手也闊綽，輸個幾千上萬，眼睛都不眨！他說，我也算不得東北人！聽他說話有些含糊，知道是半睡，床上的人翻個身不再搭腔，未料想床下的人又說起話來：我也不知道自己究竟算哪裡人！倩西哧地又笑了：你以為你是耶穌，瑪麗亞受天孕，生在牛棚裡。他說：我應該是孫悟空，石頭縫蹦出來。倩西說：你至多是豬八戒，成天價忙一張吃嘴！這話把他說樂了，一勁地笑，睏頭全笑沒了。停下來，靜了靜，倩西又當他睡著，黑裡面卻發出聲音：豬八戒連石頭這點來歷也沒了。倩西說：它們都是出世的性靈，斷塵根的。他說：也好，乾淨！倩西向床下面探去，看不見他的臉，心想這話說得頗有些前因，也不好深問。萍水相逢的緣分，又在大西洋城的地方，人和事都彷彿虛擬的。她睡回去，說：結婚了，不就生出親故來！他抬起手，看看指上的婚戒，二十四K金，有一種沉著的光芒：說時容易做時難！她問：你老婆一定很漂亮，上海女人都漂亮。他回答：漂亮不漂亮，反正是我的菜！她來了興致，翻個身，側在床沿：說說看，怎麼個菜。他害羞了，說：比我大。戀母啊！我不知道什麼叫做「戀母」，他說。不知什麼時候，雨停了，室外的潮濕空氣沁入，呼吸變得清新。兩人不再說話，幾乎是在同時，入眠了。

這樣的夜晚，帶有些戲劇性的，僅只偶然，大多數時間，他一個人度過。簡單做幾樣菜，喝二兩酒。他喜歡中國白酒，寒帶生活過的人，多少有那麼點嗜好。他不貪杯，喜靜不喜鬧，自斟自飲，倒會過量，但節制的性格又總能到好就收。師師講的小偷撐死的故事，他一生都記得。喝過即睡，睡多久也無人打擾。午夜裡，睜開眼睛，問自己：什麼地方啊？然後一點一點想起來。告訴誰，誰相信？一個多小時車程，還不算上從法拉盛去曼哈頓下城，來到著名的賭城，只為了在某人的蝸居，獨自喝一頓，睡一宿。現在，連胡老師都不敢擔保了，師師呢，也不去找胡老師，彷彿害怕獲得某種證實。有一次，在巴士站遇到胡師母，問候幾句客套，她以為對方知道些什麼，立刻將話頭岔開，說著別的不相干的事，很誇張地笑著，忽然想起什麼要緊的遺忘，匆匆告辭，放過了靠站的巴士。她注意到，每一次人間蒸發之後再出現，他臉上表情都格外平靜，彷彿欲望得到滿足，讓她心驚。她曾經大了膽子問，去哪裡了，回答說生意，壽宴、開張或者公司年會，地方涉及新澤西、費城、普林斯頓，就要有幾日的來回。這樣的事過去也有，現在卻有點不像，這裡那裡，露出破綻，她又不敢深究了。於是，又什麼沒有發生地繼續下去。師師暗自希望真的過去了，一切歸回正常，也確實正常地日復一日，她被麻痺了。可是，不期然間，人不見了。似乎潛在著週期，只是她算不準日子。這一日，她往曼哈頓找姊姊去了。

姊姊約她在公共圖書館背後的街心花園見面，初秋季節，暑熱消散，人們將鐵椅子拉出遮陽傘下，盡情享受陽光。湛藍的天，柳絲拂地，花開得姹紫嫣紅——真叫人憂愁。兩人從鄰近麵包店買了茶點，端過來，找到一張無人的桌子。人被照得透亮，臉上花影幢幢，雙方持防守的戰略，都不說話，等對方開口。吸管咬癟了，師師撐不住了，發聲道：你弟弟和我玩失蹤！姊姊揚起眉毛，鬆開吸管：他玩他的，你玩你的，誰怕誰！話說出來，倒沒有顧忌了，師師單刀直入：他去你那裡了？沒有，姊姊簡潔回答。可是你知道，對不對？師師逼近一步。你知道，你是他老婆！姊姊說。你是他姊姊！

兩人對嘴的陣勢回到從前，後弄裡玩耍發生齟齬，你一句，我一句，無數回合中積蓄起殺傷力，倏忽出手。姊姊反問：我和你，哪個和他關係緊密？師師說：你！姊姊說：你！師師說：血濃於水，打斷骨頭連著筋！姊姊手裡的飲料杯往桌面上一墩：夫妻本是同命鳥——師師接過去：大難來臨各自飛！什麼「大難」？「大難」在哪裡？姊姊發怒了。兩人對視著，就像兩把刀，師師先放棄，別過臉去，多日的積慮使她變得軟弱：我不知道，我一點不知道！眼淚噴湧而出，顧不得臉上的妝容，東一抹西一抹，頓時全花了。對方看著不忍，抽一張紙巾遞過去，被粗暴地推開。姊姊嘆口氣，將杯中飲料一氣吸完，說：男人嘛！師師叫道：不關男女的事！姊姊倒有些愕然，盯著面前的花臉，洇染的眼影中，眸子退到深邃處，有些嚇人，不由瑟縮起來：那你怕什麼？師師哭泣：不知道！姊姊安慰她：放心，我弟弟有戀母情結，離不開你！師師漸趨平靜：你男朋友也有戀母情結。姊姊說：他不同，他只是看不懂中國人的年齡，在美國人眼睛裡，中國女人的年齡是個謎！師師說：中國人未必看得懂中國人！

這天餘下的時間裡，她們相處得很和睦，一個受挫，另一個就生惻隱之心，凡事退讓。兩人肩並肩沿百老匯街到蘇荷，挑選衣服，然後擠在試衣間試穿。女人的心，天上的雲，方才電閃雷鳴，轉瞬雨過天青。進來出去店鋪，都買了東西，再搭地鐵到四十二條街轉乘，臨分手，姊姊說：我們東北，有一種鼴鼠，專在土裡掘洞，一有風吹草動，就鑽進去，危險消失，再從另一處鑽出來，地下的通道長達幾里幾十里。男人就像鼴鼠！師師說：東北真是個奇怪的地方。姊姊說：山海關，天下第一關嘛，裡外兩重天！兩人同時想起第一次見面，「關裡關外」的問答。回到法拉盛的家裡，他又在了，燒一桌菜，等她。

他比先前更加體貼，甚至是巴結的。師師失手打了碗碟，碎聲剛響，人已經撲到地上，撿起碗渣子；師師用過浴室，轉眼間收拾乾淨，換下的衣服在洗衣機裡翻滾；師師出門，看看天陰得厲害，尋思要不要轉回去拿雨具，那人就到了身邊，送上一把傘，伴著一張陪笑的臉——師師走在雨裡，廣闊的暗沉的天，壓在頭頂，沉甸甸的，尼龍傘面投下光暈，罩著一個小世界。真是憂鬱啊！她都忘了要去哪裡。他們變得生分，明顯有了裂隙，越來越寬和深，跨也跨不過。她在心裡叫喊：到底發生了什麼？他也在心裡說：什麼事都沒有，沒有，不會發生任何事情！可是，她那裡卻保不住了。

師師和誰？就是那老頭，介紹給月嫂，她去擔任翻譯的。一個猶太人，瘦長瘦長，為自己的身高害羞，彎著腰背。師師在女性中，算是高的，走在路上，都有體校籃球隊的教練，問她哪個學校，願不願意參加訓練。她仰極腦袋，看見一雙淚汪汪的眼睛，彷彿含著無限憂愁，向她俯下來。他們基本上各說各的，開始他還放慢語速，一個單詞一個單詞往外吐，漸漸地，越說越快，是以為對方完全能聽懂，或者不管她懂不懂說過算數。事實上，師師徹底放棄聽懂的佯裝，任由他說去。等到師師發言，一段前言不搭後語的洋文，接著中文，再接著全套上海話，他則很理解地點著頭。兩人坐在韓國蛋糕店的卡座上，胳膊支在桌面，雙手托腮，臉對臉，旁人看起來一定會覺得滑稽，可是不由自主地為之感動，因雙方的態度如此誠摯，流淌著真實的哀傷。誰知道他們哀傷什麼，連他們自已都不知道哀傷什麼。

星期天的下午，師師隨老頭到他森林小丘的公寓。事畢之後，老頭淋浴過，就去廚房做晚餐。師師順了指示，到走廊盡頭用浴室。出來卻迷路了，走廊兩邊有幾扇門，以為臥室，推進去，也是一間臥室，但不是剛才的，曉得推錯了。她往裡看一眼，見矮櫃上立了照片，至少二十來個大小鏡框。大人抱著小孩，小孩坐在大人膝上，結婚的新人，全家福的大合照。老頭過來請師師吃飯，告訴她這是誰，誰，誰，猶太人重家庭，這點和中國人相似。老頭又說，原先是父母的臥室，雙親離世也沒有移動，原樣放著。他拿起其中一個雙人照的絞絲鏡框，貼在心口處，眼睛裡真的要流出淚來，這動作就不顯得好笑了。

小客廳已經擺好飯桌，生菜和義大利麵，顯然都是半成品，略微加工即成。餐具倒齊全，點了蠟燭，燭光映著玻璃杯裡的葡萄酒。這一餐飯，兩人都沒有說話，靜靜吃完，她要起身收拾，老頭攔住了。看他將洗淨的碗碟倒扣在架上濾水，然後用乾布擦拭玻璃杯，不時對著燈亮照一照杯壁，手勢嫻熟，就像一個老練的酒保。

從森林小丘出來，心情平靜許多，他和她，又一次扯平了。上回她欠他，這回他欠她——她有一種報復的快意，這快意又不夠撫平委屈，甚至更委屈，有誰願意糟踐生活！彷彿真有第六感存在，自從和老頭有過那一次，他不再消失蹤跡，每天午夜準時到家，洗漱就寢，直到日上三竿。師師下半夜裡醒來，看他酣恬的睡相，眉心寬展，面容舒泰。有一個週末，應斯丹德島朋友邀約，搭乘七號線到曼哈頓下城，轉一號線抵南碼頭擺渡。渡船走出哈德遜河口，繞一個大彎，從自由女神像底下駛過。海鷗上下飛翔，寬闊的水面前方呈現細細一條地平線，耳畔忽傳來一聲滬語：姆媽，到了！兩人不由相視一笑，發現依得很近，感覺到彼此衣服底下豐沛的肉體，熱騰騰的。斯丹德島越升越高，露出全貌。

下部

第七章

一九三四年，她出生於哈市道裡一戶基督教家庭。父親在女一中任數學老師，母親是當年的學生，有情人終成眷屬，以時代的話語，當屬五四式的浪漫史。事實上，東北地方遠離中原，不在儒家的道統中，中東鐵路通車，送來的俄國人，無論體質還是氣質，都和原住民女真族相近，尤其兩性關係，風氣開放。莫說現代教育下的知識階層，普通人的社會，婚姻自由度也很高。家中連她總共五個孩子，居間相隔二至三歲，站在一起，彷彿一列音階。週日禮拜，常是父親彈奏風琴，母親帶領合唱頌詩，頗受教友歡迎，孩子們也成了街區的小明星。待她稍長幾歲，便替下父親彈奏，並且擔任禮拜堂的風琴手。排行居中的她，繼承父母的音樂稟賦，變聲期度過，母親專請一位白俄女老師教她聲樂。老師名亞歷山卓克洛娃，人們都稱「洛娃」老師。洛娃老師革命前不過中等人家，但祖上封過爵，布爾什維克掌握政權之際逐出故地，從符拉迪沃斯托克進入中國。流離中，隨身攜帶的財物揮散殆盡，家人走的走，亡的亡，最後只剩洛娃老師一人在這遠東城市，從十六歲的窈窕少女長成體態臃腫，行動遲緩的大媽，但依然保持甜美純淨的嗓音，那歌聲彷彿來自另一具身體。洛娃老師很喜歡她，大約因為她正是自己初來到哈市，青蔥一樣的年齡，叫她「艾比娜」，是山楂花的法國名。洛娃老師的俄語帶法國腔，還摻雜許多法文單詞，是貴族血統裡的徽印，還是家族記憶，有意無意中保存著，不讓遺失。這點法國裝飾多少是造作的，可法國人不都有些造作？其時，中華人民共和國成立，新朝開元，朗朗乾坤，人心都是昂揚向上，洛娃老師卻屬舊時代的人和事，難免讓她心生成見，「艾比娜」這名字也並不喜歡。是音樂挽留了她，沒有很快離開。老師幫她解決了換音節的那個坎，即可自如過渡上下音區，連貫氣息。事實上，老師教學的強項更在於鋼琴，從旁目睹鋼琴課，無論什麼程度進門，都摸不著琴，離得遠遠的，憑空聯繫垂臂，抬起來，放下去。這動作甚至重複數月之久，有些初學的小娃娃，練到哭鼻子，然而苦盡甘來，一旦觸鍵，音錘擊打琴弦，出聲就是不凡。在洛娃老師的音樂室學習兩年，終於按捺不住躍躍然的身體和心。地板散發著幽暗的光，挽起一半的天鵝絨窗簾裡藏著蛀洞，枝型燭臺上燭蠟淌到一半凍住了，畫布上的油彩乾裂了，人物和風景都是模糊的，外面是飄揚的紅旗，天空飛著白鴿，鴿哨飛揚，手風琴奏著〈列寧山〉，弱拍上的起句推人前進，少先隊組織鐵木爾小組，青年團學習卓婭和舒拉，全民義務勞動日……她沒有應眾人期待報考音樂學院，母親因及早成家，走入相夫教子的主婦生活，放棄深造，一直心存遺憾，將夢想寄予女兒身上，不想她卻上了工業大學電氣機械系。

學校起源於中東鐵路培訓人才的需要，一度名為「中東鐵路工業大學」，是中蘇交好的象徵，也顯示走蘇聯道路的基本國策。行政結構，教學模型，以及意識形態，全盤蘇維埃化。某些課程直接以俄語教學，於是，這印歐語系斯拉夫語族東斯拉夫語支便成為必修課程。課餘時間，放映蘇聯電影，唱蘇聯歌曲，排演戲劇，這倒不限於蘇聯時期，延伸到更早之前，比如，奧斯特洛夫斯基的《大雷雨》，契訶夫的《海鷗》，果戈理的《欽差大臣》，顯然，十九世紀的俄羅斯文學是被納入無產階級革命的範疇。政治信仰也影響著生活方式，女學生穿布拉吉，男學生流行墊肩銅扣的軍用大衣，星期天到蘇聯外教的俱樂部裡，喝紅酒，大列巴夾蒜泥肉腸，免不了涉足愛情，多半無疾而終，有那麼極少數，無視紀律一意孤行者，則以懲戒處分為結局，但羅曼蒂克的空氣還是瀰散在校園裡。上半年學期末，臨放暑假之前，是北國最美好的季節，杜鵑花開了，綠草如茵，班會、共青團組織生活、甚至某些課程，移到松花江邊，太陽島上。白日將盡，篝火點燃，手風琴和歌聲，這一片，那一片，交疊錯落，漸漸合起節拍，再分成聲部，經過激越的快板，如歌的行板，舒緩下來，在一個終止音上延長，延長，然後收住，靜寂下來。蟲鳴鏗鏘，松枝在燃燒中爆裂，揮散出油脂的香味，江水向東。就在這清闊的時刻，一個女聲響起，逐級攀升，是洛娃老師的學生，總是被教導，被鼓勵，讓你的聲音變得高貴。她說，這世界充滿著庸俗的噪音，樂音則是過濾和提純，好比把糧食釀成酒。她的粗短的五指按在肥厚的胸脯，張開嘴，下巴壓出幾層，氣息在後顎滾動，搜索，聚散，發掘隱密的寶藏。艾比娜，山楂花，一樹一樹地盛開，潔白的瓣，纖長的蕊，開滿山坡田野。洛娃老師不期然間出現眼前，彷彿歌劇女主角，金銀雕飾的臺口，就像老師牆上的油畫框架，通向深邃的天幕。那些誇張的舉止表情不再是造作的，而是具有一種戲劇性，以超出平均數的能量，煙花般照亮灰暗的天空。

她很快成為校花級的人物。外形，風度，歌唱的優長，都可算作條件，又都算不上，重要的還是學業。綜合看，她大約在中游稍上，但有一門出類拔萃，就是外語。可能與音樂的天賦有關，她有著良好的聽覺，一定程度上有助語言學習。加上她接觸過多種外國語，日治十三年，學校施行日語教育，抗戰勝利光復東三省，但坊間流行日本語延續多年；在此同時，俄國僑民帶去又一種通用語言；如她基督教家庭，禮拜日，讚美詩，祈禱詞，且都用英語。耳聰目明的她，觸類旁通，來去自如。有白俄出身的外教，驚異她竟有著舊俄時代上流社會的用語和發音，這就又要回到洛娃老師的音樂室，法語的練聲曲，義大利語的歌劇唱段，讓學生規避了粗鄙的市井腔。先是俄語課代表；然後，劇社裡演出《大雷雨》的卡捷琳娜，《海鷗》裡的妮娜，她總是不二人選；再後來，外國友人來訪，擔任翻譯，專家俱樂部裡，她也是常客。幾個年輕的東歐教師同時追求她，出於心懷坦蕩，她態度大方，平等對待，無厚薄之分，結果卻引起更激烈的競爭。斯拉夫人多血氣旺，又好酒，頭腦熱昏難免舉止失控。她呢，是真不覺假不覺，一如既往。女生們總是容易起妒意，男生呢，由愛生恨，有一度，處境變得孤立。她依舊渾沌不覺，該怎麼還怎麼，除去負氣不說，更是驕傲使然。在她內心裡，其實有著大志向，絕非男女愛情，一時虛榮同日而語。志向的具體內容並不十分明瞭，正是不明了，便向無限自由生長。假如一定要她說出名目，可能只一個字：好！是的，「好」的社會，「好」的事業，「好」的生活，「好」的人，你說邊界在哪裡？因抱負遠大，就常以挑戰的目光看望周遭，有時候，存心的，和外國留學生在校園裡漫步，追逐，朗聲大笑。這種遊戲終究是危險的，可她存的就是冒險心呢！事態開始越出常規了，趨向瘋狂。兩個男生，一個來自莫斯科，一個來自烏克蘭，原本的民族情緒和歷史嫌隙，添加進愛欲恩仇，無可調和之下，相約森林公園決鬥。等她得知消息，那兩位已經出發，這才著急起來，報告班長，班長報告系領導，系領導報告留學生辦公室，派出保衛處的吉普車，載了人趕去。幸好決鬥的例行程序延宕了時間，公證人，一位立陶宛學生還在發布冗長的宣言，顯然沉浸於角色之中，很是享受。做為當肇事人的她，系裡討論決定給嚴重警告處分，交上級審批。考慮到她學習和工作的積極表現，雖然事故由她而起，但不是直接參與行動者，並且及時彙報，遏制了後果，也算是補過吧，減輕一等，為警告。再報到黨委，不知出於什麼樣的疏漏，壓住了，沒有下文，算是撤銷了。共和國培養的一代知識人，有重大的需要等著他們，所以格外的寬待。在此背景之外，還有具體的人事原因，那就是，即便抱著各樣的成見，也沒有人會以為她生性輕浮。

自發生森林公園事件，她到底吸取教訓，收斂了特立獨行的作風。她驅散了圍繞身邊的留學生，不再兀自出入專家俱樂部，和中國同學的關係融洽了。不存在誰接納誰，或者誰屈從誰，就是一次回歸，她重新置身群體中，依然是那個受歡迎的人。

和諧的局面維持一段時間，又呈現破裂的跡象，這一回卻不是因為私人生活，而是政治立場。大鳴大放開始了，報欄，告示欄，宣傳櫥窗，張貼了墨筆寫就的白報紙。這些白紙黑紙彷彿會繁殖似的，越來越多，於是架起展板，更簡單的是，樹與樹之間拉起繩子。後來，展板和繩子也不夠用了，直接鋪在草地和操場。新生的人民政權，昨天還花好稻好，今日遍體破綻，不知有多少出於本意，又有多少只是相應號召。年輕人總是衝動和偏激，振臂一呼，追隨者無數，真就成歷史潮流，所向無前，她則溯流而上。也就是她，換了誰，就算持不同意見，也不必當面鑼，當面鼓，亮相叫板，做活靶子。尤其她，森林公園事件尚未淡出印象，這時候重新提起，校領導不了了之的做法，成為姑息養奸的一條罪狀。她的名字赫然出現在大字報上。群眾運動情形總是複雜的，有真心誠意，有投機取巧，有政治厚黑學，亦有宣洩私憤——猝不及防中爆發，連自己都想不到的，原來積蓄很久，埋藏很深，能量就很大。

晚上，大禮堂裡，燈火通明，曾經演出《大雷雨》、《海鷗》的舞臺，此刻張開大辯論的橫幅：「共產主義的烏托邦」，也是一齣戲劇，她飾演的是聖女貞德，對方一眾人，她單挑。舞臺燈光順烏黑的髮頂流淌到腳底，白衣藍裙，搭扣黑皮鞋，眾聲喧譁中，惟有她的聲音字字入耳。激辯的要緊關頭，有幾回啞然失語，卻並無惶遽之色，場子裡靜了靜，看她蹲下身，打開腳邊的皮包，翻找書籍材料佐證觀點。那姿態讓她回到一個極小的女孩，中學生的年齡。楊帆擠在臺下觀戰席裡，不禁生出憐惜的心情。這心情於事於人，都是多餘，有背時背德之嫌，可沒有辦法，就是憐惜呢。

楊帆是學校裡寂寂無名之輩，入學前有過兩年工作經歷，屬於調幹生，就比同年級人長兩歲。兩三歲年齡算不得什麼，他的長相並不見老，相反，因江南地方人，還顯得後生些，但持重的性格，人們都稱作「老楊」。老楊說話口音很重，遣詞造句也不如北方人流利，反應也慢半拍，就跟不上趟了。後來幾十年，他一直和尖團音以及四聲作鬥爭，結果，普通話沒練好，家鄉話也不成了。於是，他常以明人徐渭的話自嘲：「幾間東倒西歪屋，一個南腔北調人。」老楊也沒什麼文體方面的特長，難免有些悶，校園裡的人物往往出在這兩項課餘活動中。他則是連觀眾都做不稱職，因為缺乏興趣，資訊又不靈通，每每錯過時間。公益事務中，他只一門專長，種樹。北方的樹種不同於南方，生出研究的興趣，常常獨自去森林公園看樹，始料未及撞見「決鬥」的一幕。現場比較混亂，誰也沒有注意他的出現，只關心他箍住的那名烏克蘭男生，因緊張和沮喪，哭得渾身打顫，還扭頭在箍他的人肩上咬了一口，就這，也沒有鬆手，堅持將人推上保衛處的吉普車。他也很激動，久久不能平息心情。小說中讀到的情節會在眼前上演，完全超出他的想像力，涉事的女生他是知道的，有誰不知道呢？惟有她才能擔任傳奇的女主角。她就是這麼一個戲劇化的人物，在他樸素的生活之外，無限遙遠。

「貞德」力戰群雄，或有幾個後援，發聲卻都軟弱，難以回應。無論人數，氣勢，還是論點的支持，她都處於低地，很快就頹然下場，擠出人群。老楊自認為不懂政治學，只憑常識判斷，覺得兩邊都對，兩邊又都不對。那一邊對政府要求過激，他信奉的是，飯要一口一口吃，事要一件一件辦；這一邊呢，似乎與他同樣，持體諒的態度，又似乎不一樣。他是從實際出發，她卻有更高原則，認為政府有更宏大的目標，世人的目光不可企及。他為她懸著心，覺著調門太高，猶如一張滿弓，稍過一點點弦就崩斷。可又覺得自然，這就是她！總是激流的漩渦中心，之前的平靜，好比戲劇的幕間，上一場結束，下一場開始，劇情層層遞進，推向高潮。他驚訝她的能量，不知源頭哪裡，取之不盡，用之不竭，使精神豐盈，漫溢到自身以外，感染周邊的人。他想起森林公園的一幕，不由打個寒噤，起了恐懼。她退場離開，辯論會明顯沉寂了，沒有對手當然是原因，更重要的，有一種光彩熄滅了。悸動平息下來，到了收尾的時間。

然而，誰也無法預料的，形勢陡然掉過頭，反方向而去。短暫的驚愕之後，毫不徬徨，再又運動起來。不像上一波的洶湧澎拜，而是有組織和秩序，就像漫流的水進到河床。無政府狂歡結束了，重新整肅紀律，比之前更加嚴厲。前一波浪潮裡的勇進派，率先者定作極右，革除學籍，重則送交刑律，輕則遣返原地；次一級為右傾，留校查看，從中細分一二三等行政處罰。

政治歷來為革命和保守力量對比，此起彼落，歷史就在此間發展，其實無礙於「左右」。此時的「右派」恰是彼時的「左派」，彼時的「左派」則是此時的「右派」。不等醒過神，已然成了英雄。曾經孤立無援，獨守陣地，卻原來是真理所在，對方的戰旗猝然落地。她，又一回獨領風騷。一系列的好事接踵而來，高教系統優秀學生，共青團大會代表，兩年前提交的入黨申請有了回應，通知參加組織生活，列席黨內會議，特別安排發言，陳述意見，沒有人會質疑她，與她爭個不休。可是，並沒有希冀中的驕傲和喜悅。勝利來得太容易，沒來及經過核對總和甄別，她懷想當時的激辯，甚至不乏攻殲性質的對抗。她敏感到周圍的冷淡，有熱切的，也不是她要的那種。同宿舍的一名女生，來自天津塘沽，父親是引水員，家境應在中等以上。女同學生相恬靜，性格內斂，和她關係並不親近，嚴格說，她基本沒有親近的女性朋友，當她落單時候，也不特意遠著。首尾相銜的兩場運動中，她都持疏離的態度，埋頭讀書。有天晚上，女同學的床空到很久，過了午夜，方才聽到門響。這一段，她患了失眠症，有時睡不著，有時睡著，半夜又醒來。半闔眼睛，看見夜歸人摸索著鋪床，窗外的一盞路燈透進一線光，照著一側的臉龐，眼睛紅腫，像是慟哭過後的淚痕。她知道，背地裡，同學們三倆結夥，為離校的人送別，沒有人聯絡她參加。女同學洗漱就寢，路燈也熄了，換作月光，反更亮了。她將頭埋進被子，眼淚流下來。

這一年，表面的輝煌之下，其實是無比寂寞的心。星期天回家，洛娃老師不期而至，師生二人大約有兩年時間未見。洛娃老師更胖了，爬上三層樓梯，喘得不行，停了半時，終於說出話來，方才知道是來告別。老師將移民澳大利亞，那裡有她的兄弟。房屋退租，鋼琴歸還琴行，家具用物賣的賣，送的送，扔的扔。母親問有什麼需要幫忙的，洛娃老師說有一個小忙，從草編提籃裡取出一摞樂譜，是歌劇選段的鋼琴伴奏——也許艾比娜喜歡。母親留飯，洛娃老師說，要是昨天就好了，今晚有幾個學生為她踐行。她難過地想：他們也沒來約她。事實上，這些學生未必認得，她有多久沒去過音樂課了？臨到最後一分鐘，她都在激烈鬥爭：還來得及，來得及參加晚宴，也許洛娃老師正等待她開口。可是，最終，她們誰也沒說出來。分手時，洛娃老師擁抱了她，她的臉緊緊壓在老師肥厚溫暖的胸脯，真像一片沃土，眼淚把老師的衣襟都濕了。她變得愛哭，眼睛裡蓄滿了淚，動輒便泉湧而出。

洛娃老師的離去，彷彿是一個預先的信號，學校裡的外教也逐漸回國。隨著赫魯雪夫繼位，蘇維埃內部政治經濟政策開始大變革，史達林的鐵幕破冰解凍，國際共產主義同盟呈現裂變的跡象，中蘇交惡在所難免。然而，風雲詭黠，身在局部的人完全不能了解，就在六〇年代初期，省對外友協組織代表團訪蘇，她做為翻譯借調入列。這一次出行的外交意味深不可測，在她個人，卻及時遏制了抑鬱的傾向。時差在物理性質上轉換了精神場域，追逐太陽飛行，延長的白晝，使日照充沛。歌曲和電影裡的景象出現眼前，讓人不敢相信：紅場，列寧墓，克里姆林宮，衛國戰爭紀念碑，是無產階級革命聖地；而沙皇時代的舊跡，青銅鑄像，石砌建築，大劇院，芭蕾舞，應歸於歷史藝術遺產；新市政，比如地鐵，象徵人民和勞動的力量；少先隊員的鼓樂，則代表未來。飛機在夜晚降落基輔，舷窗下一片璀璨，越來越近，撲面而來，陡一側身，又遠去了，再一側身，便置身光明之中。眼淚又湧上來，但卻是滾燙的，先前的頹唐消失殆盡，它們到哪裡去了，曾經有過嗎？她又慚愧又疑惑，時代充滿奮進的希望，努力還來不及呢，這就是小資產階級的軟弱動搖吧！歸途中，透支的時間還回來，日夜恢復原先的比例，可是，卻無大礙，抑鬱症不治而癒。她復原了，不是單純的復原，經歷和克服過困難，不是原來那個自己。表面的稜角不那麼尖銳，變得溫和，其實蘊藏到深處，有了厚度，是瑩潤的光澤。

在這嬗變的過程裡，她和老楊確定了關係。沒有熱烈悸動的情節，但穩步進行，水到渠成。同學開玩笑說老楊拾了個「洋撈」，揶揄中可見出人們多以為不般配，惟同宿舍的天津女同學另有見解，對她說：你終於做對了一件事！她們向來沒有說體己話的習慣，她有無數追求者，出於一種微妙心理，同性間的關係比較平淡。女同學人際關係順利，老少咸宜，男生背後議論，對她的評價為「人皆可妻」，換個說法，即缺乏個性的意思。那天從飯堂回宿舍的路上，走在一起，女同學忽就挑起話頭。她轉過臉看向對方，驚訝在那一雙單瞼之下的眸子，竟然煥發出明亮的光芒。女同學說：我很羨慕你。她更驚訝了，因為對方的坦率，停一停，方才說出兩個字：謝謝！謝我什麼呀！對面的人笑了，原來嫻靜的女同學也有著爽朗的音容。她也笑了，是呀，謝什麼呢？謝她的鼓勵，謝她對自己吐露心意。老楊的好，不容易看出來，這就是真好！女同學說。她先紅了臉，隨即調皮起來：你為什麼不自己對他說？對他說嘛！女同學也是個調皮角色，回應道：晚了一步，讓你得手！她越發活潑了：爭取嘛！女同學收住嘻笑，正色道：倘若別人還有勝數，你，我卻爭不過，除非——除非什麼？除非你讓給我！她縱身一跳，躥出去：我不讓，你來搶！女同學說：我來搶了！兩人繞著圈子追逐，草地上開了白色的小花，寒帶急促的花事，一旦盛開，嬌媚極了。

她領略到友誼的寧馨，不是像男女之情那般激動的快感，那快感有一半來自生理性的官能，比如荷爾蒙，它往往會遮蔽精神的吸引，女生間就不同了。她們頭並頭竊竊私語，不用多問，便打開話匣子，裡面存著多少閨幃裡的心事。別看她身前身後簇擁著膜拜者，眾星捧月似的，可是有誰能說私房話？她告訴女同學與留學生交往的經驗，真是迷人啊！她說，就像雕塑，從石座上走下來。而且，熱烈奔放，不像中國小夥子，不愛的人彷彿看不見，愛的呢，也像看不見，坐懷不亂吧，是文明的結果，他們呢，更接近野蠻人，我喜歡野蠻人！愛恨分明，榮譽勝過生命，比如普希金——說到此，兩人都想起森林公園事件，她雙手掩面，羞慚道：太荒唐了！女同學拉下她的手，眼睛對著眼睛：我很想荒唐一下，真的，可惜沒有機會！對方真摯的表情讓她相信並非譏誚，接著說：這只是開始，然後——然後怎麼樣？然後發現，只能遠觀，不能近處，那種豪邁其實更是放縱，也是原始性作祟，他們幾乎沒有自律的概念，喝酒，喝到大吐，又哭又笑，糾纏個不休，羅曼蒂克的背後，且是壓根不尊重女性！女同學籲一口氣：有那麼嚴重嗎？還有更嚴重的！她說，酒色改變了他們的外形，皮膚粗糙，肌肉鬆弛，早早有了肚腩，而且脫髮，因為痛風手腳腫脹……女同學忽然問出一句：老楊呢，老楊是什麼人？兀地截斷話頭，說話人有些茫然，慢慢回過神，回答道：老楊是文明人。

即便如她，聚光燈的焦點，很難看清周圍，依然發現，女同學說話，遠兜近繞，最後一準歸到老楊。從她的立場，老楊是低沉時期介入生活，彷彿乘人之危；世人眼裡，卻不這樣看，反以為平步青雲，正處上升階段，於是就有攀附的嫌疑，比如「拾個洋撈」的調侃就是。無論從哪方面，都可見得老楊不畏人言，內心並不像外表那樣平凡，而是自有主張。儘管如此，兩人的關係中，還是她占主動方，其時其地，有誰敢覬覦「女神」，存非分之想？她先約的他，他則當仁不讓，於是，一拍即合。所以選擇老楊，其實並不出於多少了解，經歷情節跌宕的戲劇，渴望平靜的人情之常，多少有些妥協的意思，但從積極處說，卻是返璞歸真。不管哪一種動因，確實如女同學所說，「終於做對了一件事」。她呀，何等的冰雪聰明，很知道「對」的時候做「對」的事，也知道老楊正是那個「對」，同時知道的還有，只要發出召喚，「錯」和「對」都會回應，而她當然是選擇「對」了。雖然，沒有明說，態度卻再清楚不過，是自恃，也是天真。不同於常人就在這裡，也算是在世事沉浮中打過滾的，卻依然抱有赤子之心。

她說：老楊是文明人，我也是，人總是選擇同類！女同學微微一笑：是你選擇他，也是他選擇你，沒有人是被選擇的！這話讓她不悅，就也微微一笑：所有人都分兩種，一種選擇，一種被選擇！由什麼原則決定誰是選擇誰是被選擇？女同學反詰。天生命定！她氣沖沖道。哦！女同學的這一聲帶著譏誚，激怒了她，忽然變得尖刻：你不是人可皆妻嗎？這話頗為不遜，而且粗暴，自己都嚇一跳，再想挽回，女同學已經轉身走了。

剛開始的親好，又反目了。這符合女生間的關係，好一時，壞一時，壞一時，再好一時，循環往復。在她們卻只有一個週期，因都是認真的人，討論的又是認真的事，彼此觸及痛處，到底受傷了。如果時間足夠，興許挽得回來，可是形勢逼人，等不及和解的契機。畢業分配公布方案，五年學府生活彷彿一瞬間，從眼前掠過。原來，已經那麼久了，驟然失了耐心。於是，捆紮行李，預定行程，購買車票，有單位派遣接受的人住進招待所，就要面晤和談話，性急的人已經在了路上。校園裡充斥著曲終人散的空氣，同時呢，是新生活的憧憬，興興頭的，所以，又激情洋溢。她和老楊都分在本市。有多家單位的外事部門要她，她的外語能力小有名氣，遠超過本專業領域的成績，最後，進到中直部委屬下的科技研究所。老楊則在重型機械廠制動設備室任技術員。重型機械廠前身是沙俄鐵路製造局，日俄戰爭改軍工，二戰以後，轉民生。原先的巨型體量上，再向蘇聯社會主義托拉斯模式擴建，從原材料到加工，配件，組裝，檢驗，出品，運輸一體化，總廠底下就有數個分廠和部門。這是生產，生活也是全覆蓋，宿舍，住宅，醫院，商店，幼托，小學，中學，甚至還在郊區有一個農場，獨立成自給自足的小社會。他們畢業後登記結婚，老楊分到家屬區一套住房。她所在單位，按屬地原則為省部，但福利遠不能同日而語。行政級別越高，領導越多，一層一層下到小文書一層，資源餘裕就更有限。如此，她只在機關分到一間二人宿舍供午休用，或者，下班晚了，交通受阻，臨時過宿。合住的女同事是機要處祕書，比她年資深，辦公室裡面另有休息的地方，所以，她們極少照面。

他們將婚房安在機械廠裡，住宅本身配置有床和桌椅，又從她娘家搬過來幾樣，也算作嫁妝，再添些必要的雜用，一個家初具雛形。接下來是舉辦儀式。老楊不是本地人，沒有親屬，惟三五個新同事，其餘就是和她共有的老同學——列名單時候，她想起了女同學，女同學卻已經離開。聽說她分回原籍天津，具體是哪裡不知道。自從那次不歡而散，她們倆就沒有說話。

她和老楊，都是單位裡的新人，要從最基礎入手，尤其她，工作環境和所學專業理論上兩頭兼顧，實際並不對接，一切從頭來起。早出晚歸，十分繁忙。機械廠生活區和生產區不算遠，之間還有班車通勤，減去路程的耗時和辛苦，家中的庶務自然歸了他。江南人也不像北方，男女的應分劃得很清，還有農業社會裡男耕女織的遺存。老楊家鄉淮揚，男人上廚蔚然成風，他稱不上精通，但至少不手生。每晚燒好晚飯，她進門就端碗，隔日起來，換下的衣服洗淨疊齊，收進櫥櫃，皮鞋擦得錚亮。老楊甚至還會一點縫紉，她的陪嫁裡，有一部「星家」縫紉機，全由他使用。或單面摺邊，或雙面對齊，「嚓嚓嚓」，踏板前後踩動，眨眼工夫，窗簾、門簾、被單，都出來了。漸漸地，他學會了剪裁，將車床工件三維繪圖方法，移用到人體，就能做簡單的衣褲。休息日裡，倘若她加班，對外事務真是沒個點，代表團出訪或來訪；各國對華政策的報告傳達；案頭的背書和口頭傳譯，說來就來。她很快融入本所的工作，跟上節奏，還經常應差外單位借用。這樣的時候，他獨自在家，守著一部「星家」。她不在，可到處都是她，面霜的氣味；椅背床架到處扔的衣服的體味；枕上的發香，她習慣在洗頭水裡點幾滴花露水；俄國磚茶的濃釅——她們家上輩子傳下來的銅茶炊，每到下午時分，家人圍爐而坐，茶碗接了熱茶，傾在茶碟，三個手指托起來，慢慢吸吮，不至於燙了嘴，這場面有一種儀式感，就這樣，小女孩長成大姑娘，然後離家住校，現在由他掌握茶炊；「星家」縫紉機，曾經車過她的衣物，從襁褓圍嘴到各式裙子，寬背帶，細褶皺，蓬起下襬，布拉吉……他心裡很安寧，門敞開著，家屬區的風氣，彷彿共產主義集體生活，後邊山上的杜鵑花盛開，花香陣陣，小學校操場的高音喇叭傳來喊操聲，準備國慶日的檢閱，一個高亢的童音，小號般直衝雲霄。

婚後第二年，湊她出差上海的機會，方才回去他的老家拜見公婆。拖延至今，當然有時間的緣故，但潛在的，還出於回避的心理。他們倆，尤其他，很難想像她與自己家人在一起的情形，那是連他都疏遠的親屬。大學期間，只兩個寒假回去過年，不等假期結束，就匆匆趕回來，有點像逃跑。他已經不適應陰濕的氣候，沒有供暖，室內室外同樣冷熱。也下雪，但積不起來，經鞋底踩塌，一汪水，一汪泥，冬日的肅殺中又另添凋敝。光照不足的老屋，之前尚有兩進，日前接大哥信，告訴父親交出前院，只餘後天井。攔斷南北過道，東牆上破開一門，跨進夾弄，沿山牆攀一道石階，從廊橋經過，方能出街。迂迴曲折，但避免和人往來互通，省去各種後患。他想不出縮減一半地盤的舊宅，更是要逼仄陰暗，家中成員又多，老少男女，說著詰聱的鄉音，抬頭也見，低頭也見，想不出的窘。重重顧慮中，計畫的行程，一日一日來臨了。

臘月二十九，南方人俗稱小年夜，城內卵石路上，走過兩個外鄉人。頭戴皮帽，腳蹬長靴，男的還好，是一件毛領呢面軍大衣，女的則一身深藍皮衣，袖口和下襬鑲了灰毛滾邊。街上玩耍的小孩停止遊戲，退到牆根，讓開路，等他們走過去，火速聚起來，衝著後背有節律地叫道：華僑，華僑！在這童聲合唱伴隨下，兩人走進一個門洞，「華僑華僑」的歌聲不絕於耳，久久不散，引出許多大人，不曉得發生了什麼事。

火車上的燥和熱，很快消散，取而代之以徹骨的寒冷。哪裡都是冰涼，玻璃杯口浮著茶葉，水溫顯然不到沸點；湯碗剛上桌還冒熱氣，轉眼風平浪靜；踩在磚地上，鞋底彷彿被穿透，腳趾頭凍得生疼，脫下的皮大衣重新穿上身，坐在藤椅上的棉墊子裡，就像女王駕臨，周圍忙碌著臣僕。她其實很熬得住苦，下廠下屯，無論農戶還是工友，都融洽無間。可眼下這一家偏偏不是工農，他的父親，雖然穿短襖，卻是緞面；母親的布棉襖，領口上別了一朵纏絲嵌寶珠花；爺爺坐著另一張藤椅，圍著絲棉被，老頭棉鞋登著黃銅腳爐，膝上是手爐，碳的煙氣，加上灶上的柴火，本來就暗淡的光線又蒙上一層灰，積成氤氳，在視線裡漂移，人和物就有些變形。爺爺他，年輕時被鴉片和女色損害了身體，繼而又在家道式微中壞了性情，世上無一樁事如他所願，都在走下坡路。一方面是老，一方面是閒，越來越少動憚，終於連舌頭也停下，不再發聲，眼睛卻發出銳亮的光芒，其時，對著案子那頭的孫媳婦，看得人心裡發毛。她試著寒暄，說些敬老的話，卻沒有一句回應，於是便放棄了。轉過身子，迎著又一雙眼睛。紅木矮凳上坐著小姑子，老楊的妹妹，從下而上看她。看一陣子，發問了。問她皮衣皮靴的材質，牛皮羊皮抑或羊羔皮，屬哪一款風格，巴黎式柏林式？聽說東北那地方凍得掉耳朵鼻子；還有許多「羅宋」雜種人？這些問題既幼稚又世故，讓人不曉得說什麼好，於是提問的人也放棄了答案。口袋裡掏出菸盒，客套地送一送，不等拒絕，已經收回去，抽出一支，自己點上。她猜不出這位妹妹的年齡，金絲邊眼鏡後面，也有一雙老爺爺的鷹眼，臉頰的皮膚格外白皙。側面看，從前額，鼻梁，到下頦部，呈現一道纖細的曲線，如小女孩子。轉回正面，也許髮型的緣故，正中分路，兩邊低垂蓋耳，再向後挽起盤一個髻，太陽穴處變得緊窄，就有了歲數。再看穿著，一件織錦緞棉襖，啥味呢西褲，駝絨高幫皮鞋，是老派人的摩登。猜得到對方的疑惑，妹妹吐一口煙，說：我與你同年生人，住在上海。話裡有壓著她的意思，還有些套近乎，彷彿，她們倆是一路，其他人是另一路。確實，這位妹妹在家中的位置很特殊，除穿戴舉止的差異——現在可以解釋了，原來是上海來的人，還在於，無論長輩平輩，都不太與妹妹搭話，說不上來出於畏懼還是嫌棄，或許兩者都有。也正因為此，就想與新來的嫂嫂交好，但新嫂嫂也遠著她呢。事實上，並不只是妹妹，老爺爺，父親，母親，大哥，都是疏離的。這一眾人，就像僥倖規避了時代的更替，從歷史的接縫中遺漏，竟也能夠自給自足，自生自滅。他的大哥，上海交大船舶系畢業生，造船廠任工程師，和社會有接觸，尚不至於封閉耳目，照理可以溝通，偏偏一口方言，似乎有意為之，格外誇張，外鄉人聽來，就有些油滑。她不知道，大哥他是一位揚州評書愛好者，年輕時候到王少堂跟前拜過師，天賦欠缺，或者引薦人力道不足，總之沒有入門，只能自學。廠裡聯歡，文娛比賽，都是推他，說一段「武松打虎」、「辣皮五子」，頗受歡迎，他也很自得。顯然他的性情比老二活躍，卻不知什麼原因，遲遲未婚，這就又讓他和時間脫節了。老楊他，進到家門，也說起這種口音，就像變了一個人，怎麼說呢，變得俚俗，所以，也是陌生的。而且，有意無意地和她拉開距離，抱矜持的態度，是避免在家人跟前說普通話嗎？普通話在方言區裡，總是有官話的色彩。大約還出於一種畏懼心，因知道她不能與家人調和，索性退到那一邊。說實話，在這市井世界，她顯得如此不凡，讓人自慚形穢，不敢靠近。

家裡上繳前進院落之後，在後進隔出一層，加蓋閣樓，作大哥的睡房，此時讓給新人。床鋪墊得很厚，被窩裡塞一個銅湯婆，裹進舊絨布套子裡，依然滾燙。這時候，人方才舒展得開了。溫暖和同眠並沒有讓他們親密，四處都有動靜。大哥的床臨時安置在木頭扶梯的斜角裡，對面窗下睡著妹妹，兩人說了一陣話，聽不清內容，只有嗡嗡的回音。然後，一股淡淡的煙味瀰漫開來，是妹妹的睡前一支菸。松木樓板的拼接處透出絲絲縷縷的光，頂上也有光，從瓦爿的縫隙中下來。兩人拘謹得厲害，不提防碰了手腳，趕緊閃開，因床和被窩的局促，就不敢動了。燈光熄滅，黑暗從四面合攏，閉得十分嚴實，彷彿有重力，沉甸甸的。迷糊中睡過去，不知道真有其事還是夜夢，很遠的地方，敲了三下梆子，時間穿越到古時候，再漸漸回進來。一聲昂然的雞啼，高頻上延續很久，陡地收尾，停頓片刻，隨之遍地應和此起彼落。那驕傲的領唱者早偃止了歌喉，餘下一片瑣碎。晨曦照亮閣樓的北窗，睜開眼睛，身邊人不在，她張開身體，躺成一個「大」字，呼吸暢通了。樓下嘈雜起來，卻不像靜夜裡的尖銳，而是混沌。水潑上石板，碗碟叩擊，門的開閉，收音機吱吱地調頻道，一日的生活拉開帷幕。即便在這般逼仄的空間裡，依然帶著一股子躍然。挺身起床，挾裹著被褥的熱氣，湯婆子還暖著呢！拉開窗簾，推出去，眼前是連綿不斷的屋瓦，一波接一波，鋪往地平線，目極處有一片紅亮，散開來，空氣中有水分，微微顫動，分解一列色系。心中生出一種陌生的感動，這擠簇、瑣碎、平庸的鱗鱗爪爪，和諧地融為一體，也有著寬廣的幅度。她驚詫造物的周密細緻，蘊含著對人世的憐惜。感動的就是這個，以往從未領略過的。她單以為自然氣勢如虹，天地遠大，其實是積少成多，量變到質變。作一個深呼吸，吐出一晝夜的鬱結，頓時清爽許多。早晨的空氣帶著寒露，轉眼間灌滿閣樓，身上起著冷顫，趕緊關上窗戶，穿好衣服下樓去。

一家人都感染她的好心情，從上一日便懸著的心落地了，大哥叫道：開飯開飯！於是團團坐好。桌上已經擺開稀飯豆漿油條燒餅，各樣配粥的小菜。餐畢，她伸手撿拾碗筷，要承擔涮洗的勞動，被母親擋開。那邊妹妹則推她上樓穿大衣拿包，要出去遊玩。來回爭奪幾番，還是恭敬不如從命。雖然帶有虛應的成分，卻也算過了儀式，做了這家的媳婦。

一刻以後，四個年輕人就走在了街上。大年除夕的白天，大人們多在家中準備年飯，性急的小孩子已經放炮仗了，東一響，西一響，製造出零星的喜慶。天氣晴朗，日頭升高，暖洋洋的。此時，她發現穿著的笨重，體會到江南輕盈的冬季。仰起臉，太陽光從疏闊的枝條間撒下，癢酥酥的。妹妹告訴她，上海——特別要強調，上海，有一句俗諺：邋遢冬至乾淨年，反過來亦是，因今年冬至下了雪，所以，春節有這好天氣。老楊兄弟走在前邊，拉下她們，單獨相對，好像兩個女人有什麼貼己話要說似的。這對姑嫂分開看興許好些，在一起卻顯得誇張了。彷彿戲臺上的人物，一個出演的西洋劇，另一個呢，中國式的西裝旗袍劇，照理是兩種劇情，不該碰在一處，偏就並肩而行。身後又又小孩子跳著腳喊：華僑華僑！妹妹回頭斥罵著驅趕，臉上帶著笑影，流露出心裡的高興，顯然，是喜歡這稱呼的。小孩子一哄而散，跑到遠處，停下來，繼續「華僑華僑」地喊。不理他！妹妹說，小地方人沒見過什麼世面的。她問，妹妹在上海什麼地方工作？回答是：不做工作，坐吃！她沒聽出話裡自嘲的意味，只覺得措辭鄙陋，就不想往下問了。可是，對方剛開話題，正篇還在後面，站住腳低頭點上一支菸，等抬起頭，那人已經跑到前面，落下她一個。

沿瘦西湖走了兩個著名的園林，大哥本想做東請客，但大年三十，飯館都封灶閉門。二十四橋有一處茶室還營業，便賣下一些糕餅零食，要四杯清茶，權當午餐。茶室坐在水榭，簷下擺了桌椅，坐了五六成。半是常客，半按時必來的，另有一半是外地人，公差或者遊冶，所以並不十分寂寥。那兄妹三人，人生命運各異，終究同出一源，有許多共同的人和事，她難免在局外。先還注意地聽，漸漸渙散開注意，因不在經驗裡，總是隔膜著。其中涉及老楊的部分，卻又不是她認識的那個老楊，本應該有好奇心的，她卻沒有，而是感到了無聊。早先的興致低落了，起身離座，伏在欄杆看水。潛在湖底的魚群，受她投影吸引，遊上來。她揉碎半個麵包餵食牠們，攪起波瀾，漸漸平息，亭臺的倒影浮起，彷彿海市蜃樓。心中有些恍惚，不知何年何月，何情何境，且為何處身於此。那邊招呼她過去，茶室供應湯包，從附近廚房送到了，揭開籠蓋，熱氣騰騰。她走過去，重新入座，誰的手送上一雙竹筷。大哥向她示範，夾住湯包，平平端起，只見那一兜湯顫顫地垂下，撮起嘴咬一小口，慢慢吸吮，這一切都是在小心翼翼中進行，不可半點疏忽。她卻學不好，湯漏了一碟子，還燙了舌頭。正午的日頭更熱烈了，岸邊的柳樹似乎眨眼間爆出新綠。有幾桌撤走，有幾桌又換了新茶，相鄰的一桌拿出撲克牌。茶室裡的女人拎出熱水瓶，分發給餘下的客人自便，無論坐到幾時，要走只管走，年後上班，再收拾桌椅茶具。然後關門上鎖，回去燒年飯了。看她過橋上岸，沿湖走很遠，終於消失身影。

這地方有一股享樂主義空氣，當是漕運和鹽業繁榮時期的遺風。商賈多半爆發，富不過三代，就沒有積養，所以享樂也是庶民的，和皇城八旗的豪闊不同。那裡是滿漢全席，這裡是家常菜。精神生活呢，這裡至多風花雪月，那裡可是左牽黄，右擎蒼格局大多了，等級森嚴，這裡卻有些民主共和，天下一家的小意思，貧富貴賤差異不大。舊曆年的固定假裡，這地方滿城膏腴和灶火。老楊家當門安一具小石磨，浸泡過夜的糯米灌進磨眼，霍霍聲中，雪白的米漿流進紗布袋，繫緊了吊在竹竿上滴水。妹妹專司蛋餃，嘴裡銜一支菸，側頭瞇眼，不讓煙熏著。手持一柄湯勺，筷子夾一片肥肉，勺底擦出一點油，澆一調羹蛋糊。大哥負責殺雞，雞頭拗到背後，握在翅膀裡，拔去頸部的軟毛，刀刃一劃，掉過身來，汩汩的血淌入碗裡的清水，這才放開它，一根筷子順時針方向攪，攪，攪，一碗雞血製成。派給父親的是技術活，劃鱔絲。一根竹篾子，削薄了，黃鱔甩上砧板，直往起跳，順了身子捋，催眠似的，慢慢安靜下來，篾片子從頭到梢，從頭到梢，轉眼就是一堆。母親備餡做大肉丸子，此地叫「獅子頭」。奇怪的是，肉餡不是剁，而是切，先切片，再切絲，最後切粒，料酒精鹽，也是攪。攪餡的活，就交到老楊手上。老楊在東北算得上火頭軍師到這裡只能打雜。給黃花菜摘根，清洗木耳粒的沙土，舊牙刷剔花蛤貝上的泥，燒開水拔雞毛，切臘腸，臘腸是幾日前熏好的，海蜇早一年就浸在罎子裡，豆腐事先向一家作坊訂製，豆醬則是另一家。她也想做點什麼，卻發現沒一樣做得了，人人還都避讓著，怕髒了她的衣服。熱火朝天的一家人，唯有老爺爺和她閒著。老爺爺顯然已經看夠她了，從此不瞥一眼，目視前方，彷彿泥塑的佛。她穿上大衣，悄悄出了院子，從夾弄上去廊橋，看屋頂上的炊煙。

她比原定計畫提早一天告辭，去了上海，全家人嘴上挽留，私下鬆一口氣。這幾日彼此拘得緊，實是煎熬的。妹妹想和她結伴同行，因也是急於離開家的人，幾度暗示，卻沒有任何反響，都是一等的聰敏和驕傲，能看不出對方的請求和推諉？於是作罷，遲一天才走，家中人再鬆一口氣。老楊獨自住到探親假末尾，按約定去上海會合她。下長途車，天已入夜，先找公用電話往她招待所報到，說好明天直接在北火車站月臺碰面，然後就奔妹妹處投宿了。

他家兄妹三個，之間各差兩歲，長子總是得器重，底下的不免慢待。共同的處境，排序的相近，這兩個關係比較和大哥之間就要親近。起初幾年，還是大家庭，他們聯合與叔伯姊妹兄弟抗衡，後來，則是與大哥為敵，一起被大人責打，跪洗衣搓板。她背了父母，與那富家子往大後方去，只有他知情，到車站送行。頭一次看見那「姊夫」，豆芽兒似的一細條，白潦潦的臉，不像擔得起的人，就知道是妹妹拿的主意，同樣，離婚也是妹妹的決定。這種斬截的手勢，只有妹妹做得出來。後來，他跟著鄰家大哥哥到上海讀書，吃住都由妹妹供給。分開的日子裡，他收穫新思想，而這卻是無法與妹妹說的，他能想像她奚落的眼神，像聽小孩子說夢話，她向來當他小孩子看。妹妹其實更像姊姊，女孩本來早熟，兩歲年齡的差距早已經彌合了。他去東北上大學，是妹妹送行，彷彿這一瞬間，他長大了。出遠門的人，有一股莊嚴肅穆，妹妹終於生出些微的敬意。

就像多年前，他宿在亭子間北窗下的沙發上，隔一張方桌，和靠著床檔的妹妹說話。說起父母，雖然清簡下來，但小門小戶的日子，反倒乾淨俐落，精神也健旺了。又說老爺爺，平時向著大的和小的，養老卻執意要跟二的，也就是他們的父親，柿子撿軟的捏，妹妹說不然，偏心的是老奶奶。這就說到老奶奶，頂厲害了，好比《紅樓夢》的王熙鳳，老爺爺懼內，心裡明鏡似的，曉得三個媳婦中，他們的母親最賢良，只是不想起糾紛，凡事不作仲裁，等一個走掉，立刻轉過來。他說，「賢良」不過是軟柿子的好辭。妹妹探過頭，臉上露出詭黠的笑容，老爺爺又不是淨身過來，帶了家私的！這回輪到他不以為然，公有制社會，有什麼家私？妹妹冷笑，哪個社會都要吃飯。話到這裡，出現分歧的端倪，就不談了，關燈睡覺。窗戶外面正是一盞鐵罩子路燈，映在窗簾上。妹妹忽說了一句：媽媽本來備下見面禮，一個金鎖片，怕人家看不上眼，沒拿出手。他一怔，這是家人第一次提她，之前，從沒有當面議論過這一樁婚姻。怎麼會呢？他囁嚅地辯解，她要是知道，一定很高興。他看不見妹妹隱在暗中的臉，但知道又在笑，不由生氣了：你有成見！妹妹反詰：什麼成見？她長得漂亮！這話擊中對方的痛處，長得不夠漂亮，可說是妹妹最大的遺憾。小時候，爭吵不過，就是最後的撒手鐧。此一時彼一時，畢竟是大人了，扔出去的分量就不同。妹妹噎了一下，停了停，方才說出話來：先不要得意，吃苦在後頭！他也不讓，逼過去：何以見得？回過來：她目無下塵，早晚有報應！話說到這一步，都變得刻毒。再不濟也就是你這樣！他說。我這樣怎麼樣，不用伏小屈就，看人的眼色！她說。寄生蟲！他罵道。兩人都坐起來，拉亮電燈，房間裡雪亮一片，照著兩張虎視眈眈的臉，親密的人吵起架來是不留情面的。又來了，又來了，好像你們不寄生，我寄生在一個人身上，你們寄生在全體人民身上！你，你，氣急之下，除一個「你」字，再沒別的了。妹妹卻重新抖擻起來，恢復口齒的尖利：國家幹部，下田還是做工，到時候關餉，還不如老爺爺，吃的是祖業產！這就有些胡攪蠻纏，但氣勢占了上風，他躺倒去，將被子蒙了臉。對方數落一陣，只是不答，到底無趣，關燈睡了。

第八章

隔年春天，女兒出生。擁著被窩，抱了嬰兒哺乳的她，呈現安詳沉靜的表情。向老家報了消息，不久收到一個小小的包裹，平絨盒子裡躺著金鎖片，鳳凰麒麟的圖案，想就是妹妹說的，母親原本送媳婦的見面禮，現在給了孫女兒，也是一樣。她打開看了看，又合起來，囑他收進抽屜，並沒有流露不屑的意思，便放下心來，於是意識到在她跟前，自己其實是緊張的。他喜歡看她哺乳，一個全新的形象，不是松花江邊歌唱的瑰麗，也不是「貞德聖女」，又不是蹲在地上搜尋證據時的羸弱——就是這個瞬間，讓他生出愛憐。現在的她，懷孕和生育增加了體重，臉龐圓了，相應的，五官略顯平坦，眼睛也不那麼大而明亮，成日價套一件孕婦罩衫，胸前印著奶漬，亂蓬蓬的頭髮用手絹在腦後紮起一把。她變得邋遢，隨便，貼得很近地看嬰兒的糞便，散開的髮綹幾乎垂到尿布上。母乳不夠，需要補充奶粉，兌水的動作就像實驗室裡觀察量杯和試管。不善家務的她，動作笨拙，但態度認真，幾近莊嚴。夜裡醒來，看見她抱著襁褓在房間來回走，小聲唱著曲子，桌上只開一盞檯燈，投下一圈光暈，映著嬰兒毛茸茸的頭頂。她在影地裡，輪廓有些模糊，但卻十分柔和。他靜靜看著，聽著，沉浸在幸福的慵懶中。

產假過去，因加班積攢的補休，又延後半個月，就到上班的日子。這才發現，衣服和鞋都緊了。她奇怪地看著地上的纖巧的皮鞋，想到「灰姑娘」童話裡的水晶鞋，不明白怎麼能把腳擠進去的，可硬是擠進去了。經過痛苦的幾天時間，竟然又回到先前的腳型。人體原來具有很大限度的伸縮彈性，就看怎麼塑造它。嬰兒寄託在機械廠的哺乳室，不是由母親而是父親餵奶。調製好的奶液灌在玻璃瓶裡，上午一次，下午一次，去到哺乳室，坐在一群撩衣敞懷的女工中間，一手托嬰兒，一手扶奶瓶，腦門上沁著細汗，半是緊張，生怕失手，兩樣東西都是易碎物，不可大意；另一半是女工們的打趣。屋子裡壅塞著哺乳期女人特有的氣味，酸甜，還有一點腥膻，小孩子的尿騷和乳臭。寒帶的三四月，氣溫尚在零度上下徘徊，未結束供暖，閉著門窗，有一股令人窒息的暖意。笑鬧的間隙中，會忽然靜下來，聽得見小嘴有力的吸吮下，奶水滋滋地向外湧。母親的臉或低或仰，舒泰安寧。有時候，一雙手冷不防插到他懷裡，抱起女兒，餵上幾口。女工們的奶水特別飽滿，實在消不掉，會朝他臉上滋幾下。異性的在場，使氣氛變得亢奮。這些流水線上的女人，受教育程度不高，工業社會又是另一種蠻荒世界，野地裡長出來的生命，繞過文明馴化，母獸一般。他窘得厲害，卻也感到滿足。

她原本充沛的奶水，此時徹底退回去，身形很快回到從前，工作也重新甚至更加忙碌起來。其時，中蘇關係正式破裂，東北地區經濟產業大多建立於蘇聯支援的基礎，就處在技術和設備大規模轉移的調整中。如她們對外部門的俄語人員承擔起善後事宜，在文案與談判桌之間穿梭，同時，也敏感到將會有很長階段兩國交流停滯，就要準備調換專業方向。她在外國語學院報名英法語課程旁聽，退一萬步，也能到學校做教師。工作和學習，兩頭奔波，通勤都難，機關裡那間宿舍成了常住。某個週末回家，將女兒從地上抱起，臉對著臉，只見一雙黑亮亮的眼睛直視過來，不由心裡一緊，什麼時候，小人兒脫離襁褓，獨立出來了。民間有個說法，小孩子跟誰像誰，起初，是隨她的，如今卻在向父親靠攏。男人裡面，他稱得上好看，端正的前額，眉稜底下一雙深目，長臉頰，高鼻梁，這樣的長相在女孩多少有點硬。正值困難時期，輔食不足，嬰兒的肥胖很快瘦削下去。沒有肉的小臉上，一雙眼睛大得出奇，薄嘴唇抿起一條線，批判地看著世界。單就他們父女倆，不覺有什麼，那年頭，大多都是菜色肌膚，衣著灰暗。工廠大院且是集體性的生活方式，有些像軍隊，不僅色彩，還包括形態，都是單一化的。來到光彩照人的母親跟前，兩相對照，不禁顯出委頓。難得的閒適中，母親嚐試給女兒塑造新形象。從箱底翻出自己幼年時候的衣服，將頭髮梳成髮辮，繫上綢絲帶。那些華麗的荷葉邊，白色蕾絲，以及髮頂的大蝴蝶結，更襯出人的小和黃。因為受拘束，行動舉止呆板木訥，連原先的機靈勁都沒了，效果令人掃興。天然母性在疏遠的日子裡逐漸淡化，餘下的，多少有一些小姑娘打扮洋娃娃的少女遊戲，也收尾了。本職工作和業餘學習，危機感和進取心，將有限的逸情擠得乾乾淨淨。女兒在父親的自行車上長大。她也有著父親纖長的四肢，運動神經格外發達，這點又像母親了。剛學走路，就能從地下一躍而起，跨坐到車後架，任由緩急顛簸。幼稚園的時候，已經會從車大梁下伸過一隻腳踩著踏板，騎得一溜煙，父親在後頭徒步追趕。成為廠區裡引眾人矚目的風景，人們稱之「老楊追小楊」。

不知不覺中，年景向好，枯乾的日子有了膏腴。看出去，視野變得豐潤，人們的目光也柔和下來。傍晚，下班後接她出幼稚園，看見門裡奔來一個小姑娘，身上的花衣褲透著亮，映照出嬌嫩的小胳膊小腿，他幾乎沒有認出來。萬物呈現復甦的景象，彷彿一夜間，女人們都懷孕了，挺著滾圓的肚子，蹣跚上坡下坡。他們的第二胎，就是在這時候得的。孕期裡，她得了妊娠高血壓，臨時調動到情報處資料室，上下班固定，沒有外勤和出差，可按時作息。隨著身子顯出來，她套一件寬鬆罩衫，底下是他的褲子，浮腫的腳上也是他的膠底鞋。鏡子裡的人，好像不是自己，而是洛娃老師——她想起洛娃老師，在遙遠的澳大利亞，過得怎麼樣？電燙的卷髮拉直，剪到齊耳，回到女學生的樣子。每天，吃過晚飯，先不忙洗碗，坐在桌邊，各人說各人白日裡的遭遇，女兒也插上一嘴。她詫異地聽著小孩子們的人和事，好奇他們竟也有自己的社會生活。她不知道所有的孩子，還只是女兒，表達能力這般強。聽到一個精闢的措辭，就會抬起眼睛向他看去，正好接住投過來的目光，兩個大人流露出嚇一跳的表情。小孩子其實都是人精，立即領會父母的讚嘆，於是更加喋喋不休，語出驚人。臨睡前的節目是，女兒貼在母親肚子上「聽弟弟」——不約而同，他們都稱腹中的小生命「弟弟」，好像肯定就是個男孩。

女兒和母親親密起來，他有些妒忌，可不也是正常嗎？孩子總是更傾向母親，胚胎在她身子裡著床，一天一天長大，成形，最後啄破殼壁落地，那裡有著意識之外的聯絡。女兒伏在母親膝上，一上一下，眼睛對眼睛，兩人臉上彷彿罩了光暈，亮亮的。這一次懷孕，她特別顯身子，肚腹和胸脯脹鼓鼓，沉甸甸的，腳踝腫起一圈，慵懶地坐在椅上，打著盹。她的形象開始接近哺乳室裡的女工，連體味都變得相像。

他將女兒從母親膝上抱開，女兒也睡著了，他懷疑她們是不是做同一個夢，因為有同樣的安詳面容。這一段日子無限美好，他格外戀家，下班後來不及衝出繪圖室或者車間，途經幼稚園，也不下車，喊一聲，話音沒落，箭似地射過來小人兒，跳上車後架，直向生活區駛去。老遠看見門上的掛鎖卸下了，於是，後架上的那個縱身一躍，下車了。他心怦怦地跳著，卻故作鎮定，鎖上車，取下掛在車把上的菜和肉什麼的，慢慢走進家門。

嬰兒如期分娩，真應了眾人的期望，是個弟弟。產婦呢，暗合他比照女工們的心意，奶水豐盛。倒不是弟弟比姊姊更可愛些，但母乳滋養，這一個比上一個肥白壯碩，捧在手裡，滿滿一懷。他寧可相信生育年齡，第二次比第一次身心成熟，舔犢之情便強烈許多。產假休完，沒有像大的那樣留給他照管，而是帶在身邊，寄託到省委機關的育兒室，也是上下午各一次，步行五分鐘餵奶。哺乳將懷胎時候的血緣交流延續下來，小腦袋頂在胸口，髮頂的絨毛掃著下頦，癢酥酥的，因吸吮的用力，腮幫有節律地鼓動，她被迷住了。那一大一小難免受冷落，但是，不要緊，大家都是一樣，一樣的愛和心疼。小肚子吃飽了，踢騰著圓滾滾的腿腳，小手指在空中抓撓，那裡有長大後再也看不見的飛翔物，咿咿呀呀，只有它們自己懂，趁著不解人語，盡情地說和聽吧！女兒很快學會給弟弟換尿布，而且從啼哭聲中判斷餓了還是屙了。他看出女兒呵護弟弟，多少有討好母親的成分。一向以來，她轉動腦筋，妙語連珠，大聲的笑，伏在媽媽肚子上「聽弟弟」，一半真實，一半則出自於引母親的注意，他自己不也有一點嗎？她高興，他就高興，她不高興，不由自主，他也低落下來。她是他們家情緒的中心，現在，多了一個成員，中心擴大了，強弱傾斜，落差更加懸殊；同時呢，也分化了隊伍，一邊對一邊，按鬥爭的哲學，哪裡有壓迫哪裡就有反抗。這是一個有趣的局面，時不時的，負氣，吵架，眼淚，緊接著是安撫，綏靖，和解，然後再開始下一輪。就像滾雪球似的，將一家人團緊了。

一年的哺乳期過去，弟弟還是回到機械廠托兒所。母親參加四清社教工作組，派往呼蘭，每月一次休假，回來住幾天再返回。父親呢，也進了工作組，去的是航運系統，雖在本市，但一個城南，一個城北，週日才能回家。兩人商量將孩子送到道裡的外公外婆處，她專為此事回去一趟，卻見家中氣氛低沉，二老顯然有心事。私下問弟弟，知道父親正接受審查，關於和基督教會關係的問題，準備吐口的話又嚥下了。如此一來，惟有的辦法，就是大的帶小的。多子女的家庭，哪個不是一拖二，二拖三地長大。這一年，姊姊六歲，下一年可上小學，脖子上掛了鑰匙，鉛筆盒裝一疊飯菜票，零錢縫在內衣口袋。於是，早晨和傍晚，廠區裡就上演著危險的一幕，弟弟攔腰捆綁在自行車後架，前面的姊姊，一條腿伸過車大梁底下，踩著踏板，一起一落，飛駛而往，飛駛而返。父母最顧慮的開水一項事務，拜託給鄰居，上學前將空熱水瓶放門口，回來時已經灌滿。這就要說到住廠區的好處了，集體生活是粗放的，同時互助互濟。到處可見這樣散養的孩子，有些社會達爾文主義，強者生存，因此都有股子野勁，姊姊摸爬滾打地長大，還算吃得開，弟弟就要吃些苦頭了。一歲半的年齡最黏人，晚上哭著找媽媽，姊姊哄不住，也陪著哭。左右鄰就有開罵的，罵的話很難聽：娘老子死了嗎？等等，等等的。姊姊倒收住眼淚，罵回去：你娘老子死了！那頭再罵：少爹娘調教的東西！這邊再回過去：你少爹娘調教！聽大人和小孩鬥嘴，邊上人不禁笑起來。夜哭郎受這一驚，竟忘記出聲，停了停，睡著了。下一夜，又來這麼一輪，三四回經過，哭的和吵的似乎都沒了興頭，夜間的喧譁便結束了。但白晝裡的憂鬱卻是綿長的，幼稚園和托兒所在一個院子，隔牆聽見涕泣，就知道是自己家的人，於是跑過去抱一抱。後來，索性領到自己班上，排隊遊戲，唱歌跳舞，身後都拖了條尾巴。弟弟白絨帽上的兩隻兔耳朵，被調皮男孩揪下來了，小皮靴子踩到泥水裡，臉上巴著眼淚鼻涕，皴出細口子，手背上也是。手織的絞繩花樣的絨線褲尿濕，烘乾，再尿濕，襠裡硬硬的一片，看上去真是落魄。週末父親回家，帶兩個孩子上職工澡堂，小姑娘自己進女浴室，在阿姨們壯碩的大腿間擠來擠去，腳底上抹了肥皂再磁磚地面滑冰。弟弟跟了爸爸，渾身上下被搓得通紅，一週的積垢清洗一淨，又在下一日全面復辟，成了泥猴。彷彿眼淚哭乾了，他脫去「哭寶」的污名。不像姊姊開口早，兩歲了還不怎麼會說話，可他有自己的語言。吃完碗裡的飯菜還想要，就坐在小椅子上不起身，阿姨拉他，他巴著桌子；誰對他沒好聲氣，他用唾沫回敬；姊姊和小夥伴起爭執，他猴在對方身上，扯人家頭髮。這一對凶悍的姊弟誰都不敢惹，甚至還要巴結。父親帶去澡堂，脫衣服時候，口袋裡鼓鼓的，玻璃彈子，香菸殼疊的片子，黏著碎屑的糖紙，牛皮筋，迴紋針，是戰利品和進貢。母親休假，全家去江邊野餐，他在草地奔跑，腳底絆一下，跌倒了，小嘴裡吐出一個「操」字，母親嚇一跳，發現羊羔般的兒子變成了狼崽子。

時間其實自有步驟，姊姊上小學，不能繼續罩著弟弟的時候，弟弟已經獨立，從托兒所升到幼稚園，算得上大孩子了。他個頭比同齡孩子高，身體也結實，是免遭欺凌的重要保障。那些強勢者在姊弟聯盟的時代吃過教訓，不再招惹他，他收斂起了凶蠻勁。因為口訥還是生性的緣故，他比較沉默，不像姊姊言詞鋒利，有攻擊性。老師阿姨都喜歡上這個漂亮安靜的男孩，他講究的衣著保持了基本的整潔：翻毛領子飛行員小夾克衫，鑲皮箍的有簷帽，褲子上的吊帶，還有哥薩克式寬袖繡花襯衫，都是外婆家舅舅們幼年的衣服。這時候，社交運動告一段落，工作隊解散，父親和母親先後回原單位上班，恢復原先的作息制度。家庭生活重上軌道，但成員間的關聯式結構有所變化。在父母缺位的階段裡，姊姊逐漸占據中心，弟弟加盟，父親略退後些，母親則到邊緣。發薪的日子，姊姊拿了爸爸的圖章到財務科領餉。她請求會計阿姨，大票面換成小票面，好分配用項。其中半部買做飯菜票，再留出煤火水電費用，兩人的學雜零食，餘下的上繳「國庫」——大人們這麼稱呼家庭財政。母親的工資不能直接到手，則是由她安排預算：弟弟的鞋小了；父親要添兩雙尼龍襪；自己覬覦一種磁石開關的塑膠鉛筆盒，同學們都舊換新了；自行車輪胎紮多個洞；熱水瓶碎一個，現在用的是鄰居家富裕的……她趴在桌上寫著開支的清單，扁平的後腦勺上，一條筆直的發路，分開兩邊，緊緊編成小辮，垂到紙面，和鉛筆打架。弟弟擠在旁邊，手扒著姊姊的胳膊，看得懂似的。母親和父親忍住笑，交換眼色，喜歡，又有點失落，沒有他們，兒女也在長大，彷彿被拋棄的心情。

比較兒子的變化，女兒更讓她吃驚，倏忽而過的時間裡，這孩子長成另一個人，神情舉止從容不迫，胸有成竹的樣子。本就開口早，終日喋喋不休，如今沉靜下來，出言慎重，卻常有料想不及之語。當然脫不了孩童氣，但應對並不輸給成年人。她向母親敘述同學間的友好和齟齬，那些小人小事，因其態度嚴肅，聽的人不得不認真起來，給予評介和建議，還舉例自己的幼年故事，引為參照和借鑑。從過去到現在，興許還往將來，人和事其實循環上演，就像一座舞臺，背景不同，角色更迭，劇情的細部有所變化，但實質性內容差不了大概。在旁觀察，他發現母女又回到曾經的親密關係，地位更趨平等，甚至於，有跡象交換身分，不是女兒，而是母親取悅對方。他不禁感到好奇，女性究竟是怎樣的神祕動物，身體感官之外，似乎另有超自然通道。這對血親，形貌相差很遠，奇怪的是，凡看見的，無人不以為母女。似乎內在卻有一種聯繫，透過表象，呈現出來。現在，弟弟到了父親的陣營，他們都是緘默的性格，不能像對面陣營裡的活躍，可是，潛深流靜，感情也在積蓄涵量，充盈精神世界。

波濤起伏的六〇年代中期，是一個短暫的休憩，許多事物，扣緊機遇，和時間賽跑，匆匆生長。這一家四口，趕場子似的，上馬迭爾飯店吃俄式大餐，看馬戲，看話劇，看電影——常是晚八點外國影片的場次，史達林時期蘇聯電影為多數，《列寧格勒保衛戰》、《人民公敵》，漫長的上下集，就有點夜生活的意思。姊弟倆興致勃勃，很快陷入沉悶，結束時已經睡得爛熟，爸爸和媽媽，一個身上掛一個，腳底在霜凍的路面打滑，追趕末班車。外婆家也走得很勤，外公通過審查，終於從運動中脫身，大門重新敞開，復起往日的熱鬧。長餐臺鋪上雙層桌布，花邊流蘇垂下來。大盤的雞塊，大盤的灌腸，大盤的鍋包肉，大列巴，玻璃缸裡的番茄黃瓜，瓦罐裝的鮮奶，優酪乳，果子醬，酸菜粉條燉豬肉，突突地冒泡，啤酒杯也在冒泡。兒孫濟濟一堂，吃飽喝足，舅舅拉起手風琴，輪個獻唱，唱的不是讚美詩，是時代歌曲。獨唱過後編組唱，大人一組，小孩子一組，男聲一組，女聲一組，最終合起來，分出四聲部，和聲唱，唱卡農。這家人天生有音樂細胞，還因為父母的愛好，耳濡目染，就都會些彈撥，樂器上手，歌即出喉。惟有弟弟，怎麼哄他，只是搖頭。臉對著臉，一句一句引他，不出聲地笑，還是搖頭；小朋友一個接一個，拔蘿蔔似的拉他起來，那就要哭了。他還小呢！姊姊解圍道，人們只得放過他，由他自己玩去。他卻也不走開，一個人坐在餐桌邊，頭枕在手背上，以為睡著了，其實呢，眼睛睜得大大的，聽入神了。

放眼望去，四處可見這樣的家庭，深受異族生活方式影響，信奉基督教或者東正教，祖先或許有著斯拉夫血統，多血質的性格，荷爾蒙分泌格外旺盛，隱隱中，還相信天道與人道。這一年，節日裡的盛宴其實是危險的引子，力量在失去平衡，暗暗傾斜，可是誰也不覺察。繁榮的年景，頂容易蒙蔽人了，尤其是原始性強的族群。當年六月，田野和山嶺，杜鵑花盛開，啤酒花的香味順風吹個滿街滿巷。一場規模巨大的狂歡平地而起，覆蓋之下，那一小點一小點的笙歌，簡直就像草芥塵埃，轉眼間偃息，無影無痕。父親和母親又進入忙碌狀態，常規工作外，加增許多學習和會議。廠區的大喇叭裡，傳送出的聲音高亢起來，炒豆子似地往外吐字。姊姊的小學校裡，高年級語文扔了課本，換作讀報紙和寫大字報，批判「燕山夜話」和「三家村」。大字報，這和平年代的進攻武器，又啟動了。全城的牆面和樓體，都被印染了墨跡的白報紙包裹起來，後面的窗洞就像堡壘上的槍眼。幼稚園裡教唱新編的造反歌曲，他依然是搖頭，不肯開口，誰都知道這是個害羞又執拗的孩子，從來不唱歌，也拿他沒辦法。可是，這城市有點怪呢，白晝裡的騷動結束，極地的光芒越過冰川，照亮夜晚，太陽島上依然傳來篝火的青煙和手風琴聲。漫長的冬季過去，夏天顯得格外美麗，即便是歷史洪流，也不肯錯過它的到來。

父親很快學會在時間的罅隙裡照顧家庭。一方面，學習侵占了大量的工餘時間，另方面，生產的程序卻被打斷甚至中止。所以，就有零碎的空閒，可供他插花著回家，捅開爐子燒開一壺開水，搜羅該洗的衣物浸泡起來，殺一條魚抹了鹽，下班後直接進油鍋，等等。有一日，他正收拾孩子們亂扔的文具書本，女兒匆匆闖進，不及和父親說話，直衝到書桌跟前，拉開抽屜埋頭翻檢。問她找什麼呢，回答毛筆和墨汁。做什麼用？三個字，大批判！手上已經抓到要用的東西，脫兔般衝出去。他這才知道，小學低年級也開始寫大字報了。這形勢，以時下的流行，真可謂「如火如荼」。一眨眼工夫，門外的空地裡，女兒不見了身影，他忽想起她的母親。在兩人相距甚遠的外表之下，實有著同一類性格，因為環境和教養，還有年齡的差異，女兒展現更直接和尖銳，母親則是優雅的，於是，某種程度地美學化了。下午二三點的陽光，照亮半間屋，明晃晃的，什麼都在發光。他心中生出不安，彷彿身邊的一切都是短暫，說沒就沒了。

狂飆突起，漫捲天下，她卻沉靜著。看上去，甚至是漠然的。中央部級機關的造反派，直貫基層，她沒有參加。地方所屬託管的省委省政府也拉起了隊伍，她依然沒有參加。與她共用宿舍的那一位，正處在離婚的過程中，徹底搬過來住，免不了照面，就認識了。女同事熱心革命，因機要工作的關係，了解些內情，又諳熟政治用語，觀點相當激進。整個午休時間，往往在亢奮的聒噪中度過。有時，會下床走到對角的床前，撩開帳子，看裡面的人是不是睡著了，為什麼一言不發。兩人眼睛對眼睛相持一會，忍不住噗嗤笑出來，再又回去自己那頭，重新躺下，忘了方才說到哪裡。安靜片刻，另起話頭，語速慢下來，情緒也稍許緩和，不自禁嘆一口氣，說：運動不能解決所有問題。聽的人想：所有問題裡，是不是包括個人生活的困境？女同事的革命動機明顯摻雜私念，不那麼純粹，同時呢，又變得可同情了。

現在，家中飯點不定，如同流水席，隨到隨吃。以前，時不時地去食堂打菜打飯，如今，他日日起炊，三餐必備，潛意識裡，是不是要維持生活的基本秩序。大人小孩進門來，自己從鍋裡挖一碗飯或者抓一個饅頭，和著湯和菜，站在灶頭跟前劃拉下去，連弟弟都會自己餵自己了。難得全家到齊，終於共桌吃飯，也是各人捧各人的碗，就像伙食團開飯，碰巧坐一起的同事，但終究可以說上話了。話題自然也脫不了目下局勢，女兒神色嚴峻，原來，危險就在每個人的身邊，不定什麼時候爆發反動復辟，到底讓她趕上了！課本上的一幅圖畫，細心查來，總共有十數處敵情，戰士的槍口正對身後的天安門城樓，邊飾的花案裡隱匿著惡毒的攻擊字樣，還有數位，順過來一種編碼，倒過去另一種，大有含意！就在工廠的廢料場上，小朋友撿到一臺發報機，交到了工廠保衛處——父親聽她描繪，判斷是一架壞損的礦石收音機。這個解釋引來女兒勃然大怒，臉漲得通紅，並出眼淚，他趕緊收回解釋，檢討不夠警覺。事實上，他只當是一場遊戲，大人總歸不能像孩子那般投入，因而也降低了樂趣。

此時，自上而下各級部門職能許可權皆遭質疑，下屬機關停止日常工作，專職運動。先還是籠統地響應，號召動員，誓師遊行，上北京接受領袖檢閱，再輻射各地串聯交流。和每一次革命相同，集體狂歡之後是分化瓦解，猶如細胞裂變，派生無數支系，但歸納起來，依然兩大體系，一為造反，一為保皇，所謂「保皇」，不過是各單位的領導。「造反」說起來就複雜了，平日裡的積怨，人際關係，私德和作風，一旦附會理論，都可揭竿而起。誰占正義高地，合乎進步潮流，真就是公說公有理，婆說婆有理，遂演變成名實之爭。她哪一邊都不參加，無論辦公室同事還是宿舍室友遊說，她聽歸聽，卻不表態，就歸進第三系，逍遙派。但人家是真逍遙，趁亂休閒，懷孕生育，整頓庶務。她則按時上班下班，參加大會小會，聽內外報告，各派觀點，看大字報——從本單位到外單位，本街區到外街區，沿途走去，紅綠傳單從天降下，紛紛揚揚，她伸手去接，一夥孩子呼嘯而至，跳躍著，爭相搶奪，轉眼間一張不剩，不由想起一句古詞：白茫茫大地真乾淨。有幾次，無意中走到父母門前，門上張貼白紙，表示已經查抄。總算，人沒帶走，但隨叫隨到，幾近軟禁。她停住腳步，站了一時，沒有任何動靜，轉身離開了。

別人不覺得，熟悉的人覺得異常，以她追求完美的稟賦，多少有一些空想社會主義的成分，正合乎革命的特質。從旁觀察，先以為經歷上一輪運動，變得沉穩，父母家的當下處境，也讓人審慎。還有，運動中日益畢現的人格弱點，不止是卑劣，還是荒謬，大大降低政治生活的嚴肅性。他們夫婦免不了交換見聞和看法，但只在泛泛。居家廠區，既同事又鄰里，公私交錯，人事糾葛，他惶惑地發現，不曉得什麼時候開始，人人自危。大人們都在告戒兒女，不許亂說話，禍從口出。所以，必等孩子入眠，關閉門窗，方才細語幾句。他卻又敏感到，孩子的母親並不熱中與自己談這些，態度甚至是敷衍的。她向不當他作思想的對手，他似乎也默認了。共同生活是有麻痺作用的，它將人與人的了解局限在某一部分，而放棄了另一部分。確實，他提供不了有效的見解，大約讓她更失望了。他倒是參加了一個戰鬥隊，是繪圖室裡剛畢業進來的年輕人挑頭成立，他已經算老人馬了。如今，四處豎杆子，張大旗。局勢到了這一步，不革命就要被革命。戰鬥隊刻印公章，製作袖標，除了抽象的口號，尚未有具體的主張，多半為了自保。等到強弱決出，順勢而去，機會主義就產生了。生產單位關乎民生，不能徹底停擺，勉強維持運作，但生產紀律到底恢復不到原先。他臂上掛著戰鬥隊的紅袖章，還從箱底翻出一頂舊軍帽，是上大學前政幹軍訓班發的，扣在頭上，就有了時代氣息。自行車一騎，出廠區到市裡，買來新鮮蔬菜，剛出爐的大列巴，蒜肉腸，桶裝啤酒，再往岳家繞一圈，放下點東西，問問寒暖。回到車間，接著上班和學習。

主持家務的人多出閒時和閒心，一日三餐比往日更豐盛，縫紉上也有大開發。孩子母親的大裙襬布拉吉，孕期裡的罩衫，出國做的旗袍裝，他自己的毛料褲，屁股和膝蓋磨薄了些，尚有三成新，嗶嘰布長風衣……並非穿不著，而是過時了。看著它們，覺著很不真實，彷彿舞臺上的戲裝，事實上也是，大學劇社排演《日出》，他就貢獻一件藍布長衫。穿長衫的日子，屈指算算沒幾年，卻翻過幾個山頭，幾重天下。舊衣服攤開摺起，卡尺橫量豎量，繪圖紙上打樣，再回去舊衣服，一個針眼一個針眼挑線，拆成衣片。洗淨，晾乾，熨平，圖紙移過來，沿畫線裁剪。然後拉出「星家」縫紉機，拭去灰塵和鏽跡，點上機油，一踩踏板，皮帶進了輪盤槽，嚓嚓嚓的走針聲增添了夜晚的寧靜。孩子們睡了，她呢，出門了。

大串聯走過高潮，趨向平息，天安門廣場將舉行第八次也是最後一次領袖接見，她動身啟程。接見的消息登報了，同去的人有回來的，沒有她的音訊。上海的妹妹倒來了一封信，告訴在淮海中路遇見她，正看大字報，說當晚就上火車返回，從寫信到收信，一週時間過去，未見人影。他既擔心又不擔心，擔心是亂世裡的安危，不擔心是外地的亂終究無瓜葛，在地的就難說了，也許不回來有不回來的好。車間裡都在做子彈，還有鐵製的梭標頭，安全帽一筐筐搬出倉庫，幹道的路口壘起了路障，一場大規模的巷戰正在備戰中。因此，他甚至希望她更晚回來。認識她，他方才知道，世上有一種渴望犧牲的人，就像飛蛾撲火，由著光的吸引，直向祭壇。安穩歲月裡，光是平均分配於日復一日，但等特別的時刻，能量聚集，天火與地火相接，正負電碰擊，於是，劈空而下，燃燒將至。

確實如楊家妹妹說的，姑嫂邂逅的當晚，她即登上北歸的火車，但是中途卻在天津下站，往塘沽去了。通訊錄裡，留著大學宿友女同學的家庭住址，是兩人親好時候交換的，不知有意還是無意，一直保存著沒有刪除。地址所在，是一幢獨立的二層洋房。應門的梳髻的女人，以為女同學的母親，問了要找的人名，退進去說道「找大小姐的」，方才知道是保母。正驚異這一家的舊式派場，恍悟女同學的教養，原來生成於此。女人復又轉回，做一個邀請的動作。水汀燒得很熱，她脫下大衣，女人接過去，掛在門廳護牆板上的衣鉤，樓梯就有腳步聲響。一眼看去，真以為是女同學，再看，年紀要長些，不用問，是母親無疑了。同學的母親穿一條飛鳥格薄呢面夾旗袍，腳上一雙黑平絨繡花便鞋，迎她到客廳，面對面坐下，問姓名，工作，家人。她一一回答，說及結婚成家，已有一子一女，那母親便展開笑顏，說：我們家的那個，你的同學，也有了自己的小家庭，年前方做媽媽。看起來，女同學婚育比同齡人包括自己晚了許多，讓做母親的很上心事，現在終於釋然。母親告訴她，女婿在市立醫院做外科醫生，原就是通家之好，兩人自小認識，大人們早有意思，可能太稔熟了，反而成盲點，彼此看不見，各自有一段尋覓，又都無果，回過頭來，歲月蹉跎，那人卻在燈火闌珊處！不知不覺，已經中午。同學的母親留飯，說會打電話給女兒，下班直接過來。她順便問同學畢業分去什麼單位，母親看她一眼，大概奇怪她竟不知道，回答就在新港職工學校任教，離開不遠。午飯時候，女同學的父親下樓來，這位退休的引水員，身量中等，一張五官平坦的寬臉，按理說不屬好看的類型，但令人驚訝的，卻有著特別的和諧。他話極少，態度很閒定，比熱情的女主人更讓人放鬆。她發現，女同學的長相極似母親，氣質更可能與父親接近。看見桌上的菜肴，她覺出餓，飽餐一頓，母親領她進女同學婚前的臥室休息。和衣躺在縐紗條紋床罩上，環顧周圍，這一間閨房流露出男孩子的趣味，書桌上是地球儀，窗臺立了一架小型天文望遠鏡，一整個牆面的書架，來不及辨別書脊的字樣，眼睛就合上了。離家二十來天，寢食不定，車馬勞頓，又有許多雜蕪的印象，紛至沓來，先前還撐持著，此刻，安逸之下，抵擋不住倦意來襲。這一覺不知睡到幾點幾分，朦朧間，彷彿身在薑黃色的光暈裡，神志漸漸清醒，手腳卻動彈不得。女同學的母親俯視著她，向她微笑，不是現在，而是年輕的很久以前。手掌在臉頰輕輕拍幾下，她喊出一聲女同學的名字，坐了起來。

這天晚上，女同學沒有回自己家，兩人擠一張床，像是回到學生時候。也不全像，因她們在學校時並沒有這樣親密。她補足了睡眠，此刻頭腦清明，靠床背坐著。女同學半躺，手肘支在枕上看她。她問：沒想到我會登門吧？女同學說：想不到，又想得到！她問：這話什麼意思？回答說：有意思又沒意思！兩人成了小女孩一般鬥嘴，詞語的遊戲，加上些詭辯術。揣摩起來，不完全這些，還有參禪的成分。說說看，有何貴幹！女同學說。從她的角度看去，女同學的臉半掩在檯燈的燈影裡，顯得十分柔和，甚至嫵媚，她從未注意過呢！聚光之下，四周都是暗淡的。她停了停，答非所問地說：真想不到，你的家庭是——遲疑一下，繼續道，是這樣的！女同學慢慢解釋道：我父親水手出身，這一帶吃水上飯的很多，從近海到遠洋，漸漸升為大副，然後上岸做引水員；按中國社會各階層分析，引水員的行當，不掌握生產資料，憑技術謀生，就可算作勞動人民，但收入優渥，解放後享受「保留工資」，托共產黨福，我們可以持有「這樣的」生活！「這樣的」三個字，把她沒說出的意思說出來，她倒有些難為情。這就是女同學，會聽話也會說話。她不由一笑，旋即收起，表情變得嚴肅。

女同學抬手推她：想什麼呢，想他了？她笑出來：也想，也不想！這又是什麼意思？有意思也沒意思！她照樣回敬。女同學的手伸到她腋窩咯吱一下，縮了身子，說：你才想老公呢，我們是老夫老妻了！女同學收回手：你呀，得便宜賣乖！她說：你才是呢，終得如意郎君，換不換？女同學正色道：我們說換不作數，人家不定願意。她說：管他願意不願意！都知道那個「他」是指誰。女同學說：你是他的女神！她說：你也是他的女神！這個「他」就是指女同學的他了。女生間的說話只在半句和半句中往來。女同學說：我是人皆可妻！當年就是為這句話兩人掰了的，如今想起，簡直有隔世的浩渺。她轉過身，雙手按住對方的頭，直按到被窩裡。鬧了一陣，聽見有汽笛傳來，船進港了。靜夜顯出遼闊，天涯海角，那裡有著不可知的事物。

她坐直起來，前傾著身子，說：我去過北京了。女同學不動彈，靜靜聽著。天安門那麼遠，什麼都看不見，她說，可是滿地的人都在跳躍，叫喊，流淚——她止住話頭，停頓片刻，接著說出一句：這個國家瘋了！女同學動了動，她繼續：理性，理性到哪裡去了？女同學在枕上問：你加入組織了？沒有，她說，我讀書。讀書。讀什麼書？《反杜林論》、《國家與革命》、《路易．波拿巴的霧月十八日》……讀書好！女同學說。讀書是不夠的，她說，要到實踐中去。女同學翻身坐起，將她的身子扳過來，眼睛對眼睛：不要！不要什麼？她問。女同學語塞，然後說：不要做傻事。她笑了，輕輕推開對方，躺回到床背上，雙手枕在腦後，望著天花板，那裡有一小片水漬，湮成蝴蝶的形狀。在上海，我也去了上海，她解釋道，目睹一幕，堪稱天下奇觀，修理電線的機械車，升降臺上，立了開國元勳，低頭謝罪，駛過鬧市，沿途街道，還有兩邊樓房的窗戶裡，人頭攢動，彷彿節日裡的花車遊行，又彷彿魯迅先生文章裡斬首的場面！現在，她們交換了姿勢，她半躺，女同學坐直了，附身看向她：忘記它，想都不要想！可是我做不到！她說。逼自己去做！她忽發出尖刻的笑聲：這就是你，夾縫中生存，得益於某種遺傳！女同學當然聽得出話中所指，說：我不和你吵，夾縫就夾縫，你以為歷史是由紀念碑鑄成的，更可能是石頭縫裡的草籽和泥土，我承認我渺小，至少，對於我的家人，還有一點價值。這番話多少有些觸動，但她向來不服人的，負氣地說一句：你有你的一套！

兩人沉默著，聽得見時鐘走針的聲音。女同學躺了回去，也看著天花板，問：為什麼來找我？她回答：為什麼不能找你？女同學說：我是認真的。我也是認真的。兩人又沉默下來。過一會兒，她噗嗤一笑：你家保母稱你「大小姐」！女同學也笑了：沒辦法，阿媽來我們家近三十年，我都是她帶大的，改不了口了。她嘆息道：你們家，就好像在時代邊上擦肩而過。女同學說：別以為我們家落後，父親可是共產黨員哦！她側過頭，驚詫地看去一眼，隨即問：你父親如何評價現在的局面？我們家不談政治。女同學說。她不屑道：總有你談的時候！政治無處不在，你不找它，它找你，反過來，它不找你，你找它。怎麼說？女同學歪著頭問。比如，那一年，右派同學離校，你去為他們送行。你看見了嗎？我看見有人半夜摸回宿舍，哭腫了眼睛！你呀！女同學伸出手指頭點她前額一下。你們對我起戒心，所以不叫我。多年的委屈湧上心，想起來都要哭。不是，女同學說，我們都仰望你，就像仰望星空。你們才是星空！她說。我們是凡間的人，我們相信平凡的真理。女同學按滅檯燈，窗簾上卻有光掠過。船進港了，女同學說。

元旦後第二天，近午光景，老楊照例溜出製圖車間，回家燒飯。看見門上的掛鎖卸下了，門推了半扇。以為孩子放學，原來卻是她，站在桌邊，從敞口的旅行袋往外拿東西，天津大麻花，上海城隍廟五香豆，大白兔奶糖，塑膠鉛筆盒，尼龍男襪，一副玩具弓箭。兩人對視一眼，遂移開目光，有些羞澀似的。這大概是他們結婚後分開最久的時間了，互相都有些陌生，卻是喜悅的。中午，孩子們到家，反應就不那麼含蓄了，大叫大喊撲將過來，那小的貼上身，撕都撕不下，大的則說個不停，誰也插不進嘴去。他埋頭廚房，刀在砧板上鐺鐺地響，不知為什麼，有一種失而復得的心情，幾乎落淚。她也激動著，想不到自己其實是想念家和家人的。下一週的星期天，一家四口，兩架自行車，姊姊騎母親的女車，小姑娘已經坐得上車座，兩條長腿踩風火輪似的，這車是「三飛」制動裝置，踩一下轉幾圈，好像要飛起來。父親則一帶三，母親坐後架，弟弟載在前槓，還有兩雙冰刀，一袋吃喝。好天氣，路上全是騎車的人，都往江邊去。老遠就看見江面，日光反射，雪亮一條。早到的人已經收起冰鞋返程，迎面而來。姊姊跳著腳催促，快！快！媽媽幾乎是被她拽下地的。母女們忙著繫冰鞋，脫下的大厚衣服做個窩，埋進弟弟，只露出小腦袋，好像待哺的鳥雛。這城市冰期長，像弟弟這麼大的孩子，已經跟著上冰面了，可他們家的這個抵死不從。舅舅送他小時候穿的冰鞋，讓他試穿，兩條腿亂蹬，捉也捉不住。還曾經，母親讓他站在自己腳背上慢慢溜滑，許多大人和小孩都是這樣玩耍，他不敢抬頭，盯著底下看，彷彿窺見有萬丈深淵，表情甚為驚恐。人們歸因父親南方遺傳，事實上，父親不單冰上而是所有運動都不擅長，自稱室外反應遲鈍。故鄉揚州，水網密布，小孩子不會走路就下水，他也不會，被叫做旱鴨子。這麼著，父子倆瑟縮地看母女倆輾轉騰挪。大的拉著小的手，時而並排，時而前後，時而背光，變成兩幅剪影，時而迎了太陽，透亮，成人形的晶體，打著旋，旋進日頭中心，融化了。

快樂時光特別容易滋生樂觀主義，忽略隱患。他沒有注意，也許注意了又放過了，那就是，出門回來，她沒有談及這一趟的印象和感想。婚姻家庭充斥了瑣事，都是些零碎，但架不住多，邊邊角角全覆蓋，難免會遮蔽眼睛。可是，難道這還不夠嗎？言語交流其實抵不過共同起居的親和力，詩裡說的「死生契闊，執子之手」，要平均分配，就是點滴時光。他是個會生活的人，這優點很可能造成假象，連他自己都以為缺乏思想。他和她的結合，不能說全部，至少部分的，拜處境所賜，正在她的低潮，或者說一個嬗變的階段，從天上回到地下，由他引入普遍性的日常人生，那裡也有著真理一類的存在，在他是本能自然，她呢，不經過詮釋，便無法認識。他們還年輕，在有限的日子裡，已經算得經歷豐富，倘再給些機會，完全可能補償不足。然而，歷史將時間壓縮了，一切都在遽急地發生，簡直回不過神來。

春節來到，他們討論是不是去老家過年，讓他父母看看這對孫兒孫女。他大哥正準備結婚，喜期已定，大年初四。讓人顧慮的是大串聯餘波尚未平息，很難預料道路的情況，她剛歷經遠途跋涉，喘息稍定，並且，不是在上海見過孩子的孃孃了？也算得上一次探親。最後，家裡來信說，將過門的媳婦是單位裡的領導，主張移風易俗，所以新事新辦，他們不到也罷。於是，按慣例上她家過除夕夜，但氣氛大不如往年。外公外婆不知是突然還是循序漸進，露出老態，舅舅們沒有到齊，不因為這就因為那，反正都是推脫不掉的事故。舅舅請假，舅母自然也缺席，幫廚的人少一半，吃食也少一半，小孩子只剩三兩個。這年的冬天奇異地溫暖著，雪下得薄，時斷時續，落到地面就污髒了，再落一層，再污髒，顯得殘敗。四處炮竹爆響，火星劃過，更加襯托了夜空的無邊無際。沒有手風琴助興，換外婆彈鋼琴，試奏一首新歌，讓她唱，起錯了調，等找到合適的，又忘了旋律，零落的音節裡，小孩子趴在餐桌邊睡著了。他和岳丈兩人對飲，喝過了頭，一反常態活潑起來，給大家唱家鄉的小調，開始還覺得新鮮有趣，拍手叫好。可擋不住三遍四遍，甚而至於五遍六遍，就知道是醉了。好不容易，架著離座，走出門，一路上不知跌多少斤斗。兩個孩子睡醒了覺，父親每跌一次，就樂一回。他呢，難免人來瘋，半真半假，跌了又跌。連滾帶爬地到家，啟明星已經在天邊閃著寒光。雪停了，氣溫直降，四個人凍得直跳。他忽然頭腦清明，在心中自問：是禍是福？又自答：禍兮，福之所倚；福兮，禍之所伏！

事情早在醞釀之中，而他始終蒙在鼓裡。

春節以後上班，午休時間，她就在宿舍的桌上，鋪開白報紙書寫。同宿舍的女機要員並不關心她寫什麼，每個人都寫大字報，自己曾經也是個大字報積極分子，但大字報的浪潮已經落篷，運動從輿論準備進入到實踐階段，就是奪權。所以，同屋人不免會開玩笑，「革命不分先後」或者「後發制人」。她只笑笑，並不作答。不久，女同屋的婚姻狀況大約有所緩和，東西搬回一半，人也難得見了，於是，她一個人獨用房間。這段日子究竟多少長短，人們也計算不出來，只知道有一日，她夾著一卷紙，另一手提著漿糊桶，走出宿舍樓，來到省委機關大院的外牆下，牆上的大字報已經斑駁，掛落下來。沒有人作幫手，只她自己，將大字報放在地上，先清除舊跡，扯下碎紙片，露出壁磚，濕抹布擦拭一遍。然後刷子沾了漿糊，薄薄塗一層，蹲下身抽一張寫就的字紙，提起來，抖一抖，展平了，對齊上沿，貼住，順兩邊抹到下沿，再按緊。後來，在人們的描述中，他彷彿看見學校大禮堂舞臺，頂燈照耀下，白衣藍裙的女學生蹲在地上，從皮包翻找書籍。大字報方才貼上一頁，就有人佇步；三四頁以後，便圍攏起來；再有六七，張貼已經趕不上閱讀的速度，性急的人從桶裡操起漿糊刷子往牆上塗。這動作具有啟發性，幾個人同時上前，彎腰抽取大字報，被她攔住，生怕亂了頁碼，每一張都需親自核對編號和上下文。但有人幫助刷漿，對縫，抹平，到底效率提高，最後幾頁很快上了牆，總共十二頁，標題為「人民政權和群眾運動」，落款「一名中共候補黨員」底下是真名實姓。她從結尾走回開篇，瀏覽查驗，哪裡沒有壓實，就伸手拍緊。因文章的內容，大約還是她雍容的儀態，人群安靜著。等她終於提了空桶，消失背影，就像夢醒一般，騷動起來。

白報紙上的墨跡十分清晰乾淨，字體接近柳公權，屬正楷，就好辨識，行文又流利。

格式合乎目下通行，每一段落起一小題，引一段警句警言，再論述觀點，看起來很明白，卻不好判斷。文中的主張，似乎沒有偏倚，既不造反也不保皇，兩邊的隊都不站，兩邊也都不支持。是要倒退到革命之前嗎？卻又像超越至最終目標，共產主義，消滅階級，人類大同。一時間，眾說紛紜，各派組織都前往抄讀，尤其是大中學校，當時當地即鋪開陣勢，激烈爭論，結果往往陷入困頓，不明所以。他得到消息，騎車去往，已經三日過去，人牆圍堵，根本擠不近前，耳邊卻飛來流言。有說寫大字報人來頭天大，多半上層授意，看來革命即將轉向；又有說逆流大趨勢，右派言論公然出爐，可見得鬥爭很複雜；再說的是，大字報所在省委門前大有講究，難道是政權分治的先聲？坊間閒話，漁樵論史，卻也歸納出一些要義，那就是，運動有誤，可不是嗎？國家主席都下臺，不是自己打自己臉！心怦怦跳著，他退出人群，折頭返回，向她辦公室駛去。辦公室沒有人，就又騎往後排院落的宿舍樓，轉彎時候車鏈子掉了，來不及掛上，下車推著走到樓下。

他第一次去她宿舍，單位大院，大凡都是一個樣。建國初期，中蘇交好時候的火柴盒式建築，一個門洞分兩翼，房間沿走廊排列。上午十點光景，大人上班，孩子上學，幾個老太太站在各自門口說話，看見生面孔，便停下來。公共廁所有抽水聲，管道轟隆隆激盪的響。從老太太狐疑的目光裡穿過，上了樓梯，找到她的那間，門忽然開了，走出一個年輕女人，眼窩很深，這地方俄國人留下不少血脈，人稱「二毛子」，就是這種長相。女人手裡抱著東西，知道他是誰似的，用腳抵住門，讓他進去。她坐在臨窗的書桌前，抬頭看一眼，復又低下去。他站在門口，說：回家吧！她沒有回答，就又說一遍：一起回家！帶些命令的意思，好像面對闖禍的孩子。她笑了笑，依然低著頭：你自己回去吧！他說：適可而止吧！他有點動氣了，想伸手拉她。狹長的房間，因透視的緣故，她彷彿在縱深處的聚焦點上，夠也夠不著。她不動彈，說：你先回家。他又等了等，說：好，你馬上回來！轉身出去，回頭帶上門，日光從窗外照著她的頭髮，黑亮亮的，電燙的痕跡在髮梢尚有殘餘，留下一個曲度，從耳後繞到臉頰，襯出白皙的膚色。他不知道，這是最後的一眼，自此，就再沒有看見她。他騎車在返程路上，幾番回頭，均無人影。心裡只覺得離開的人越來越遠，遠到渺茫。直至入夜，又到第二第三日，他終於明白，她不隨他回家，是因為已經身不由己，不得離開。他又去一次省委大門口，遠遠看見，大字報已經撤除，連同原先的殘餘，洗刷得一片白。他別轉車頭，往她宿舍騎去，不敢走正門，繞到後院。越過院牆看去，水泥的樓體，壓頂而來。上下排列的窗洞，好像藏著無數眼睛。他躑躅一時，原路騎回了。

多少年過去，他百思不得其解，兩個孩子從開頭第一天，就沒有問過：媽媽到哪裡去了。他猜測大的或許有些許耳聞，小的呢？最黏母親的年齡，卻從此不再提一個字。小孩子就像動物，感知危險的本能尚未在進化中萎縮。他既心酸又有一種僥倖，倘若他們問起來，真沒法解釋，因連自己都是不明白。在他這邊，所有的消息全都阻隔。從通知送交衣物的地點變化，事態顯然在升級中。先是單位保衛部門，後來到路段屬地派出所，再又轉入公安局拘留處，這一段時間比較長，他心存僥倖，以為局勢緩和，會有轉機，可是，長久的靜止又讓人不安了。春夏兩季在這懸置狀態中過去，哈市的冬天來得早，十月份下了第一場雪。沒有消息，但是生活在急劇變化著。他被調離繪圖室，下到車間，名義還保持技術人員，實際做的操作工。小學成立紅小兵，代替少年先鋒隊，人人都是，唯女兒不是。回家也不說，他卻看得出來，因沒有紅袖章。廠部隔三差五召他談話，開始是本廠人，後來外邊人，由本地變成京城，著便衣到穿制服，制服呢，則從公安延至軍界。一張橫放的桌子，對面兩個，他一個，就像是審訊。先問她私下裡的言論和表現，聽起來，他們似乎不是夫婦，而是一處共事的同僚；再涉及交遊和活動，又像互相的眼線；最後，是關於他的態度，這時候，會挑幾節「南京政府向何處去」念給他，而他不由感到為難，因為既不知道她「向何處去」，也不知道自己「向何處去」，在訓誡和沉默中，結束了談話。其中一次，問訊者隨他回家，取她的筆記和書籍。他們倒沒有動手，只是看著。兩個大人加兩個孩子，逼仄的空間裡，無法劃分專門的收納，全混作一堆。衣服鞋襪，玩具文具，筆記本，作業本，繪圖紙，圖畫冊，真可謂你中有我，我中有你。也不作挑揀，一併收入旅行包，帶走了。

第二場雪下來，溫度驟降。先後兩晚，有不速之客上門。第一位只在門口站了站，遞過來一個報紙包，轉身就走。皮帽的蓋耳和口罩之間，露出一雙眼睛，似乎哪裡見過。進屋打開報紙，裡面裹著兩雙鞋，一雙棉的便鞋，一雙高跟鞋，鞋殼裡塞著些零碎，手絹，小鏡子，半盒百雀羚面霜，一個小鏡框，鑲了姊弟倆的照片，是她留在宿舍的東西。於是想起，那天在宿舍外遇到的，正是來人，她的同屋。光從燈罩裡照下來，彷彿一幅靜物畫。他心裡忽然冒出一個念頭，靜物的主人不會回來了，那女人來，就為了告訴他這個。隔一日還是兩日，門又叩響，拉開一條縫，便閃進一個人，挾裹著一團寒氣。站在地磚上，棉靴上的雪頓時化成一灘水。那人定定地看他一眼，手套裡拔出手，將蒙頭的大圍巾一圈一圈解下，這時候，他看清了，是大學同學，她的室友，畢業之後再沒見過，一時都想不起名字。以此可見，她從未提起過女同學對他的傾慕，也沒有說及南下串聯，天津塘沽的一夜。儘管如此，女同學的到來，還是讓他喜出望外。這一段，他們一家，生活在孤寂中，過去的往來都停了走動，有對方的緣故，也有他的，因不想牽累別人。就算是他，內斂的性格，也會感到苦悶了。開始還鎮定著，讓客人坐下，沏茶端來，問有沒有吃飯？女同學反問，這個點到哪裡吃飯？他不禁感到羞赧，折轉身進廚房。女同學並不推讓，由他忙碌，點火起炊。手捧著茶，環顧周圍，起身推開臥室的門。窗外的雪光透過花布簾子，映在兩個孩子的臉上，看了一時退出，熱食上桌了，一盤大蔥蛋炒飯，一碗紫菜蝦皮湯。這才坐定，臉上笑著，要說什麼，卻哭起來。

女同學埋頭吃飯，沒有一個「勸」字，看來是餓狠了，大概還覺得，想哭就哭吧！彷彿得到鼓勵，他更放縱起來，涕泣聲在屋頂下迴盪，然後漸漸息止。他擦把臉，平靜下來，女同學面前的碗碟也空了。兩人默坐一時，女同學說：凌晨有火車往南去，我帶孩子走。他倒沒想到，眼睛亮了亮，說：我有個妹妹在上海。女同學思忖一下，要了姓名地址。他又問一句：買得到車票嗎？女同學回答：我們學校屬軍隊系統，我有軍官證。說罷站起身，自行去到裡屋。他還要找孩子的衣物，女同學說：什麼都不必！動手推大的起來，被他攔住：這一個留下，知道人事了！女同學目光移到小的身上，點頭道：也好，出來一個是一個！從被窩裡掏出人來穿衣服。孩子一直在酣睡中，小身子熱烘烘，軟綿綿。女同學笑了，問：他叫什麼名字？父親說：我們都叫他弟弟。好，弟弟，我們走！穿上大衣，用圍巾裹住懷裡的人，推開門走了。

從進門到出門，前後不過一個鐘點，就像做一個夢，雪夜裡的靜夢。他站在門前地上，久久回不過神，甚至連來人的樣貌都想不起來了，真是驚鴻一瞥！

第九章

他的記憶從孃孃的亭子間開始，窗戶底下，女孩子跳著皮筋，唱道：「馬蘭花，馬蘭花，風吹雨打都不怕，勤勞的人在對你說話。」躺在沙發床上，剛從午睡中睜開眼睛，拳頭鬆鬆的握不緊。牆上有一片光，從對面的窗玻璃反射過來，插銷沒有固定，隨著風吹，晃動到臉上，眼睛就閉一閉。刷得粉白的天花板垂下一隻細小的蜘蛛，來回盪秋千，帶了一絲亮。彷彿人在水中，四周圍都波動著。其實是，空氣中的水分，也就是氤氳。許多日子以後，他長成少年，回去出生地哈市，最先敏感到的，便是乾濕度的差異，不僅在體感，還在視覺和呼吸。與他離開的時間差不多，也是入冬的季節，這個燒煤供電供暖的城市上空，充滿顆粒狀的懸浮物，干擾了採光。街道和建築表面，都染上一層鉛灰，幸而視野寬廣，否則就會變得暗淡，成為悲觀主義的溫床。雪下來了，質地的密度比不上懸浮物，但更有重力，最重要的是，增添了濕度，於是，天地間一下子變得碧清。

有一些模糊的印象回來了。冰面上的滑行，呈流線的弧度，和此時此刻重疊。姊姊在跳躍，旋轉，雙腳在空中打剪，一下，兩下，三下，落下的一瞬間，一變二，緊接著又二合一。有個隱身人，是媽媽。很長一段時間裡，他一直以為媽媽是另一張面容，夜行列車上，映在漆黑的雙層窗上的側影。他從下朝上地看她。睡眠如潮汐湧起，再退下。火車停站，醬黃的燈光透進車廂，伴隨而來的是一片動響：腳步聲，叫喊聲，鐵器的敲擊，最後，是哨聲，在同一頻率上持續，車輪沉重地摩擦著鐵軌，從慢到快。那張側臉在明暗中穿行，睡眠的潮湧又淹沒了。就在一夜之間，母親的形象忽然變得清晰，在報紙頭版，宣傳欄櫥窗，雜誌封面，俯瞰著簇擁的人群，好像是全國人民的母親，獨獨和他沒關係。他有些躲她呢，卻躲不開，從任何角度，那雙眼睛都看著他，有話要說似的。越來越多的母親的照片披露出來，從少女時代到求學生涯，再到工作階段，各種姿態表情：讀書，種樹，唱歌，演劇，藏在孃孃相冊裡，匆匆一瞥的那張家庭照，也到了其中。照片上的自己，也令他茫然，那是誰呢？姊姊和父親，他卻認識，不得不承認，他們是一家人。

當年，惶遽離開的地方，如今在另一種惶遽中回來。父親的家——他總是這麼認為，無論人們怎樣強調，這就是自己的家，父親的家似乎比孃孃的還要局促，不是指面積，而是容積率。孃孃的亭子間有一種殷實，這裡呢，四壁空空，白木家具立在水泥地上，顯得寒素。父親本來愛乾淨，近些年演變成潔癖的傾向，地面和桌椅櫥櫃被鹼水刷洗得扒去一層皮，近乎薄瘠。一個人的時候，他在裡外兩間屋來回走動，打開櫥門，拉出抽屜，殘存的一點記憶又模糊了。他努力想像曾經在這裡生活，結果陷入茫然。家裡是陌生，外面呢，彷彿都是熟人，熱切地要與他說話，把手，好容易掙脫身，又被目光跟蹤，他只得盡少出門。這也不行，因為有徑直敲上門來的，說話和把手，或者只為看他。後來，就不開門了，等父親下班回來。父親可以應付這些事，同時呢，又失去了獨處的自由。分離中的父子，難免是生分的。彼此都有些駭然似的，一個長成個大人，另一個則老去了。

父親會沒話找話，問他這一日怎麼度過，有沒有上街走一走，冰燈展已經開幕……他支吾著回答，慢慢退進房間。沿襲往日的安排，他與姊姊合用房間，新生活裡只有這點讓他習慣。在姊姊跟前，他才略微舒坦些。姊弟倆都脫離小時候的模樣，尤其他，已經是成年男子的身量，比實際年齡顯大，但依然馴服於姊姊，聽從頤指氣使，也只有跟了她，走得出門去。現在，他騎車，姊姊坐在後架。北方的天，沒有一絲風，卻透心涼。皮帽底下的臉頰，凍得生疼。穿過樓宇，視野變得開闊，空氣裡的雜質沉澱了，變得乾淨，也更加凜冽。等不及到地方，姊姊跳下車後架，一群年輕男女迎上來，兩下裡都在叫喊。姊姊一邊奔跑一邊脫下棉大衣，轉身扔給弟弟。亂著手腳接住，再抬頭，人已經被捲裹走，看不見了。

這是姊姊最快樂的日子，他呢，不由也快樂起來。冰面上滑行的身影，帶著拖尾，穿互交錯，反光處一片白，倏忽又呈現人形。那跳躍起來的，就是姊姊，轉幾個身落地，加了速度，沿著拋物線的弧度，又隱匿在光的反射裡。從光裡出來的，還是姊姊，沒有母親。夜行列車的雙層窗戶上的側臉，也看不清了。他試圖從姊姊臉上找一點母親的遺傳，找到的全是父親，瘦削的輪廓，細長眼睛，微翹的下頦。人們都說他像母親，父母的同事，鄰居，甚至街上的路人，都這麼說。結果是，他從此不敢照鏡子。現在，母親的形象從照片中走下來，到了話劇院的舞臺，電視劇的螢光屏，中學生的作文，報告文學——他驚訝地讀到關於自己的一段情節，說的是他和姊姊追趕囚車，母親在後車窗看著兩個奔跑的小人兒，越來越遠，終至消失。這戲劇性的一幕竟然發生在自己身上，他卻毫不知情。可是漸漸的，在人們的講述和眼淚中，他動搖起來，也許，也許呢，真的發生過了。虛實雜錯中，他再也想不起母親是什麼樣的。有一次，從父親的抽屜裡找出一張底片，黑白倒置中，母親的臉忽然浮現了。

他不知道姊姊對母親記憶如何，長兩年的她應該有一些，可是他們姊弟，包括父親，從不交談母親的事。如果有人問起——現在，他們家的客人多起來了，每天都要耗去茶水和香菸，姊姊起身就走，他緊隨其後，留下父親招架。兩個人坐在裡屋，也不開燈，聽外面的唧噥聲。姊姊氣得鼓鼓的，他倒沒那麼激烈，而是覺得滑稽，所有這一切，都還來不及組織成邏輯。但是，此時此刻，和姊姊坐在黑暗裡，卻有一種安心。他喜歡這時刻。姊姊壓低聲音咒罵著，這些來客他不認識，被過度的殷勤搞得頗不自在。這才知道，原來曾經冷淡甚至欺負他們的人，現在，「裝孫子」了！姊姊說，他笑得向後倒去。房間很小，放一張雙層床，他上鋪，姊姊下鋪。仰躺在姊姊被褥，嗅到枕上雪花膏，還有洗髮水的氣味，不由使勁抽抽鼻子。外屋的動靜和光亮從隔牆上一面玻璃窗投進來，好像另一個世界，他很滿意他們的這個，暗香浮動，私語竊竊。有一回，外面的人坐久了，父親只是敷衍，沒有一點謝客的表示。那一對夫婦，男的基本不說話，女的呢，言語瑣碎，又沒內容，只連連的「不容易」、「真不容易」！姊姊陡地起身，走出去，操一把苕帚，「誇誇」的劃拉到跟前，男女二人並排地提起雙腳，好像在做一項奇特的運動，他又要笑了。父親看不下去，說：大晚上掃什麼地？姊姊厲聲回答：掃帚不到，灰塵不會自己跑掉！兩人這才認清形勢，掛不住了，也不告辭，將門在身後重重一摔。姊姊當然不饒，拉開門，重新摔一下。父親說：這又何必？姊姊轉過臉，吵道：你何必呢！父親說：寧天下人負我，我不負天下人！姊姊回敬：誰也不要負誰，誰負誰都不是善茬！父親說：誰能保證不犯錯？姊姊說：我，我就能！父親看女兒一眼：你？這一個字大有含意，連那眼光也是不簡單的。姊姊勃然大怒：你，你，你自己！父親棄下爭端，進自己房間，姊姊伸出一隻腳抵住，不讓房門合上，裡面拉，外面頂，僵持不下。他嚇壞了，拖姊姊回裡屋，父親卻跟了過來，換一種息事寧人的態度：過去的事就讓它過去了，死纏爛打對誰有好處？姊姊嚷大聲：是我不放過去嗎？是我嗎？父親說：是我，好不好，是我！姊姊說：你不用來這一套，假惺惺！好，我假惺惺！父親疲累透頂，無心戀戰，又不甘心。他站在兩人中間，一手推擋一個，父親先退卻，回了房間，姊姊則大哭起來。

用不了多少日子，他就發現父親和姊姊的爭吵已經成常態，吵的時候凶狠極了，而且真動氣，令他十分緊張，而且疼惜。他自小在隔代與旁系中生活，不大明白至親間可以如此放肆，毫不顧及感受，同時也驚訝復原的速度，彷彿什麼事沒有發生過似的。很微妙的，私心裡還有幾分羨慕，設想他要是參與其中，應該站哪一邊，又將如何表現。現在，他只能保持中立，做局外人。其實呢，他就是局中人。有他從中調和，那兩位都變得率性，盡可以激化情緒，加劇爭端，不怕收不了場。不知不覺，他們形成一個三角鼎立的關係，缺誰也不行。姊姊和父親的對峙拉開邊線，他又與兩角各拉開一條。抽象來看，是穩定的結構，從具體的現實出發，爭執增進溝通和了解，但必須有約束的壓力，否則就會分崩離析。人在事中自然不會抱如此客觀的態度，只是聽憑本能，真情投入，哭泣、發怒、委屈、哀痛，一併引爆，四處開花，受傷掛彩是難免的。就在這激烈的混亂中，他契入了原生家庭。俗話說的「血濃於水」，一點不假，十來年的疏離，重新彌合，團起一家人，只少了個母親。有意無意地，他們對這缺位視而不見。鋪天蓋地的烈士母親的照片，家裡是不陳列的。

開頭的時候，全社會沉浸在頌揚和緬懷中，未及啟動遺屬的撫恤程序。顯然，他們一家，尤其他和姊姊，正處於命運的轉捩點，結束上一段，開始下一段。等待讓人興奮，也是焦慮。姊姊和父親頻頻發生戰爭，多少有點源於情緒的波動。他卻喜歡這樣未決的狀態，有新生活在望，但不是現在。在他內心，其實對變化生畏，這些日子，逐漸適應，難免鬆懈下來，怠惰了。人們都以為他過得悶，既不讀書也不工作，沒有同學和朋友。其實他有他的樂趣，那就是做飯。開始，他常苦於食材的單一，來回大小農貿市場，而不得所求，只能因地制宜，去繁就簡。漸漸地，他發現，在表面的粗陋底下，卻是富足。父親廠裡發放食物，都是過奢的量，二尺長，整條的大馬哈魚；鱘魚三米，剁成段；半爿豬肉；成堆的山貨，木耳、松茸、口蘑、黃花菜；大白菜也是碼堆；肉腸和血腸一掛幾十節；大醬盛在缸裡，蠟紙封口！有一回，發的是鱒魚，他挑出一條尺把長的虹鱒，挖鰓刮鱗，洗淨了晾在笊籬上瀝水，然後騎車上菜市場買蔥。那蔥都是成捆，論斤秤。他解釋說，只是燒魚的配料，要不了這許多。買蔥的大叔，轉身抽出兩條甩在面前：拿走吧！蔥是這樣，蒜是編成辮，盤起垛。菠菜，他都不認識，也是打捆。他不免想起南方水綠的小白菜棵，野茭白，紫荸薺……多麼遙遠，罩著水汽，霧濛濛的。走出菜市場，騎車回程，車後架夾著兩條孤零零的大蔥，那情形讓人惆悵。

炊事引他走入北方，從物種出產而涉及寒溫帶風土環境。他明白為什麼此地時興花茶，原因在水質。壺底時常需要清理沉澱物結起的塊狀，俗話說水「硬」，毛尖龍井味輕，壓不住，茉莉的香濃則可與之匹敵。他學會大蔥熗鍋，比本地人放的量足，鑊底起煙，生長季節漫長的食材生性厚，藏得深，發力慢，就要借輔料拔出來，同樣的道理，就可解釋這裡的燉菜勝過炒菜，炒也是爆炒，烈火烹油，他很奇怪地聯想到孃孃給他講的《紅樓夢》裡，有

「烈火烹油，鮮花著錦」的說法。他漸漸喜歡上烏蘇里江的水族，既沒有海魚的鹽鹵氣，也沒有河鮮的草腥，初嚐平淡，稍停留，卻有餘香。他自創一種烹製法，蔥薑蒜入水煮到大滾，噴上白酒，手持魚尾，慢慢滑進，翻個身，即起鍋裝盆，那邊灶眼上，鐵鍋裡的醬也炒熟，加醋加糖加乾辣椒末，兜頭一澆，頓時粉白變醬紫。還有大棒骨，整段的肋條、腔骨、大胯，淖一浦血水，悶在鍋裡，從早到晚，再提起，肉從棒骨上垂下來，滿屋生香。他現在知道了，南方菜講的是「鮮」，北方，則是「香」。他對北方的涼拌菜也有了認識，拉皮、老虎菜、蘿蔔皮、白菜心、蒜泥茄子、拍黃瓜——或許，南方的冷盆就是從這裡移植的，這也是空氣中水分所至，潮濕的溫度裡生食不易存放，必須熟吃，氣候寒冷的地方則不然，於是生食的菜品應運而生。他的菜譜增加了，就像個梨園裡的角兒，戲碼多，打得起擂臺。更要緊的是，互補短長，獨開新門。

他做好一桌飯菜，等兩位上座。餐聚的過程總是從饕餮始，至吵罵終。這一回，他拉不開架，忽然苦悶起來，打開一瓶大麯，兀自喝起來。他不善飲，何況是高度白酒，很快就有些迷糊，眼睛看出去，人臉和器物都像在水中，蕩漾流連。父親和姊姊，則面若桃花，表情溫存，挨得他很近，兩人的手在他背脊上摩挲，暖暖的，這是在做夢嗎？真是開心。他繼續喝，不知是誰的手，握住他的杯子，拔河似地來回，他就是不鬆開，伸長脖子夠到了，斷續地喝，最後，頭抵在桌面，抬不起來，但能感覺後腦和頸項上，掌心的摩挲。他睡熟了，四周和平安寧，碗碟叮叮地輕叩，腳步無聲地移動。從此，他有了扼制爭端的辦法，不僅有效，而且享受得很。所以，有意無意，多少是佯裝地，頭抵住桌沿，手裡握著酒杯，潑潑灑灑往嘴裡送，再由著一雙手將杯子奪過去。他觸到手的溫暖，勿管姊姊的還是父親的。接著，滾燙的毛巾捂住臉，簡直要窒息，順勢往後一躺，仰面靠在椅背。瞇縫的眼睛裡，燈光從荷葉邊玻璃罩下輻射到四面牆，映著波浪式的投影。依稀中，彷彿聽見嬰兒的啼泣，一抽一抽，有無限委屈似的，枕在臂彎裡，搖啊搖。父親和姊姊推起他來，幾乎是抬著往臥室裡送。他賴在他們身上，胳膊腿軟得呀，好容易拖曳到床邊，再怎麼使勁也舉不到上層鋪，只得安置在下層，姊姊的床上，脫去鞋襪，毛衣毛褲，拉開被子，捲進去了。清新、芬芳的氣息頓時充滿全身，似曾相識，很遠很遠，傳來嬰兒的鼻息，細微得不能更細微，吹拂過臉頰，絲絲入耳。

那兩人在床邊站一時，退出去，清理飯桌上的殘局。剩菜併攏，盤摞盤，碗摞碗，端進廚房。兩人的手腳都有點重，被迫中止的怨怒都在裡面，水龍頭擰到最大，嘩嘩衝擊鍋盆，水花四濺。姊姊忽回頭對了父親，說：我看他是存心，耍人呢！父親看著女兒，忍不住笑起來，覺得他們三個彷彿合演一套把戲，很有些滑稽。姊姊愈加生氣，別過頭去：你們是一夥的！父親說：你們才是一夥！自覺得像小孩子，差點又笑出來。可是，女兒顯然缺乏幽默感，這一點，像他們母親，好處是認真，不好在於生活變得沉重。帶了和解的口氣，又補一句：他就像你的跟班。這話有幾分實情，每每來客前腳離開，後腳姊姊關門，弟弟迅速銷上門栓，「嘩啦」一聲。父親站在當地，滿臉無奈，看一對兒女氣昂昂走過去，進到裡屋，拉亮電燈，明晃晃的隔窗上，人影交互，舞動手臂，哼著歌曲，明擺是氣他，排斥和冷落他。他才不上他們的當呢，甚至還很欣慰，滅頂之下，他，她，還有自己，竟可完身，又到了一起。

噱謔的色彩並不能掩飾爭執中的嚴肅性，他從不深究，憑藉本能，知道那裡潛伏了危險，一觸即發，躲還來不及呢！同時，隱約感覺，事情是那樣開始，就不會這樣結束，眼前的平靜只是暫時，朝不保夕。儘管掌握有撒手鐧，可緩解緊張，其實只是權宜之策，隨時可能失效。顯然，有一股力量，超出他們所有人的控制範圍，暗中勃起和騷動。父女倆的吵嘴，不請自來的賓客，報端的標題，記者的追蹤，都是成因，由散漫趨向聚集，量變到質變，不曉得最終會發生什麼。他加倍殷勤地烹煮，除了這些，還能做什麼？也不完全為平息事態，也為自己，廚事給了他安寧，更有滿足感。他自製烤箱，一個鐵盒子，橫頭開門，裡邊用鐵條插成隔扇，又在門前空地砌一眼土灶，灶膛裡支一層鐵架。首次實驗做的是「拿破崙」。單先生專帶他去老大昌麵包房品嚐，單先生與其說教他做，不如說教他吃，吃畢「拿破崙」，即明白大致意思。初涉白案時候，他做過高莊饅頭，還做過油餅。雖有中西之分，但出自同一原理，均是油和麵分層疊加。區別在於中式為籠蒸，西式為烘焙；其次，油和油不同，一則素油，一則牛油；第三，發酵的次數，一次和多次。於是，和麵，發酵，再揉，再發，反反覆覆，自覺差不多了，攤開擀薄，塗上黃油。這就是北方的慷慨了，大袋的白麵，成桶的牛油，一坨坨的乳酪，蜂蜜，楓糖……單先生要看見這場景，會罵他造孽呢！桌面大的薄皮子，提起來，向了日頭，黃玉一般潤澤，擀麵杖挑著一來一回，疊成四分寬的一條，拍緊，壓實，切塊，排在隔扇，合起來，送進灶膛。「烤箱」安置於鐵架，經過計算，上下左右空間相等。然後就是燒火。松枝燃著了，吱吱地叫，滋出油脂，火頭竄出來，差一點燎了衣服。火星子淌了滿地，明明滅滅閃個不停，忽變成一樹槐花，槐花裡有舅公的臉，還有黑皮，擔挑子的夥計，詐他們雞蛋的鄉里人，這些人哪，如今在什麼地方？松枝的灰燼填滿爐膛，扒乾淨，再燒一輪，如此反覆數次，就由著灰燼自己冷卻。又有半個時辰過去，方才使火鉗子夾住「烤箱」，慢慢移出，揭開。心跳得很快，屏住了氣，彷彿菩薩成佛的一剎那，熱香「噗」地噴上臉，眼淚下來了。看相與「拿破崙」相距甚遠，吃起來也不大像，他知道是溫度的原因，柴火再燒得旺，也抵不過瓦斯和電。爐灶也是個問題，他沒學過泥水的活，依葫蘆畫瓢，終不得要領。但那出品也是分層和酥鬆，口味甚至更好，因為料下得足，而且是真貨，「老大昌」至少一半代黃油，所謂「麥淇淋」。接下來，他嚐試的是「紅房子」的焗面，也不像，但也好吃，父親和姊姊都喜歡，當然，吃過以後，還是例行節目，吵架。

時間久了，到底見怪不怪，懶得去調停。有時候，也夾在裡面，勿管搭和不搭，亂叫嚷一氣，那兩人倒笑起來。這樣，就成了他們一邊對他一邊，呈現新布局。在這排列組合的變化調整中，均衡強弱，結構越趨穩定。春天來到，松花江上傳來冰裂的響動，小孩子被禁止到江邊活動，迎春花爆出來了，一大篷一大篷，洶湧澎湃的架式。早晚氣溫還在零下，身上捂著皮毛，可是，伸得手也露得臉來。再接著，冰面「砰」地劃拉開了，先只是互相推擠，你疊我，我疊你，底下的水彷彿地火一般往上拱，悶響著。然後，突然某一時刻降臨，轟隆隆震天動地，冰凌子就像脫韁的馬群，直朝下游奔騰而去。人們從大街小巷跑向江邊看凌子，他也去了，遠遠看見，太陽光底下，亮閃閃一條巨龍，前不見頭，後不見尾，天地間噤了聲，只看見人們的嘴在張闔，聽不見音。他身上起了寒戰，被嚇住了，這是什麼樣的氣象啊！所有的零碎席捲一空。他漸漸鎮定下來，人變得無限小，心卻變得無限大，藏在裡面，找也找不見。凌子的流淌持續有數個晝夜，終於遠去，消失，歸於空寂。隨即沉渣泛起，眾聲喧譁。

他們要搬家了，搬到市裡，省府機關屬下的住宅樓。雖不是新建，但亦不過七八年的樓齡，居住多半省直單位中上層級公務員，因升降或者離職，頻繁流動。他們的一套三室戶單元也是經過幾方調配，最終騰空出來。送鑰匙的後勤行政科員，一個操山東口音的中年男人，不停地道歉，連說「遲了遲了」，意思本來應該更早，早到母親評定烈士的一年前。延宕的原因不止周轉的曲折，更可能在身分級別。母親身前只是行政副科，但影響遍及全國，從下至上，需無數變通，再從上至下，多少有「欽點」的意思，方才越過規章限制。領到鑰匙，一家三口同去看房。從廠區到市中心，好比鄉下人進城，再由平房上高樓，機械廠的大煙囪又回到視野裡。俯瞰之下，街道縱橫，樓房排列，間隙中，一叢叢杜鵑花，粉的，紅的，紫的；松花江是銀鏈子，被一隻大手橫空一甩，劈開此岸彼岸；森林公園，太陽島，火車站，百貨大樓，馬迭爾飯店，還看得見外婆家。其時，外公外婆先後辭世，兒女們星散，老房子裡住進陌生人，與他們再無干係。可是，免不了觸景生情，連他，都還依稀有一些零星印象。比如，手風琴，大列巴，玻璃罐裡的啤酒，還有母親。就像照相底片，又像逆光的人形，白熾中退遠，退到焦點，一下子四濺開來。人字形的雁陣，掠過頭頂，在天際處消失蹤跡。三個人有好一陣不作聲，被這廣大的靜謐籠罩，心中積澱的塊壘，化成灰燼，隨風飄散了。陽光滿屋，到處是門，推進去就是一間房，穿過來，穿過去，忽然失散了，卻又迎頭撞上，彼此嚇一跳，竟是迷宮一般。來回幾番，終於呈現出格局。朝南一大間，不用說，屬於父親；東南一間，帶一具轉角陽臺，也不用說，是姊姊；北房就是他的了，窄長條，向東牆借出一個凹室，原本作壁櫥用，但放得下一張床，就成一室一廳。

搬進新居，安置妥當，大約有一週時間，就想去周圍看看，尋覓菜場。現在，他不再憚於出門，周圍少了許多眼睛，街區景象讓他想起上海的孃孃家，其實相差甚巨，那裡要擠簇瑣碎得多，這裡則是疏闊的，但都有著市廛的煙火人氣。下樓走到門廳，迎面走來一個女人，臉上裹了防沙塵的絲巾。交臂而過時候，女人停住腳步，他不由也停住了，以為有什麼話要說。影影綽綽的紗巾後面，一雙雪亮的眸子，這城市許多人有著輪廓立體的高眉深目。女人一笑，又收住，問道：搬來了？他點頭說是。女人又一笑，卻顯出哀戚的神情：長多大了呀！返身邁上樓梯，鞋後跟清脆的叩擊聲，盤旋在通頂的天花板下。他走過門廳，就到了大街。下班的高峰，即便道路寬闊，也車水馬龍，熙來攘往。順人流而去，方才的一幕很快拋置腦後。入夏的季節，他格外感受到北方的好處，朗空萬里，太陽高升，樹葉翻著金銀，蟲鳥齊鳴。長日將盡時候，暮靄下垂，晚霞退到目極處，看回來，已是滿天星斗。他和姊姊有了各自的房間，卻覺得冷清，彼此串著門，更多是他造訪姊姊。這時候，兩人坐在小陽臺，空氣裡隱約有一股子辛辣，來自於白晝裡的光照，此時釋放出來熱量。路面的瀝青，混凝土牆體裡的金屬物，火車制動器和軌道的摩擦，都有著堅硬的質地，反射性特別強。遠處江邊的篝火，野釣的人正在燒烤他們的收穫，則是柴火和食物的氣味。他想起孃孃的弄堂裡，統一熏蚊子的情景，驅蚊藥點著了，閉上門，大人孩子搬出竹榻板凳，頭上是一線天，溽熱尚未散盡，忽地吹來一陣風，人們便歡呼一聲。他在姊姊的陽臺，從飯後七八點起，一直坐到夜深，半睡半醒中，耳邊響起小孩子的聲音，「一个字」，「一个字」！茫茫然不知其意。頭上腳下，身前身後，全是「个」字，風中搖曳。又變作樹葉間晶亮的小孔，搖曳。再回到「个」字。小孩子的聲音還在，「一个字」、「一个字」。他聽出來了，是黑皮！那「个」

字，是竹葉，一千个，一萬个……

日後幾天，他又遇到同樓的女人，站在下一層的拐角處，似乎是等他。因離得近，他看見紗巾後面眼睛梢上的魚尾紋，大概是母親的年齡了，心裡奇怪自己怎麼想到「母親」。等他走到跟前，女人轉身移步，與他並排下樓。途中，女人抬起手臂，比一比他的個頭，是：這麼高啊！他不知說什麼，只是笑。女人又說：我看過你的照片！他收起笑，沒有搭話。下到樓底，出得大門，一個往東，一個往西，分手了。這一回邂逅，令他有些不安，女人的蒙面紗巾，就像一層簾幕，藏著某個真相，而且隨時都要揭開。他脈搏跳得很快，怦怦地衝擊耳膜。走過好幾個路口，方才平息，回復正常。想等父親下班回家，告訴這兩回遭遇，到時候卻沒有開口。不知為什麼，他感覺父親知道比鄰而居的女人，甚至可能已經照面過了。夜裡醒來，聽見火車的鳴笛聲，就彷彿看見明亮的車窗格子，格子裡的人酣睡著，睜眼已到關外。

事情顯然沒有結束，他第三次遇見女人。在副食品商店，隔了一行櫃檯，向他招手。他沒有動，女人繞過來，有話要說的樣子。他害怕起來，想拔腳跑開，晚了一步，人已經到跟前，伸手握住他的手臂。看出他的牴觸，卻沒有鬆手，說：我就想好好地看看你，你母親的孩子！又來了！他心裡嘟噥，卻沒有掙脫。女人的手垂下來，握住他的手，接下來的時間，就是這樣手牽手地度過。他感覺到女人掌心的粗糙，明顯過著一種操勞的生活。女人說：你母親要是看見你現在的樣子，有多麼高興啊！她停下來，似乎等待他的反應，可是沒有，就繼續下去：那時候，我和你母親同一間宿舍，但總是她來我往，或者我來她往，所以見面不多，直到後來——說話的人又停下，觀察聽話人的表情，依然沉寂著，再繼續：後來，上班不正常了，倒都來得多，午休，或者宿夜，就過了話——他身上起了戰慄，手都涼了，她卻握得更緊，要暖它似的：你母親在寫字桌上放你和姊姊的一張照片，她很疼你的！女人眼睛裡盈了一眶淚，這才發現，今天她沒有蒙紗巾。他更害怕了，暗中使了力氣，往回抽手。女人堅持了一會，猝然放開，最後說一句：照片我收起交給你父親了！兩人幾乎同時背過身，有些倉皇地走開了。女人說的這張照片，他早已經在報端見過，母親故事的連環畫裡，他和姊姊的形象，也是根據這張照片描繪，連他自己都認不出來，別說路人了。應該說，直到此時為止，還沒有太大的打擾，但這樣的安寧能保持多久呢？

搬家是個增速的節點，變化的頻率急驟起來。母親就讀的大學決定免試招收姊姊。姊姊從插隊的梨樹縣回來一年，在各類補習班穿梭。心氣很高的她，志在清華，考上考不上畢竟是個懸念，因此，稍作猶疑，便下了決心。應試的壓力卸下來，心情輕鬆，變得開心，也減少向父親尋釁，出於慣性，拉開架式，但很快落篷，風平浪靜。她的劍拔弩張的性格，很大成分由焦慮生發。這一樁事情定奪，就輪到他了。這年，他滿十六歲，按常規，正在就學高中階段，母親曾經就讀的市六中接受了他。其時，正值暑假，團中央在北戴河舉辦少年夏令營，直接向團省委點他名，不過三日，就通知集合了。

他獨自一人從哈市出發，到北京站，才發現同車除他外還有三人，分別從佳木斯和齊齊哈爾轉乘過來，都比他年幼，其中一個鄂倫春族少年，形狀極小，因言語不通又來到陌生地方，神色拘謹，雙手抱了一個獸皮包裹，再無其他攜帶。由人領著出站，上一輛中型客車，車裡已坐了二三成，在他們之後，又陸續上來幾批，來自各條線路。座位漸漸滿了，報到處的工作人員忙碌著，清點人數，檢查行李，新到的源源不斷，就要安排下一輛車，終於，司機發動，緩緩倒出停泊位置。老師，老師！隨著車身移動，窗下響起急切的叫聲，還拍打車廂的外壁。他忽然意識是叫自己，轉臉看去，一位接應的年輕人，昂頭向他：這位老師——話說一半，車已經掉過身子，但他也明白意思，是託他照應學生們。環顧周圍，全是孩子，惟有他是大人。並不在年齡長幼，不是還有高二高三年級的，就比他長一二歲了。然而，學校是個童年樂園，還未進入社會生活，他卻已經有了閱歷。前一刻沉靜的車廂，此時沸騰著，有人起句，齊聲唱起歌。車速加快，穿過街巷，駛上寬闊的長安街，直向天安門廣場而去。一曲終了，車已停在人民英雄紀念碑跟前。熄火開門，接連跳下地，散開來，頓時變成小豆子似的，白帆布的遮陽帽一閃一閃。夏令營旗在風中鼓蕩，一簇殷紅捲起展開。天空藍極了，都在奔跑和叫喊，他跟了幾步，又駐足，害臊得很，人家不是當他「老師」嗎？哪裡有這般的天真。站在原地，四面眺望，人民大會堂、金水橋、天安門城樓，都小而精巧，待要走去，卻永遠接近不了，就想起一句話：看山跑死馬。太陽升高了，將人影投在方磚，前後有兩條，一大一小，原來是那鄂倫春小孩，貼著他。有小孩作伴，倒不落單了，同時呢，又有些窘，看上去，他們簡直像父子。他站開一步，小孩跟進一步，他走動，小孩也走動，兩人轉著圈，他決定放棄這種奇怪的遊戲，向車門走去，小孩也跟著上車，並排坐一起。

汽車再一次啟動，直向目的地北戴河駛去。來自各地方各學校的營員們迅速相熟，新朋友總是格外熱烈，交換姓名地址，還有吃食。他帶的乾糧在火車上解決，沒什麼可供交換。鄂倫春小孩解開包，摸出一條肉乾，遞給他。他不要，那肉乾卻不收回，固執地抵住他的胳膊，只得接了。送進嘴，一下子硌了牙，吐在手裡，看究竟是什麼。小孩笑起來，露出雪白的牙齒，大約就是靠這硬物挫成的。再扔進嘴裡，慢慢地磨，竟磨出鹹香的肉味。車上人多數乘坐夜車，興奮的心情也消耗體力，這時都累了，靜下來。聽得見引擎的聲響，輪胎和水泥路面的摩擦，交車時候喇叭的鳴笛。他也犯困了，車身顛簸，一機靈，發現自己睡著了。身邊的小孩卻睜圓眼睛，很警醒的樣子。倦意又一次襲來，這一覺就長了，做著明亮的白日夢。光從四面八方來，刺得眼睛疼。有燕子的尾翼從臉上掠過去，小腳丫子走在田埂，兩邊是綠油油的禾苗的倒影；忽又登上新居的陽臺，立於無邊的浩大；低頭看去，卻是在天安門廣場，小白帽，小紅旗朝天撒開，遍地播種，耳邊響起歌聲，麥香撲面，心裡一機靈，糟，「拿破崙」烤糊了！睜開眼睛，跟前一個大圓麵包，鄂倫春小孩舉著送到他嘴邊，要餵他似的。原來，發放午餐了。進食驅趕了睡意，重新抖擻精神，營員們在齊聲唱歌，正是夢中的歌聲。唱著唱著，前座的人回頭看，因這兩個不張口，於是又窘起來。他和小孩，分開還好些，合一對，尤其不合時宜。

選拔參加夏令營的，都是英雄少年，有大火中救人，有常年背同學上學，有學習優異，少年大學生，或者身懷絕技——一位河北武術之鄉的小姑娘，當場赤手打一套外家拳，跑跳騰躍，看得人眼花。鄂倫春小孩的事蹟很特別，他隻身一人捕獵一頭成年狍子，用自製的弓箭，射中狍子下顎與胸脯之間的部位，所以，整張毛皮無一點折損。夏令營輔導員替他講述，他聽懂「狍子」兩個字，站起來用動作比劃，單腳立地，一腳後抬，雙手往前伸去，忽地回眸，閃電似的，一頭飛奔的小獸猶然眼前，四下爆發出掌聲。營員們分成組，沙灘上坐成一圈圈，依次自我介紹。分組的本意是讓大家跨區域交流，可小孩聽不懂，還是執意所為，非同他一組不可，拉住他的袖子不鬆手，於是，他們就在了一組。輪到他報家門，只簡略說了新到的學校和年級，人們等了一時，沒有下文，便過去了。開始沒什麼動靜，突然間，一陣風似的，關於他的來歷在營地傳遍，這才知道這個成人模樣，性格孤僻，身後又拖個小尾巴的男生，有著不平凡的出身。人們一改疏遠態度，無限的熱切起來，搶著與他說話，作伴，打開水，盛飯菜，甚至洗衣服，讓他極不自在，更覺窘迫。但是，這尷尬的心情到了海灘，立馬煙消雲散。他在江南的河渠裡學會游泳，最大的水域是高郵湖，和大海相比，算是小巫見大巫，真開了眼界。可是，有點怕人呢！就像他怕冰面底下的深淵，現在露出真相，危險還在，但變得富有彈性。他尤其喜歡傍晚漲潮時候，一層疊一層的海浪，將他托起，放下，再托起，好像嬰兒的搖車。他不敢遊遠了，只在近處，有時候，被推到沙灘上，就這麼躺著，彷彿初出母胎。暮色沉降，水天交際的罅隙，分外明亮。那小孩坐在海堤，守著他的衣服鞋襪。山裡的人，對水抱著畏懼。白日裡，年幼的營員圍了他，要他教游泳，小孩的表情相當落寞。不知覺中，小孩對他生出占有欲。他不太明白為什麼是他，被這個異族人選擇，似乎有一種超感，意識到他們兩人與大家不同，屬另外的人群。潮漲上來，浪頭越來越高，而且重力越大，將他扔了出去。爬起來，返身走回，月亮升起來了，照著海堤上的小人兒。小人兒忽然放聲歌唱，雖然聽不懂鄂倫春語，曲調是熟悉的，歌名大約叫「勇敢的鄂倫春」，速度比通常的至少慢一倍，在這空廓的靜夜裡，顯得十分遼遠。他有片刻走神，忘記在什麼地方，月光下的沙粒，變成晶體，無邊地展開。歌手彷彿緩緩上升，升到天幕前，映上一副剪影，細頸子上的圓腦袋，頭髮掙開著，毛栗子似的。

夏令營的活動不乏意趣，北戴河周邊有許多景區，最令他喜愛的是山海關，爬長城，登炮臺，望遠鏡裡望出去，猝不及防，迎面一片白茫茫，風在耳邊呼啦啦響。他沒上過歷史課，並無悠古之情懷，只是被天地的廣大震懾。營員們上下跑動，滾豆子一般，他和他們，就像兩輩人。晚上，全體圍坐沙灘，點幾盞汽燈，玩擊鼓傳花。紅綢子紮成的花，傳到他手裡，總能夠在鼓點停下的那一霎傳到下一家，所以，就避免了表演節目的難堪。可是，聯歡會最後一項活動卻逃脫不了。所有人，包括老師和記者，各地來了不少記者呢，大家首尾相接，邊走邊唱：要是感到幸福你就拍拍手——停下步伐，拍拍前邊的肩膀，再繼續：要是感到幸福你就跺跺腳——原地跺跺腳，再繼續——汽燈光圈外邊，黑暗中嵌了一張張人臉，當地居民的大人和孩子，沉默地觀看這一幕。走在隊伍裡的他，恨不得拔腿逃跑。

記者是個麻煩，也不知怎麼的，隨時隨地冒出一個。孩子們的熱情已經很誇張了，記者們更有過之無不及，又不像前者的天真，而是出於某種需要。冷不防，手裡的熱水瓶，或者洗曬的衣物，被奪走了，只得聽憑她——記者往往是女性，多少的，有些濫用母性，端著他的東西，一路問東問西，說著閒話，為使他放下戒心，不想適得其反，更緊張了。果不其然，主題浮出水面，女記者提到了母親，他不覺戰慄起來。營地設在團中央機關的療養院，集中住其中一幢二層小樓，樓頂平臺拉起尼龍繩，五顏六色的衣衫隨風飄揚，萬國旗一般。記者從盆裡拎起洗淨的衣服，展開掛上，他重又扯下，擰一遍水，再掛上。動作裡的拒意對方並不理會，兀自按思路往下進行。他起先還敷衍，對方卻不耐煩了，放棄迂迴的戰術，直接發問，口口聲聲「母親」、「母親」的。他不作聲，空盆在水泥護欄上磕一下，情緒相當明顯了，記者卻執著於事先規定的計畫，越加焦躁，聲音也挑高了。這個年輕的採訪人，從業經驗不足，又急於求成，自以為尖銳，說道：你難道不知道母親在監獄遭受著什麼！他不看她一眼，提了臉盆走過天臺，下樓去了。

就這樣，他在人們眼中有了乖戾的印象。有一日早上睡過點，也沒有人叫他，等他起來，操練的隊伍已經跑步上公路。直接去食堂，一個人坐在飯桌前吃了。出門正和大傢伙走個對面，喧喧嚷嚷的潮湧過來，他讓開了，兀自向沙灘走。退潮時分，鑲著白沫的海水一層一層下去，每一層都留下螺貝和小石頭。他彎腰撿拾，不一會便滿滿一捧，卻又推上更可愛的一批。於是，將手裡的遠遠拋出去，再撿拾新的一捧。想起東北地方的俚語，「熊瞎子掰包穀，掰一個掉一個」，自己也成了熊瞎子，不由「嘻」的一笑。回聲似的，身後也「嘻」的一笑，原來鄂倫春小孩尋蹤而來。一掄胳膊，將最後的積攢扔回大海，浪峰上亮著雲母的閃爍退走了。拍拍手上的泥沙，與小孩前後相跟著去營地集合。沒有人提及早操的缺席，隨後，他又缺席了晚上的聚會，依然沒有引來任何勸誡。似乎是，人們已經默認他赦免紀律。這樣的縱容照理應該給他自由，事實上，他卻頹唐下去。他是有心還是無意，常常忽略集結號，錯過出發的時間。一整幢樓裡只有他，院子裡也只有他，海灘上倒是人多，三五成群，游泳和曬太陽，可是，同他有什麼關係呢？即便趕上了活動，也是離開眾人，還躲著鄂倫春小孩，他有些怕小孩呢，兩個人比一個更顯孤獨，而且怪異。就這樣，被汽車拉下了，只得步行返回。走到地方，食堂已經打掃衛生，板凳翻在桌面上。他轉身要走，卻被叫住，替他熱了飯菜。顯然，營輔導員交代過了，更可能，師傅們都認得他，知道他是母親的孩子。偌大的飯堂裡，燈火通亮，他不敢耽誤廚房下班，速速吃畢，收拾碗碟去水池洗涮，中途被接過去，空著手走出，身後的光刷地滅了。在突然降臨的黑暗中停了停，四邊景物漸漸浮凸輪廓，抬頭看，巨大的穹頂下，流星向縱深飛去，天空在升高。

兩天後的下午，營地到訪一位女客，歲數在四十和五十之間，自稱從天津塘沽來，出示工作證表明身分，大學任教的老師，專程探望好友的兒子。聽說那孩子提前回去，時間正是當日上午，幾乎與她走個對面，流露出遺憾的表情。遂即問起孩子的情形，身體和性格，哪一所學校讀書，成績如何。除去確切的學校之外，其餘都在支吾中過去。女客嘆口氣，站起身又停住腳，問有沒有現在的照片？接待的老師說本來計畫結營時候拍集體照，但是——老師忽然想起什麼，取出一本名冊，上面有營員的登記表格，附一張報名照。這種照片拍得都比較刻板，看上去彼此差不多。說話間翻到其中一頁，倒轉過來放到訪客面前。右上角的一寸學生照裡，寬額底下，一雙眸子凝視著看他的人。眼距略寬，緩和了表情的嚴峻，下頦很端正，唇線鮮明，勾勒出嘴形。她看不出照片上人的年齡，乍一看是大人，再看就成了孩子。看久了，照片模糊起來，覆上另一張臉，欲言又止的樣子。對面的老師輕輕抽回冊子，客人意識到看得太久了，雙手在臉上摩挲一下，告辭了。小號聲吹起晚間的集合令，夕陽染紅雲彩，迅疾向西奔跑。

第十章

昔日女同學的信寄到，他和小孩已經在家住了兩晚。向夏令營告假，說家裡有事，那小孩就也要跟他回去。這些日子，小孩學會一些漢語，稱他「哥哥」，堅持「哥哥走，我走」。見那大的是成人模樣，照顧得來小的，便放行了。兩人從北戴河乘火車到北京轉哈市，帶著夏令營的證明，只需半票，還有座位。一天一夜，下車出站，他將小孩帶到家，洗澡吃飯，睡個飽覺，搭夜車往呼瑪。姊姊提議去太陽島玩，遲一日返程。於是，三個人兩架自行車，推出門去。走在一起，發現原來在他肩膀下的小孩，高到肩膀上，穿姊姊一套半舊球衣，齊膝的短褲下，小腿肚子長出腱子肉來。太陽島回來，又決定第二天看電影，他沒意見，小孩就沒意見。這樣無條件的順從，讓他挺受用。離開夏令營，他和小孩，加上姊姊，不顯得怪異，而是很自然。於是，一日一日捱下來。直到有一天，呼瑪那邊來了人。來人是上海下放林場的知青，小孩爸爸的酒友，借出差機會，順便領人回去。這時節，各地知青都回城了，不曉得什麼緣故，這一位還滯留著未作打算。他受託背來半爿䗪子作謝禮，父親親自下廚，作一桌飯菜款待，也算給小孩送行。上海人下放八年，已學會鄂倫春語，將小孩的話翻譯給大家，說，漢人是鄂倫春人的好朋友，他們這一家則是親人，他呢，比親哥哥還要親！上海人說，一旦與鄂倫春人相識，就是一生的交情。飯後，上海人和小孩離座告辭，小孩面對父親，後退一步，跪下地，磕一個頭，爬起來，兩人赴火車站趕乘了。

其時，已是八月末，暑假即將結束。姊姊處在興奮之中，三天兩頭去看校園，邂逅舊同學，又結識新朋友。行政部門上班了，有老員工知道她的身分，就讓給父親帶好。受此鼓勵，父親也隨往母校故地重遊一次，結果卻是傷感。多少影響了姊姊的情緒，熱度略微降低，倒有了平常心。父女倆在各自的心事中，沒有注意弟弟他的變化，事實上，他日益沉重，而且焦慮。當他提出棄讀高中，那兩位嚇了一跳。他們很難想像，一個從未受過常規教育的人，面對就學的畏懼。北戴河夏令營就好比熱身，即便只略知一二，也已經足夠他牴觸的了。他們試圖改變他的決定，告訴說讀書是人生中最快樂的事，單為體驗一下也值得付出時間，跟不上課程也不要緊，老師同學，還有家人都會說明他，再講了，大家都能理解——他笑了笑，答道：誰理解誰！以他溫馴的性格，話裡的不滿就很明顯了。父親住了嘴，在這樣的叛逆期年紀，可不是好惹的。姊姊卻不甘休，換一個角度繼續勸導：社會走上正途，將要有大發展，沒有文憑等於沒有通行證！他又笑了：我倒聽過另一句話，一招鮮，吃遍天！

姊姊先一愣，沒料到弟弟會頂撞她，接著提高聲調，反詰道：你有哪一招鮮？我卻不知道了！弟弟說：你呀，就是看不起人。說話的口氣，是對同齡，甚至比他更年幼的人。這時候，姊姊意識到弟弟長大了，大到她都不認識，在分別成長的日子裡，彼此幾乎是陌生人。姊姊發怒了：你知道我最看不起什麼樣的人？不上進的人！弟弟說：不上進也是人。現在局面顛倒，姊弟對恃，父親中立，旁觀爭端，心想：女兒顯然遺傳母親，兒子呢，是自己，又不全是！不得不承認，對兒子了解有限，想像不出經歷了什麼樣的生活，而生活比血緣更有塑造力。父親詫異地看見，兒子十分沉著，原以為只是生性安靜，其實不然。兩人口角來回，大的越來越按捺不住情緒，暴躁起來，小的卻始終保持平和的態度。最後，大的嚷一句：你一點不像媽媽的孩子！小的沒有回答，站起身離開，門鎖輕輕一響，扣上了。

之後，姊姊不在的時候，父親問他有什麼打算，這個徵詢表明接受了退學的決定。他簡單回答兩個字：工作。父親說：做什麼樣的工作呢？話裡還有一層意思，就是姊姊嘲諷他的「哪一招鮮」。他當然聽得出來，但出自父親的口，則是中肯的，他沒有起反感，實事求是道：我雖然沒有特別的優長，可凡事都會那麼一點，算是三腳貓吧！比如說？父親生出興趣，問道。不好說！他低頭笑笑，父子倆的談話簡捷地結束了，沒有再提起，倒從別人口中，父親知道兒子的行蹤。這人就是住在同樓裡的女人，那一年的夜晚，送來孩子母親遺留物品。單元房不像宿舍區，低頭不見抬頭見，但偶爾的相遇還是會發生，又有些淵源，可算得熟人了。有一次，樓梯上見到，她告訴說：你兒子要我替他找工作呢！他問：你怎麼說？我說，現在，你想做什麼，就能做到什麼！他怎麼說？不說話，走了。父親失望地「哦」一聲，亦要轉身，女人卻道：還有呢！於是又站住了。我的一個親戚在鐵路醫院，食堂缺人手，正招臨時工，生怕他嫌棄，可他去！父親這才想起，兒子早出晚歸好幾日了，不禁吁出一口氣，道了謝。心情有些複雜，孤僻的兒子主動與人結交令人欣慰，遺憾的是這個人不是自己。大約過去三四星期，兒子交給他幾張錢，道出實情。錢在手裡停留一會，又遞回去，兒子沒推辭，收起來了。兒子從不張口向他要錢，但凡給他，也都接下。此時方才想到，兒子手緊，私下在積攢。一方面，意味著獨立，另一方面，兒子和他到底生分了。

歇班的一日，有人敲門，是那女人。雖是過了話的，但之前並沒有走動過，就有些意外，頓了頓，讓進來。女人自己在廳裡沙發上坐下，他去廚房沏茶，端出來時，見女人正點起一支菸。拉椅子對面坐下，說一些工作上的事給她。女人瞇縫著眼睛，躲避煙熏，像是斜睨自己，就收住了。女人的菸頭上積起一段灰，他想提醒她，又覺不合適，有逐客的意思，看著菸灰斷下來，直接落到地上。早上拖過的地板躺了一截灰，刺眼得很。他到底看不過去，站起身，取來掃帚和畚箕，撮走了。不小心碰到女人刷得雪亮的鞋尖，想起和姊姊共同抵制訪客的情形，有些慚愧，因這一位不同以往，是幫助自己的人。女人的反應卻很自然，順手將菸蒂扔進鐵皮畚箕，然後說出一句如雷貫耳的話：我們兩家合一家挺好！他站在當地，抬頭看她。女人向窗戶掉過臉去，窗外傳來汽車喇叭，市聲喧譁。她雙手提起裙子下襬，抖落一些菸灰，他又掃了一帚。我離婚了，你爸呢，也離了，算不成烈屬，否則，我就攀不上了。他耳朵裡嗡嗡的響，身上打著寒戰，咬緊後槽牙，將手上東西送進廚房，定定神，再出來。見女人離開沙發，站到窗戶跟前，背著身說：你媽是好樣的，十個男人都比不上她一個，可是，人走了，日子還要往下走！這事，你應該和我爸說——彷彿在聽另一個人說話，他奇怪這口氣竟如此鎮靜。女人忽然翻身朝門走去：你爸爸回來了！一陣香風從臉面掠過，滿大街都是這股子氣味，從黑河那邊攜入境的俄羅斯香水。轉眼間，客廳裡只他一個人了。

樓梯上響起腳步聲，然後，鑰匙在鎖眼裡旋動，父親推進門來，提著一些菜肉。他接過來，帶到廚房洗切。父親在身後轉了轉，見沒有插手的餘地，又退了出去。姊姊住校，餘下父子二人，雖然是沉悶的，但自有默契，倒也和諧。今天卻有不同，是他多心，還是事實，他覺得父親早知道什麼，因此，平靜的表面底下，暗藏波瀾。晚飯吃罷，收拾乾淨，他說出去一下，父親說早點回來，互動就結束了。他輕著手腳下樓，尤其經過女人單元時候，簡直提著心，他承認怕了她！奇怪的是，絕不反感，而是有幾分佩服。佩服她豁得出去，複雜的事情頓時變得簡單，真是乾淨俐落。下到樓底，推出自行車，騎往江邊。樹林子裡有手風琴聲，激烈地奏著。觀景臺上有人跳舞，排著佇列，向前，退後，轉身，完成一組動作，再從頭來起。先是七八人，很快擴成十幾二十，一排變兩排，再變三排，四排，不斷有人參加，最後成一方陣。領頭的像是專業出身，四肢頎長，動作開闊，穿一件俄式立領寬袖襯衫，腳上一雙羊皮矮靴。他扶車站在影地裡，看平臺上舞蹈。一曲終了，退出一些人，又添入一些，音樂重起，換一種舞步，更複雜些的，開始有點亂，三遍四遍以後，跟上節奏，協同了手腳。他站到很晚，最後一輪歌舞散了，月亮堂皇，正在中天，方才折返。路面上騎車人的投影，一會兒是他，一會兒是爺叔，一會是小毛，再一會，變成父親，車前槓上坐了個小人兒，小人變成大人，又是自己。氣溫迅速下滑，空氣裡充盈著細密的晶體，暗夜有了亮度。江南鶯飛草長，這裡已進入霜降時節。推開家門，廳裡黑了，父親房間還亮著，他打開自己臥室的燈，那邊便滅了。這是一個無聲的約定，也成為儀式意味著無論什麼時候回來，都有人等候。

過去的幾天很平靜，沒有異常的情況發生。女人似乎放過了他，天下就有一種性格，來得快也去得快。他安心了，又不知怎麼地，有點失落。但他還是小看了她。這一日下班從女人單元前經過，門忽然開了，他本能地撒腿就跑，女人作勢要追，哈哈大笑，他不禁也笑起來。氣氛陡然鬆弛，甚至變得佻達。下一日門開，遞出一個帶提襻的飯盒，他猶豫著，那飯盒一直送到他臉面前，不由分說的樣子，接過來，門關上了。飯盒有兩層，一層小雞燉口蘑，一層酸菜肉片。他告訴父親是樓下阿姨——他頭一回這麼稱她，阿姨，給我們的，他說。父親沒有再問，事實上，他覺得，父親心裡有數。這一陣子，他們家洋溢著東北菜的氣息，八角大料，老酸菜，醃豆角，蒜泥，黃醬，辣子，大碴子粥，韭菜盒子，油炸麻花，小魚貼餅子……他家的炊事過去掌握在父親手中，後來他接續上來，都是淮揚一路，清和淡，走「鮮」的路線，如今則食風大改，換成「香」的一派。雖然不太對口味，但少年人正在長身體的時節，寒冷天候更需要熱能，所以，並不排斥。阿姨她隔三岔五讓他帶吃的上樓，他也不會空的還回去，有時獅子頭，有時火腿干絲，有時三丁包，又是「拿破崙」——搬進單元樓，沒了土灶，原先的烤箱不好用，他很耐心地在平底鍋炕。到阿姨那裡成了「油餅」，說，你這個「油餅」挺香！不過，阿姨沒再上樓敲他家的門，向他提「兩家合一家」的話，但是，他覺察她和父親有接觸。道理很簡單，父親對他的情況挺了解，知道他在鐵路醫院食堂做事，先是病人廚房，後來調到職工餐廳，最近有跡象去專家樓小灶。耳報神不是阿姨還有誰？他自己沒說過，父親呢，也不問。

姊姊住校，週六下午到家，住一晚，週日晚走。倘若有課外活動，就隔一週甚至兩周回來。新生活占據了時間和注意力，和父親弟弟平息了爭端，這兩人被放過，都鬆一口氣。可見出家庭內部強弱格局基本沒變，女性總是主導的一方，過去是母親，現在是姊姊。即便父親和他結盟，氣勢也敵不過對方，當然，多少有忍讓的意思，但更深處，至少在父親，另持一種看法。從材料科學出發，硬度越高，往往易碎，柔軟的質地，則有著韌勁，有句成語叫做「百折不撓」，在他看起來邏輯顛倒了，惟有「撓」方才能「百折」。不論怎麼說吧，和平日子值得珍惜。姊姊知道弟弟棄學就業，也沒有深究，自從搬家，來訪者大幅減少，所以關於禮節的衝突無從而起，安靜下來。很微妙的，他們父子都避免提及樓下阿姨。週末時候，很默契的，將阿姨的食物打掃乾淨，消滅痕跡。姊姊鼻子很靈，嗅得出異味，豆角燜麵嗎？她問。父親解釋說，樓道裡飄進來的！他幾乎笑出來。還有一次，姊姊說的是，有一股食堂味兒。就輪到他說話了：你身上的吧！姊姊立即回過去：你身上的！倒讓她說準了，可不是他嗎？在食堂灶上幹活的人，就又笑。於是，姊姊注意到他變得開朗了。除了狗鼻子，她還有一雙鷹眼。你笑什麼？她狐疑地問。沒有啊！他確實不知道自己笑了。你笑了！姊姊很肯定。不是笑你的！他頂了這麼一句。姊姊跟著一句：當然，我有什麼可笑的？這一下，他真笑了。莫名其妙！姊姊走開去，回頭看他，他閉住嘴，兩個眼珠子向中間靠攏，擠在鼻子兩邊。這把戲也是新的，從來沒露過，什麼時候學的？不像他的玩意。

他們父子，加上阿姨，並無約定，但出於某一種共識，寒假期間，停止了食物上的南北交流。有時他們一家在樓道裡與阿姨照面，也當沒看見，不能不說造作了，心裡有事，難免進退失據。姊姊一打眼，覺出異樣，說：你們好像認識！他一驚，父親不動聲色，回答：她是你母親過去的同事。這一句顯然多餘，欲蓋彌彰。姊姊緊追道：為什麼不說話？父親有點窘，支吾著解釋，卻聽有人喊姊姊的名字，原來是中學同學。兩人相隔老遠，揮著手跑到一起。女孩子的感情總是誇張，表達的坦然也讓人羨慕。父子倆站在原地，望著她們攙手挽臂擁抱，好容易分開，走幾步又折返，再攙手挽臂擁抱，幾次三番，終於，氣吁吁地回來，激動地紅著臉，已經忘了先前的說話。下一次遇見阿姨，就他們姊弟二人，騎車走個碰頭，脫口而出招呼：出去啊？對面立即接住話：買菜呢！言語間已經擦肩過去。姊姊即刻發聲了：怎麼說話了？他敷衍說：順口一說！姊姊問：「順口」是什麼意思？他繼續敷衍：隨便的意思。姊姊向他瞅去，很嚴厲的眼神，真像是警犬，想笑，又不敢，怕她再問：笑什麼？可是，他問自己，有什麼呢？什麼也沒有呀！事情至此有了反轉，他不再佯裝和回避，甚至當了姊姊停下腳步，和阿姨聊上一會。阿姨這人，從好處說是熱情，不好則是人來瘋。他方面的態度，傳遞過去積極的信號，有一回，她竟然拉起姊姊的手握在掌心，眼裡含淚，說：你媽要是看見她的姑娘這麼出息，多高興啊！姊姊慢慢抽出手，嚇著了的表情，但保持了鎮定，說聲：謝謝！禮貌的距離阿姨還是懂的，適時收住，沒有過界。

時間到了年後，寒假行將結束，姊姊準備返校。這一段日子，對於家庭內部及外部的某種變化，也以為正常，釋然了。就在不設防的情形下，事情積蓄成因，到了爆發的臨界點。省府機關事務部門的住房，鄰里多在同一或者相關系統工作，輾轉都有聯繫，這兩家的行止動靜，早在人們視線。也怪他們自己，不退不進，讓事態停留在膠著中，在當事人也許覺得正好，外人看起來就有了曖昧的色彩。其實，人心不全是陰暗，更多是平庸瑣碎，那向姊姊學舌的人，就不定是出於挑唆，當壞事來說的。原來，原來啊！姊姊連連冷笑。現在，水落石出，種種疑問有了答案，迎刃而解。看父親和弟弟，原來都是陰謀家。她按捺情緒，冷靜思考，決定不取強攻，而走策略。她生性耿直，有失城府，不擅長博弈，但她讀書多啊！從古而論，援例大禹治水「堵」和「疏」的成敗，就知道正面抵擋的危險，抽刀斷水水更流，不如取化解之道，順其自然，也許事過境遷，便湮滅於時間的長河。她又想到西方現代「存在」的哲學，詞語的力量，將烏有變為實有，實有消作烏有，那麼，就讓它在沉默無聲中死掉！她惡狠狠地按一按桌子。這一年，她剛過二十，還沒有經歷男女關係，又是母親的女兒，不可能客觀地看待生活，但她的計畫一定程度上符合現實。因為，千真萬確，群眾的輿論大大超前，率先走入前景裡去了。現在，什麼都沒有發生。順從時間，山不轉水轉，隨時會生出變數，她不是也要長大嗎？

阿姨卻要和時間賽跑，她是那種行動大於思想的人。隔一日，她就上來敲門了，探進身子，夠到飯桌，放下滿滿一屜餃子，便閃出門去，那神情彷彿小孩玩把戲，既詭祕又得意。家裡三個人，站在各自的位置，有一時沉寂，然後姊姊發問了：她為什麼要送餃子給我們？他不作聲，看見父親投來一瞥，有些慌神，不由生出憐憫心，可是說什麼好呢？姊姊來回掃視他們，目光如炬。父親囁嚅著：鄰居嘛！姊姊緊逼道：為什麼是這個鄰居，不是別的鄰居？這話問的就不講理了，可是卻擊中穴位，父親說不出話來。姊姊端起屜子，開門走出，很快，空了手回來。幾乎前腳和後腳，剛閉上的門又推開，阿姨端著餃子，出現在門框裡。這一回，持軒昂的的姿態，屜子穩穩地坐到桌子中央，順手將跳出的一個嵌回排列中，說；姑娘，我的餃子很乾淨，沒有毒——姊姊截住話頭，鋒利地回道：有沒有毒不知道，但是有覬覦之心！阿姨笑起來：覬覦什麼？君位還是臣位，你家門檻有那麼高嗎？不僅說話，更在氣勢，姊姊有瞬間語塞，並不氣餒，重新抖擻，迎面作戰：我家的門檻早讓人踩低了！阿姨說：千年的鐵門檻哪裡是鞋底踩得平的！這句話卻好比一箭雙鵰，門裡門外都有了嫌疑，這兩人雖是反應滯後又不善言辭，也隱約感覺不對，那裡的戰事卻已經升級。雙方都失了風度，互相指著對方的臉：你對我們不要抱任何指望！姊姊說。阿姨道：我要指望也不指望你！姊姊冷笑：你指望不到我，對他，也死了心！姊姊的手從對面劃向旁邊，正是父親。隨即，阿姨的手也跟到了：他是獨立的人格，由不得你！無論年齡長幼，身分高低，女人一律是感性動物，被情緒控制，廝殺起來，拚上了性命，明天不活了似的。局面變得不堪，父親終於忍無可忍，推開姊姊的手：不要說了！本來就被阿姨占了上風，父親當頭一喝，不由她氣急敗壞，嚷叫道：你早已經背叛媽媽，做了叛徒！父親未及說話，阿姨接過去了：你呢，不也和你媽劃清界線，一家人作兩家人，你媽的東西一件不留，統統扔進「歷史的垃圾堆」！姊姊赤紅的臉刷的白了。父親走到阿姨面前，拉開門，眼睛不看她，啞聲道：出去！阿姨委頓下來，垂手後退，消失了。父親端起桌上的餃子，連同屜子，嘩地傾倒在塑膠桶，用腳踢給他：扔了！他提起桶襻，看見自己的手在抖，邁不開步子，站在原地。父親跺腳道：快！他趕緊動起來，腿也在抖，打著拌，險些跌跤。

當天晚上，姊姊回去學校。又過一天，他到鐵路醫院辭工。後勤主管很惋惜，人事處已經申請編制，轉正式工。他沒有猶豫，結算了工資回家了。

姊姊的名字叫鴿子，自小具有領袖型人格。從閱歷看，幼年時候，正值父母事業起步以及上升，不單要自擔成長的責任，還要兼負弟弟的。有意無意，家庭事務多倚賴於她，她也就充大，連父母都要管的。若不是這孩子頭腦好，辨得清事理，也識輕重，難免會驕縱壞了。這就要歸先天遺傳了，父親和母親都有一點貢獻，前者謹嚴，後者呢，冰雪聰明。大約從幼稚園開始，她身後便聚起一眾跟隨，振臂一呼，蜂擁而至。在兒童世界是個原始樂園，實行叢林原則，小孩子往往馴服於威權。鴿子動嘴和動手都很在行，卻並不持強凌弱，反是幼小的保護神。這也是有弟弟的好處，曉得雛雛們的苦。上學第二年，就逢一九六六，全社會彷彿開鍋一般，學校改以野戰軍建制：營、連、排、班，一方面戰爭緊急狀態，另方面則民主自治，普選領導層。子弟小學基本從幼稚園直升，原先的權力結構直接移過去，改制第一天，當選連長，同年級四個班的轄區，紅小兵的袖圈底下特別有一個臂章，標示職位。也是老師們煞費苦心，從對敵電影我方服裝上學習，經由變化而創。其時，小學生繼續上課，卻不再沿用課本，學校各有急就章，將目下革命的進度編入教程，說實話，挺艱深的。算數好些，語文就難了，遣詞造句拗口得很，鴿子她就能說清楚。全校召開批判大會，這類活動也納入科目的組成，她代表全連發言。稿子是老師寫的，認不全字，前一日查字典，用拼音字母標注。操場上大喇叭裡傳出她的聲音，在廠區上空迴盪，字字響亮，真如古詩中的形容：大珠小珠落玉盤。現在，她是小名人了，有些像母親做學生的時候，只是沒有母親的美麗，這就讓做父親的不安了。他甚至希望她平凡些，也許人生會比較順利。倒不純粹出於男性的俗見，以為女性外貌第一重要，但是，在一個稟賦超群的女孩，生相欠缺會挑戰自信。也因此，他對女兒偏心一點。

他們父女感情很好，這種好常表現為激烈的衝突，吵起架驚天動地。小小的時候，生起氣來，轉身把父親的自行車推到溝裡。她還很會耍弄父親，午覺時，給他畫張大花臉，起來後直接去繪圖室，把人嚇一跳。在鞋子裡放蟲子，急用的東西藏起來，將衣服的扣眼縫死——她學著拈針引線時候，小動作層出不窮，小孩子的行徑怎麼逃得過大人的眼睛，他佯裝不解，納悶地問：怎麼回事？她也佯裝著說：這是誰呀？於是，變成父女倆之間的遊戲，彼此都很開心，小的因為騙過父親，大的呢，覺得好玩。好玩裡有一些她母親的影子。有一張舊照片，他和她母親端坐在花樹下，中間露出她的臉，顯然是冷不防撞入鏡頭的。這種幼稚的騙局隨了年齡的增長在升級，母親下鄉社教的日子，父親按慣例週末回家，桌上留一張紙條：弟弟生病，我帶他去醫院！落款處還寫了「此致敬禮」，也是跟大人學的，家裡的郵件總是她先拆開，懂不懂的，先看一遍。這一回，他當真了，先投廠部醫務室，再轉定點醫院，從區級到市級，一圈一圈擴大範圍，還驚動了鄰居和同事，最終，從床底下拖出兩個夢中人。事後，他決定和女兒認真談一次，女兒低頭垂目，很懦弱的樣子，偶爾抬眼，閃出狡黠的光芒。他又不落忍了，嘆口氣，放了她。後來，兒子真生病了，她讓弟弟坐在自行車後架，背包帶綁住，穿過半個城市，去到他社教工作組所在的航運局屬下的單位。傳達室打電話找人，顧不上辨別虛實，撒腿往大門口跑。遠遠看見鐵罩子燈下的光暈裡，一架自行車，女兒扶車站在地上，兒子抱著車座，兩張小臉紅撲撲的，一個是高溫燒的，另一個則汗氣騰騰。這一時刻，他很奇怪地，生出感激，感激女兒在緊急狀態，想到他！這種心情也近似對她母親的，那就是謙卑。

女兒和父親是這樣，對母親呢？幾乎稱得上膜拜，放肆的她不禁瑟縮起來。母親為出席外事活動，更衣化妝，儀態萬方地走動。這一間平房宿舍頓時顯得粗陋不堪。她的家人，女兒和丈夫，靜靜坐著，大氣不敢出。母親收拾完畢，走到門口，朝他們一笑，囑咐道：不要等我！好比下達懿旨，這兩個木呆呆地點頭，門關上，屋裡面又回復原來。母親像一道光，疏忽來，疏忽去，就足夠照亮他們的小世界。父親有時候覺得，女兒處處逞強，是為了趕上母親。你看她，小小的時候，雙手背在身後，昂首對著母親，從頭到尾背誦乘法口訣表。她揪下一根自己的頭髮，打一個結，問誰能解開，然後說：我能！只見她拈住髮梢，對準結中間的細孔，穩穩送進去。母親給姊弟倆講安徒生童話「賣火柴的小女孩」，最後，媽媽說，「小女孩終於在聖誕夜死去」，她即提出異議，「終於」這個詞不對，就好像小女孩死去是一件幸福的事——比如，許多故事的結尾，他們「終於」過上幸福的生活。母親，還有懷裡那個小的，含著大拇指，母子倆都是漆眉星目，看著眼前的黃毛丫頭，不得不服輸。很明顯，母親不如父親會和小孩子交道，尤其女兒，常感到手足無措，也有點瑟縮呢！但卻有另一件好處，就是平等相待。母女倆說話，彷彿同輩人。他喜歡聽她們言語來去，女兒向來如此，已經慣了，倒是她母親，瞬間變成小孩子，是在認識她之前，更早的時候，他只在老照片裡見到過。然後漸漸長大，長到大辯論的擂臺，她蹲在地上，從提包裡翻找證據，短髮垂到臉頰兩邊，露出纖瘦的後頸。她們在討論哥倫布豎雞蛋的故事，母親解釋故事的用意，是教育人們在習以為常中發現真理。女兒卻認為哥倫布很狡猾，他把雞蛋磕破了，豎起來的就不是雞蛋，而是破雞蛋！母親不由回頭看看父親，有驚訝也有求助的意思。他們不知道這個小腦瓜裡藏著什麼，竟然大人都難住了。可是做母親的也不簡單，回答說，先前說的只是豎雞蛋，沒有限制條件。女兒激辯道：雞蛋是雞蛋，破雞蛋是破雞蛋！這就有點認死理了，一根筋的。母親也認真起來：不和你說了！這話也是孩子氣的。

看母女爭執，他難免羨妒，同樣是鬥嘴，他和女兒間可沒這樣嚴肅，幾乎涉及哲學領域。同時呢，心中竊喜，因為女兒不輸給母親，打了個平手。隨著一日日增添年齡，這孩子成長速度又比一般兒童快，她們的議題也越來越重大。全民學習雷鋒，女兒刨根究柢，非追問雷鋒同志的死因。以常規論，凡是犧牲都有具體的事由，那麼，雷鋒為何獻身呢？往戰友家寄錢，背老大娘過河，都不至於死亡吧！勤儉樸素，積極學習和勞動，不是每個人都在這麼做嗎？赫魯雪夫修正主義又是個謎團，延續列寧史達林政權的蘇維埃共和國，怎麼就演變了呢？那個年頭也是的，國際政治覆蓋到幼稚園，小朋友都在院子裡遊行：「要古巴，不要美國佬！」升到小學，就是「越南必勝，美國必敗」。母親不在的時候，他想和女兒繼續討論，可是女兒卻不屑於似的，走開了。只有母親，才能做思想的對手，和父親，盡是些雞毛蒜皮，沒正經的嬉鬧。漸漸地，嬉鬧也少了。他受到冷落，更讓人遺憾的是，他發現女兒正失去性格裡的一種風趣。

這樣的交鋒，既是認知，也是智慧，還是言辭。那些稚氣的問題對大人確實具有啟發性，它將存在倒溯到起源，要求重新解釋，但在小孩子卻是危險的。混沌初開，萬事萬物尚在模糊不定中，任其漫遊不說，還加以慫恿，猶如黑暗裡走路，弄不好就失足墜入虛無。鴿子她曾經歷兩次危機，一是生育的恐懼，一是死亡。不知道從哪裡探究來的，嬰兒分娩的原理，想到自己是個女性，逃不掉要走這一節，她會在夜裡戰慄和哭泣。從一具軀體裡誕下另一具，既像人體的魔術，又像刑法。她貌似強悍，實質脆弱，因為格外的敏感，富有想像力。預設中的殘酷，往往比實際經歷的還要心驚。她時常腹痛，喉痛，中耳痛，四肢關節痛。到醫院求診，查不出原因，有位大夫假設性地說過一句：生長痛。這個診斷無論從科學出發還是隱喻，都很對頭。「生長痛」在不知覺中自行痊癒，分娩的譫妄也被遺忘了。然而，死亡的陰影卻不容易驅散，它橫亙在生命的面前，任何人無法回避，可是有誰會去認真想呢？她就會！有一個時期，她特別容易受驚，電門上的火花，水面的浮萍，臨高而立，風扇旋轉的葉片，都潛伏著死亡陷阱。生產區有時會發生事故，小火車滑軌，空中墜物，刀具彈跳，鐵屑飛濺，消息風快地傳遍，人們一窩蜂向出事地點跑，跑著跑著，大人轉頭將小孩子往回攆，掉過身子小孩子又跟上去，最後都被安全線攔下，停住腳步。她擠在人堆裡，牙齒打著架，還非撐出笑臉，表示自己不怕。同時豎起耳朵，不放過每一點嘁喳聲，這些零散的字詞被她組織成場景，供作晚上的噩夢。夜半時分，她摸到父母臥室的床前，把他們嚇得不輕，以為小的生病了，卻原來是大的睡不著。母親把她拉進被窩，擁著冰涼的小身子。獨享母愛使她安靜下來，也更加清醒。問她想什麼哪？先搖頭，然後小聲說：死去的人還有沒有「我」？這話有些不通，但母親聽得懂，思忖一會，不知該怎麼回答，忽然發現女兒在啜泣。從這晚以後，他們發現女兒失眠的症狀已經有一段時日。父親私下和母親說，不要引她想太多的問題，母親說：都是她引我的。父親說：別接她的茬，這孩子心忒重。母親答應不接茬。可是，接不接的，真由不得人，越不理她，她一個人越想得多。哲思折磨著她，小臉都瘦尖了，手像雞爪似的，更顯得弟弟豐肥瑩潤。

最後，是運動救了她。她有一副好體格，外部的協調性一定程度地克制了內部的偏倚。騎車，溜冰，玩耍，追逐，再加上優渥的飲食，外婆家熱鬧的家宴，父親，我們不能忽略他，父女之間的遊戲，一併推動感官的發育，緩解精神壓力，平衡了生長激素，及時制止抑鬱症發生。

一九六六年的革命，在某個方面，不僅對這孩子，也包括許多悲觀主義傾向，都有拯救的意義。它將終極問題拉回到現實中，無解變成有解，純思辨變成可實踐。母女倆的討論具體為形勢和任務，年齡閱歷這時候起作用了，過來人的經驗連自己都未必解釋得清楚，何況兒童階段的女兒。但孩子的熱情自有莊嚴之處，渴求世界和人變得更好，誰能夠反對？母親常給孩子讀的，蘇聯馬雅可夫斯基的詩，「什麼叫做好，什麼叫做不好」，羅列的清單都是日常小事，現在擴展成人類理想，她來不及地要長大。小學生們強烈要求投身全民運動，罷課，請願，到校長辦公室申訴，結果只是讓他們舉著紙製的彩球上街遊行，慶祝最高指示下達。母親下班路上，正遇見女兒的隊伍經過，大太陽底下的臉，曬得通紅，她將手裡的一截甘蔗送過去，女兒一閃身躲開，走了過去，留下她自己，很滑稽地舉著甘蔗。回到家，她們誰也不提這件事，彼此都覺得難堪似的。

廣場革命的狂歡中，隱藏著誘因，不期然間冒出來，引發童年的舊疾。批鬥會上，下馬的威權者反剪雙臂，撳下去，軀體形成一個銳角，露出剃成十字路的髮頂，白森森的頭皮彷彿顱骨。她跟著呼叫「打倒」的口號，夾緊的腿間忽然一片潮熱，尿褲子了。她蜷著身子，蹲在地上，像一隻受傷的小動物。等人群散去，天黑了一半，方才站起來，一個人走回家去。她不敢和人說，因為害臊，還因為怕被指摘。有一篇古代寓言，「葉公好龍」，諷刺的不就是她嗎？說一套，做一套。為了克服小資產階級軟弱病，這是她給自己刻上的標記，這標記雖然是羞恥的，但也有一種微妙的解脫，它將生理因素推諉給政治覺悟，那就是可以教育的了。她尾隨遊街隊伍，走過幾條大街。白紙糊的高帽子浮在人群上方，帽子上打著大叉，墨汁淋了滿臉，衣服撕成一縷縷的，手腳還流著血，真好比陰曹地府的鬼魂。害怕和嫌惡讓她作嘔，而她撐持著，加速腳步。因為人小，又靈活，鑽過大人的腿縫，擠到遊街者的身邊，仰頭看去，恰好臉對臉。那張臉上掛了副眼鏡，一塊鏡片碎成蛛網，就像瞎了，另一隻完整的眼睛，因凹透鏡的緣故，彷彿從很遠的深處看過來。她心怦怦亂跳，腳步亂了，後面的人潮水般湧上，險些將她推倒。有一瞬間的恍惚，發現自己來到一個不認識的地方，遊街的隊伍看不見了，結伴同行的小朋友也沒了蹤影。前方又過來一支鑼鼓隊，天上落下一片傳單，飄飄搖搖，都在跳著腳搶，她也搶到一張，轉眼間被奪走。父親的一位同事騎車經過，看見她坐在街沿，下車問她在這裡做什麼？沒有回答，又問她要去哪裡？也不回答。就以為和大人慪氣跑出來，拍拍車墊說回家吧，她起身跨坐到車後架，一路到家，跳下車徑直跑進門去，同事則回自己家去，過後也沒有提起。匆匆扒下一碗飯，便上床睡了。一覺醒來，天光大亮，前日的遭際就像魅影，消散了，她又興沖沖上學校去了。可是，誰知道呢？小心裡存了什麼樣的事，和周圍的人都起了隔膜，變得孤僻起來。正是母親緘默的日子，家中最活躍的兩個人困頓在各自的危情中，氣氛低落下來。弟弟本來就是乖孩子，現在格外乖得叫人心疼，吸吮大拇指的習慣卻越來越難戒除，拇指根上起了一個繭子。父親的縫紉機嚓嚓地走針，彷彿靜夜裡的脈動，給時間數秒。

這一天，母親比往常早許多下班，插空回家看看的父親，決定不再去車間點卯。多日以來，盛傳爆發全市大武鬥，軍工廠都槍彈出庫，柳條帽和警棍也在加緊生產，大卡車在街上駛過，喇叭裡喊著「告市民書」，宣布進入緊急狀態。車站，江畔，都在鳴笛，此起彼伏，遠近呼應。父親不許她出門，關在家裡照看弟弟。學校和幼稚園都閉門放假，老師和保育員或回家，或參加行動，整座城市彷彿進入戰時。他們四口團在飯桌邊，好久沒有到得這樣齊了。父親燒了許多菜，還開了一瓶紅葡萄酒。這邊開吃，那邊灶上的湯鍋突突冒泡，熬著肉骨頭和凍豆腐。熱菜和酒讓人醺醺然，陶陶然，話匣子就打開了。女兒的問題又來了：都是一個司令部的，為什麼要分派別，自己人打自己人？兩個大人都難住了，原先的教育，「什麼叫做好，什麼叫做不好」，顯然不能用在這裡。父親看母親，母親沉吟著，說：歷史上凡到轉變關頭，往往分道揚鑣，一為造反派，一為保皇派。然後舉出法國大革命的例子，巴黎公社和凡爾賽集團調動的普魯士軍隊，激戰二十八天，最終失敗，馬克思總結，無產階級必須通過暴力革命才能穩固政權，消滅資產階級。這回答不僅解釋了裂變，還以世界史參照當下的現實，即今晚將發生的械鬥，證明社會發展的必然性。可是，新的問題來了：誰代表巴黎公社，誰代表凡爾賽集團？母親不禁語塞，思考一時，繼續說：事物是在變化中的，一定條件底下，進步會轉化落後，落後則轉化反動！女兒忽然激動起來：今天晚上，就要決定勝利的是哪一方！母親有些急於結束這場對話，所有現成的理論，被小孩子詰問的，顯露出虛枉，大而化之，而且，有詭辯術的嫌疑。女兒跳躍起來：明天，明天就解放了！卻又停下來自問道：難道我們現在沒有解放嗎？「解放」是新舊政權的分界線，解放前是黑暗中國，解放後則是明朗的天。女兒眼睛迅速一轉，說道：明天是徹底解放！

事情真的討論不下去了，就想把小孩子趕上床，遭到激烈的抗爭，非要等待歷史性的一幕上演。小的也學大的，跟著逃脫捕捉的手。於是，老鷹追小雞似的，滿地追和逃。奇怪的是，這一夜格外安靜，城市彷彿宵禁，大氣不出一聲。弟弟在媽媽膝上睡著了，姊姊腦瓜子垂到桌面，一點一點，終於撐不住趴倒。一人一個抱上床，面對面坐下，瓶裡還有酒，她舉在手裡，對了他搖一搖。自小生長北方，因為天冷，周圍人多嗜酒，她雖不貪杯，但也有些量。他呢，應景時也能喝，卻談不上喜好，但今天，卻生出興致。回想起來，他們似乎戀愛階段也很少這麼安靜地相守，因為，一切都是急驟，甚至惶遽地推進著：表白心跡，畢業分配，結婚登記，就業安家，接著，孩子來了……日常起居的零碎挾裹著順流而下。世道動盪，顛覆了既定的秩序，錯落的縫隙裡漏下一個平安夜。窗玻璃映了一層薄亮，聽得見綿密的霜降聲，落地成冰，風掠過去，起一陣寒煙，窗上又模糊了。他起身將葡萄酒熱了，滾燙地下肚，身心展開，無限舒泰。

靜夜裡的對酌讓人有交談的欲望，她先挑話頭，說：方才女兒的問題，有什麼看法？她向來不與他討論政治，但也沒感到意外，子夜是時間的交匯點，略有偏移，便進入另一軌跡。他想了很久，她忍不住催促地又問一遍，他忽害羞起來，因受到器重深感慚愧，低下頭呢喃一句：不知道真相是什麼！這回答出她意料之外，又似乎游離了正題，就有些不滿：你指的哪方面，起因還是現狀？他又想了好一陣，惹得她發急，伸手推了一把。他更加惶惑，緊張地思考，很像一個被叫到黑板前做題的差生，經受老師的測驗。兩個都有！他終於答出結果。她又不滿意了，覺得是在逃避。他趕忙補了一句：我的意思是本質和現象！她並不放過，追著問：到底前者還是後者？他感到酒上了頭，身子軟綿綿的，有一種昏然的快意，吐字輕快：不要小看現象，本質倒往往是簡單的，簡單到顯而易見，就成了現象。她很少聽他發表見解，竟不乏獨到之處，就生出興趣：那麼按你的觀點看，革命的本質就是分裂，不馬上要開戰了嗎？他搖著手指，笑起來，這個自謙的人，今晚卻很自信，態度也變得佻達：分裂是現象，本質是各階級不同的需求！這回輪到她笑了：罰你一杯酒，出爾反爾，方才還說本質就是現象，現象就是本質！他樂呵呵地喝了一杯，喝她的罰酒真開心。我說的「是」其實是「變」，本質變成現象，現象變成本質！他說。再罰一杯，還狡辯！她又給他斟一杯，又喝下：中國有一本天書，叫《易經》，說的就是「變」！好，她說，同意，換一個說法，不同的需求是什麼？他被她的眼睛迷住了，說不出話，她碰碰他手肘，方才醒過來：就是真相！是忘記了自己的推理邏輯，還是有意繞她，事情又回到開初階段。她伏下臉，下巴抵在交疊的手背，神情越來越嚴肅：我懷疑，我很懷疑！莫比烏斯環的循環遊戲結束了，他看著她的眼睛，而她看向了別處。不要懷疑！他說，酒意在退去，頭腦清明，他驚訝自己原來有酒量的。不要懷疑！他又說一遍。她的眼睛轉回來：我想——不要想，他攔住話頭，不要想，只看，看！她笑了，說一聲：膽小鬼！

這一夜安然度過，風平浪靜。之後第三天，她便踏上串聯路線，留下家中一大二小。大規模的武鬥最後化解為零星衝突，街上時常響起槍聲，在空廓的天空下，聽起來像就炮仗。人們開始囤積糧油物資。他雖不相信世道會亂成這樣，但也還是未雨綢繆，將錢票分作幾份，再將父母姓名家庭住址寫一張紙條，一併縫進小布袋裡，穿根細繩，到時候繫在孩子脖頸上，就好像戲曲裡的「鎖麟囊」。隨局面趨向穩定，布袋子閒置在抽屜，裡面的收納也取出來開銷掉了。

風雲乍起乍落之間，孩子們長了一歲。鴿子從二年級上到三年級，同時從年級層領導連長晉升初小三年的營長。她長了個頭，外表看，幾乎夠得初中生，左臂上「紅小兵」袖章卻暴露出年齡，她就在「小」字上打一個襉折，依稀彷彿「紅衛兵」的「衛」，腰裡紮一根皮帶，小辮塞進軍帽裡，像個少年，男生不都發育晚嗎？就這樣，騎著父親的自行車，去幾所運動前列的中學看大字報。難免受到盤查，問是哪個學校的，屬哪個派別。她抬手遙指一下，表示來自的地方，徑直騎了過去。也有認真計較的，詢問那裡的形勢，不得已煞下把，一隻腳點地，斜著車身：革命尚未成功，同志仍須努力！說罷即走，顯得很忙碌的樣子。下一天再來，就有些面熟，二三個來回，便認作自己人了。紅衛兵們不過長她四五歲，這樣的年齡階段，四五歲幾乎是一代人了，足夠生發崇敬的心情。因生怕露怯，遠遠地看他們，集會，演講，激辯，排練活報劇，然後出發街頭宣傳，表情緊張嚴肅，顯然進行著偉大的事業。相比之下，小學校的那點真是雞毛蒜皮。「燕山夜話」、「海瑞罷官」的批判早已經結束，鬥爭進入到唯物和唯心，絕對真理和相對真理，黑格爾和費爾巴哈，托洛茨基，共產國際，「一個幽靈在歐洲遊蕩」……她其實不懂，惟因為不懂才有號召力，可是，這些深奧而又華麗的詞彙擴充著話語系統，以她自己的認識組織邏輯，結構句式。很快的，形成一套說辭，完全不明白什麼內容，可是滔滔如洪水，直下三千尺，用它對付論敵，無往而不勝。兩軍對壘，是實力博弈，還是氣勢較量。這樣，她有了一個名字：理論家。這個名字在褒獎的表面底下，藏著諷意，暗指「口頭革命家」的意思。

這時候，她常去的中學發生一起命案。被隔離在樓頂的女校長，縱身一躍。驟降的大雪，在地面堆成一個墳塚，底下的人不知道什麼時候死亡。當即定性「畏罪自殺」，名字倒寫，再批上黑叉的標語，從她脫跳出來的窗口垂下。這幢樓是從教堂改造，所謂哥特式建築，鐘樓的塔尖臨時用作囚室。哈市歷史上有基督教的傳統，如今信眾多已四散，剩下殘餘，潛入地下，過著隱匿的宗教生活。此時舉行聚會，為亡靈祈福，點蠟燭，唱讚美詩，念一頁聖經。這樣違禁的活動，照理非常私密，但不知從什麼地方，透露出有神論的氣息。到了坊間，演化成聊齋式的異相，夜半鐘樓傳出涕泣，又有無足人，先是在樓底，漸漸擴大範圍，樹林，草地，教室，學生宿舍。因那樓的外立面是紅磚砌成，素有「小紅樓」的別稱，更添一層魅影。同時，現實主義的流言也起來了，說那女人手腳捆綁，卻攀爬上一人高的天窗，並且，更費解的，在她背上，插了一把刀。校園沉寂下來。寒流從西伯利亞過來，氣溫降至零下一二十度，松花江結起冰面，這裡的小池塘都成了冰窟窿，房屋和甬道罩上冰殼子，樹枝和電線掛著霧淞。冰核子裡有一個小人，跳著腳，轉圈跑，一為了取暖，二為壯膽——不是說有屈死鬼嗎？偏不認這個邪。

鴿子張開手臂，左右傾斜，加速中，真彷彿要飛！她大聲唱著自編的曲子，沒有歌詞，只是「啊」和「哦」，一出喉便凍住，傳不遠去。鐘樓上的窗洞，黑漆漆的，就像一隻盲眼。

她強使自己昂頭看它，看什麼看？可是，卻被它洞穿，穿過隧道，直向世界盡頭。她覺得一陣暈眩，止了歌唱，換成斥罵：膽小鬼！和母親嘲笑父親一樣。收起滑翔的雙臂，在空中胡亂揮舞，和無形的威脅作戰，聽耳邊呼呼的風聲，怯意退去了，得意收手。然而，一旦停下，懼心又起，甚至比先前更劇。四下裡風吹草動，其實是自己的呼吸和脈跳，跑到哪裡跟到哪裡，躲也躲不開。終於撐不住，尖嘯著，轉身逃跑了。門房的老伯，守著一爐炭火，火上坐一壺水，突突地吐氣。窗戶結著霧，朦朧裡看見一條影子倏地掠過，不見了，明日的閒談又添一樁故事。

革命將她的虛無主義轉化為實有，提供給克制的目標，但事情又返回頭，將實有推進烏有。她忘記，或者說忽略事物的具體性，陷入抽象，這危機時刻，正是在母親離家旅行的日子，於是，她盼望母親回來。每天都有新生的問題等著和母親討論，然後又有新生的答案等著告訴母親。這樣的自問自答縱容著胡思亂想，就像脫韁野馬，讓她很害怕。她不和父親說，她有點學母親呢，母親從來不和父親談思辨的話題。還有，不能否認超驗範疇裡的原因，從胚胎開始發生的母體依賴。那陣子，她每天都要問父親：媽媽回來了嗎？走在回家路上，沿途每個細節都可用作占卜，媽媽回來還是不回來？路磚的移動，樹枝子是橫是豎，花瓣的單數和複數，弟弟哭和沒哭，父親在還是不在。她有幾天早晚都不出門，候在房間裡。她特意將門栓銷上，讓鑰匙開不開，這樣母親就會敲門。等待讓她疲倦，並且生氣，就決定不等了，天天出去。其實是換了策略，心想越不等人越來。這一回，她交了好辭，媽媽回家了。

天津的女同學本打算將兩個孩子都帶走，父親決定留下大的，什麼都瞞不住她，父親說，還有一句話沒有出口，因是有私心的：接下去的日子，他一個人，不行！

第十一章

辭去鐵路醫院食堂的差事，在家閒了些日子。來到哈市時間不長，社會關係有限。按說，以母親的孩子這身分，用阿姨的話說，「想做什麼能做什麼」。可是，他自覺做不了母親的孩子，姊姊才是呢，雖然劃清了界線，他連「界線」都沒有，談何「劃清」？夏令營的遭遇也告訴他，現在再做「母親的孩子」來不及了，轉著圈唱歌：假如感到幸福你就拍拍手——想起來就難為情。他回不去了，回不去那種生活，他只能重新起頭。阿姨是不能求了，有一個人卻浮出水面，揮之不去，就是鄂倫春小孩。小孩就像來自原始部落，也許幫不了他，但由他連帶而來另一個人，上海知青欒志超。他和父親說了計畫，去呼瑪林場找欒志超，他不是說，大量知青回城，林場緊缺勞動力，找工作應該不難。看眼前的兒子，已經大人形狀，自小離家，終也是留不住的，只說了一句：不稱心就回來。取出錢給做盤纏，他不接，說自己有，向來都沒有往家裡交生活費，怎麼能伸手？父親猜得到他的意思，還是見外的心。臨走那天，燒了幾個大菜，存在冰箱裡，夠吃一週還多。出了門，又回頭叮囑，晚上切記關煤氣，就覺出幾分體己。

兒子去了一週便有信來，說找到欒志超，在食堂謀一份工。這倒是意料之外，不在於報告的內容，而是來信這回事。反覆看幾遍，發現兒子用的毛筆，小楷豎寫，行文有古風，格式也是，如落款干支記時，不禁笑了出來。原樣摺好，放進抽屜。接下來的幾日，是在回信的思忖裡度過。他想寫兒子的母親；又想寫分離的這些年裡，發生什麼；還想寫寫今後對生活的規畫，一旦坐下，提起筆，只是幾行報平安和噓寒暖。此時意識到，至親之間，最不宜抒發。兒子第二封信寄到間隔比較長，一個月以後了，也是簡單的數行，還是欒志超和食堂。這樣疏淡的書信往來，隨時可以打住，可是卻保持下來。不知第幾回合，兒子信中出現新的元素，他寫道：映山紅開了。又幾個回合，父親例行的文字後面添了一句：時近子夜，太陽島的篝火還未熄滅。就此，父子間有了些閒聊的興味。他認識到書寫的好處，它將現實的生活轉化為修辭，可適當表達感情，那是讓雙方都感到羞赧的。

鴿子自從和阿姨大吵以後，一直住在學校，十月國慶假方才回來。也不說話，兀自翻箱倒櫃，將夏季的衣被洗曬收起，再取出冬季的。父親站在身後看她忙碌，不敢出聲。進出走動，不免擋了路，左右讓道，兩人卻走了一順邊。女兒收住腳，瞪著父親，這情景要讓外人看見，會覺得滑稽，他們可是認真的。他不敢動了，女兒走過去，問一聲：兔子呢？父親趕緊回答，告訴她弟弟的去向。雖然沒有後續，但父女倆的冰期也算是解凍了。父親退到廚房，開灶起炊，不一時擺了一桌。女兒不動筷子，眼睛在菜盤子掃射，他當然知道防備什麼，心裡好笑，並不挑明，只說：家傳的口味，你們從小吃這個長大的！女兒聽得懂話裡的玄機，回道：有一句成語聽說過嗎？「南橘北枳」，南方的「橘」栽到北方，便成了「枳」，味道大不同！父親沉著以對：典出《晏子春秋．內篇雜下》，晏子，即晏嬰，春秋時齊國大夫，山東高密人，主張平等、民生、生產……女兒聽不下去了，一揮手：吃飯，吃飯！於是拾起筷子，埋頭吃飯。吃了一會兒，女兒想想，還是不服，又開話頭：還有一句成語想必也聽說過，「近朱者赤近墨者黑」！父親放下碗，看著對面人的眼睛：我最近的是你們，算「赤」還算「黑」？女兒倒是噎一下，有點意外，向來訥言的父親原來是機敏的，負氣地說一句：誰知道你近的是誰！父親說：你們是我的骨肉！這話說得讓人鼻酸，女兒不再作聲。兩人靜靜地吃完下半頓飯，收拾收拾，各自進房間就寢，一夜無話。

第二天起來，女兒說要去呼瑪看弟弟，送去過冬的衣物。父親想跟了一起，但怕受拒，便沒開口。他決定做一個識趣的長輩，不要讓兒女生嫌。除了原有的皮棉，父女倆又上街新買了秋衣秋褲，糕點糖果，城裡的吃食，打點些人情，外加兩瓶酒，記得欒志超是喝酒的。提了東西回來，遠遠的，樓下阿姨一閃身影，兩人都裝不看見，走過去。下午把走的人送上車，自己乘公交到家，雖寂寥，卻也有一種滿足。進門廳，上樓梯，被攔住了。女人裹在一襲大紅大綠的披肩裡，抱著胳膊，眼睛直逼逼看過去，對面人的臉一點點紅起來，再一點點白下去，然後，恢復正常，說出話來：進屋坐坐吧！女人掉轉身，走在前面，靴子後跟踩著樓梯，噔噔噔地上去。他落後二三級，上方是前面人的後背，粗羊毛的編織物，一串俄羅斯鄉村娃娃，手牽手圍了一周，人物間的空隙裡填了牛奶罐，木頭鞋，三角琴，籬笆牆，鳶尾花，馬鞭草，底邊垂著小棒槌似的穗子，沉甸甸的，差點兒打中他的頭，原來已經到他家的單元。摸出鑰匙開門，女人一步邁進，落座在沙發上。他趄到廚房燒水沏茶，耗費時間有點長，其實是在打腹稿，主旨已定，但不知從何起頭。斟酌中，忽聽廚房門上「篤篤」兩聲，那人到了身後，說：把人晾那麼久，黃花菜要涼了！他聽出話裡的雙關，回道：哪裡哪裡！自愧成了老滑頭。

端著茶出來，客人回到沙發，自己拉把椅子隔茶几而坐。女人抽出一支菸，向他遞了遞，他推一推掌心，表示不用，那邊並不勉強，自己點了。房間裡騰起煙霧，他辨得出，是男人吸的莫合菸。他說：謝謝你，一直照應我們。女人哧地笑一聲：謝什麼，不恨我就算好的！他陪笑道：實在對不住，那孩子我都讓三分！女人站起身，走到窗前，水泥檯子上撳滅菸頭，熟門熟路進廚房，在畚箕裡扔了：好，有性格，我喜歡！他不知怎麼接，只唯唯地應。女人接著說：也不能一味地讓，到底是個孩子，沒經過世事，由著任性，耽誤了自己！低頭聽著勸誡，到這裡方才答一句：並沒什麼可耽誤的。女人拔高聲音：人生百年，不過一半，有沒有活頭了？你說！伸手在茶几面上拍一下。他卻呵呵笑起來。女人納悶道：你笑什麼？他更是止不住，先前覺著的難堪，此時全都釋然，這就是北方女人的好，坦蕩。好容易壓下來，正色說：我有兒女！這話有點對不上，可又再明白不過。女人說：我雖然沒有兒女，但我最知道兒女是什麼東西！他說：沒有是一回事，有，又是另一回事！女人冷笑一聲：你不要嘲笑我！他趕緊搖手聲明絕沒有這樣的意思。女人說：你只知其一，不知其二，我不單沒有兒女，還沒有父母。他抬頭驚異地看她，她說：你也別可憐我，一個人有一個人的益處，無牽無掛！他說是的。她說不是。不是什麼？他又驚異了。不是你說的「不是」，她說。哦？他生出興趣來，這女人說話真有點，有點不同凡響。我說的是，別看你們有上有下，其實呢，還是一個人，既不能代父母死，也不能代兒女活，你說是不是？她歪了頭看他，看著她異族人的眼睛，心想她的爹娘是什麼樣的人，又做了什麼糊塗事，將一條命拋給天地之間。不完全是，他回答。怎麼說？她問。想了想，說：你也不是一個人，總有一處地方，有你的血脈，也許我們說話的工夫，就在念叨你，記掛你。女人反應極快：你正相反，人不在了，還牽攀著，擺也擺不脫！他不免惱怒，又說一遍：我有兒女！女人一揮手：別拿兒女做幌子！他站起來，指著門：我不歡迎你！這是第二次趕人了，在她跟前，他總是失控，這是什麼道理？女人坐著不動，抽出第二支菸，慢吞吞地吸一口：別以為她多麼了不起，有什麼先見之明，先入十八層地獄，再上七級浮屠，修煉來修煉去，修煉的就是常識，你知我知大家知！得此臧否，他倒平靜下來，以為必要討論個明白：記得哥倫布豎雞蛋的故事嗎？新大陸本就在那裡，上帝又沒有藏它起來，哥倫布問世人，誰能把雞蛋豎起來，所有人都說不能，哥倫布說，我就能，將一個雞蛋直接磕在桌面，不是豎起來了嗎？他變得能言善道，彷彿站在大講堂上，左右劃動胳膊。女人饒有興味地看著，等他說完，拍起手來：講得好！可是，女人遺憾道：雞蛋碎了！可是，他說，雞蛋不是豎起來了嗎？女人堅持雞蛋碎了，他堅持雞蛋豎起來了，多年前，女兒和母親的爭執由不同的兩個人繼續著。好好！女人退讓了，不是常識，是洞見，世人皆睡我獨醒！他猝然起了怒意：是常識，有的常識很安全，有的卻要遭罪！女人將架起的腿放平，說：這個，我認！他坐下來：認了就好！女人緊問道：我倆的事——沒得說！他斷言道。她站起身，兩人一上一下對視著，最後，女人輕蔑地說出三個字：膽小鬼！昂首走出去。他呆在原地，算起來，已經讓第二個女人斥罵「膽小鬼」了。無論何時何地，都是他錯，而她們全對！

夜晚，一列火車駛過，汽笛聲迴盪。車輪軋過路軌，樓板微微震顫。許多條鐵路線在這裡交匯：濱綏，濱州，拉濱，京哈，哈佳，蛛網般貫穿城市的東南西北，連通起外面的大世界。在那裡，發生著多少大事情，像紀念碑樣的，石縫裡的泥灰，細沙，偶然落下來的草籽，就被疾駛的風帶到這裡，這裡就像世界的終端。思緒活躍得很，可能是白天的激辯的慣性，話還沒說完呢！是她挑起來，又由她收尾，真是不民主，不公平。他們說到哪裡了？雞蛋和碎雞蛋，常識和洞見，她和他？這些女人都比他有主張，有行動力，就像哥倫布豎雞蛋，「啪」地一磕，站起來了。他想起寒夜裡，女同學從天而降，一把裹起兒子，說走就走！女同學抱著兒子，站在當地，說了這麼一句話，她的真理在星空，我們的，在日復一日之中。「真理」也出來了，他不由瑟縮一下。又一列火車駛過，窗格子的燈光連成一條線，照亮市廛。女兒應該到地方，找到弟弟，果真如女人說的，兒女算什麼東西！兒女真不算個東西。事情也不在兒女，而是母親，那個她！也是紀念碑，他，他們，都是駝碑的龜。如此，兒女又算個東西了，和他一樣的東西。一些共同的日子從眼前過去，快樂和不甚快樂，甚至恐怖驚懼，在歷史的洪流中，越來越渺小，直至看不清。他們都是面目模糊的人，可依然認真地走著自己的路，憑的多是本能。本能也是了不起的，從原始的驅動發生，服從宿命。她呢，她卻是更高一籌，從本能上升自覺，哥倫布豎雞蛋的那一磕，雞蛋碎了，卻立起來了。而大多數的本能，卻變形了，在紀念碑巨石的壓力下，軀殼緩慢地迸裂開來，長出狗尾巴草。

姊姊第一眼看見弟弟，差點兒沒認出來，他似乎又長了個頭，事實上，是體魄的緣故。胸脯寬了，胳膊腿粗了，連聲音都變了，變得渾厚。狗皮帽底下的臉，刮淨胡茬的腮幫，青森森的，眉睫更濃重了，越發顯得瞳仁黑亮。同弟弟在一起的，還有一個人，卻是窄長，就像抻麵似地抻了幾把，腰背，頸脖，腳掌，手指，臉面，地包天的嘴形，也是因為下巴過長，便翹上去了。笑起來，兩頰各擠出半圈弧線，難免顯老，但並不難看。事先知道這個人，兔子從夏令營回家，帶來那個鄂倫春小孩，是由他領走的，但印象不深，就彷彿初次見面。大名欒志超，和當年樣板戲「智取威虎山」中那個丑角同姓，按起綽號的常規，應叫「欒平」，或者「小爐匠」，可是卻不，人們都稱「老超」。這個「超」其實是那個「操」，粗人的諧趣，也看得出大家不把他當外人。小一輩則稱「超哥」，鴿子便跟著一起叫了。

前面說過，欒志超是上海知青，住在市中心一條雜弄。上海最上等的路段都有這樣的棚戶，就像水似的，見縫就鑽，又像樹上的發叉，一生二，二生三，最後網織起來，布了一片。很難追溯起源，現狀則是人口密集，居住局促。因是自建屋，所以產權私有，就都在各自的屬地上增擴。你看到巴掌大的面積，豎立起幾層的樓房，還有向下發展的現代洞穴，稱得上建築奇觀。跟隨工程上馬的，就是奪土戰爭，牆體的進退，雨簷的伸縮，屋頂高低，總之，空間占有。從言語升級械鬥，甚至延續幾世的仇怨，可見這地方有年頭了，算得上城市的野史和外傳。勝負以力量強弱決出，兄弟多的人家是先天的優勢，社會路徑寬的也有一比，再出幾個縱橫家，各取利弊，不定能後來居上。也因此，七拐八拐的雜弄內，很有幾幢上檯面的住宅，鋼筋水泥結構，紅磚搭樓，露臺搭了玻璃廊，養花種草。

欒志超排行最末，上面四個姊姊，一歲一個，顯然多是為了生他來到世上，終於有他，父親卻早逝，所以，他都沒見過這個給他命的人。算起來，母親才剛過三十，但生育和勞作摧殘了身體，印象中已經是個老嫗。他的降生並沒帶來預期的喜悅，喪親，貧窮，大概還有等待的疲憊，使這個家庭的感情變得麻木了。心情頹唐的母親，潛意識裡也有些規避哺乳的義務，於是回奶了。她在楊樹浦一家紗廠做質檢工，為照顧她，上的是常班，因路途遙遠，天不亮就要出門，轉三部車，誰讓她住市中心呢？就是這一項，是她自哀自嘆中的驕傲，人們都稱她「上海來的」，好像楊樹浦不是上海似的。他是由幾個姊姊輪流調米糊餵大的，本來就虧欠，偏偏他骨骼大，長得又極快，營養再跟不上，內囊就虛了，成一副空架子。這樣的一家人，難免要受欺負，那七八米的一間房，莫說拓展加蓋，保持原狀都不易。左右兩側山牆被抵住，後窗完全堵死，恨不能伸進椽子來，幸而門開在過路的主幹道——如果說這裡也有「主幹道」，車行人走，無法蠶食，是唯一的自然光源，於是鎮日敞開。過路人就看見幾個小姑娘，其中一個背上駝一個，圍著泥地上一具淘米籮，手持酒瓶蓋，奮力動作，將碎布拆成回絲，俗稱「拆紗頭」。是母親工廠給予的又一項福利，效益論斤計算，多拆多得，小手上都起了繭子。

他們這幾個，年齡挨得緊，都擠在上山下鄉政策的年份裡。大姊那一屆還有工廠和農村的配比，留在了上海，分到果品公司，多少緩解拮据的家庭財政。二姐據亦工亦農的政策去到黃山茶林場，也有了一份收入，除去衣食，餘下的正夠回家探親的盤纏，但總歸減一個吃口。以下三個就麻煩了，三、四、五同是所謂「一片紅」的屆別，即全體插隊落戶，無一例外。原本只有「四」是這年畢業，當時為了共同照顧最小的，「三」往下延宕一級，「四」向上提一級，姊弟仨就在一個班上課。又在同一年，按區塊劃分，升入同一所中學，但不同班。他已經長大了，不需要左右呵護，還渴望自由。兩個姊姊去了安徽淮北，兩套行囊幾乎耗盡有限的積累，再也籌不出第三人份，留在家裡且不過添一雙筷子的開銷。學校也了解他家的窘境，不好再做動員，放了一個活口，叫做「待分配」。同屆的人都走了，上面的工作，下面的讀書，其時，中小學逐步恢復正常，惟有他，閒散在社會上，所以也叫「社會青年」。街道裡與他同樣身分的男女，偶爾也召集一起學習，加上馬路上走來走去，漸漸有些面熟。多是殘病者，一半真實，一半假託，因有辦法開來醫院證明，也不乏硬是賴下來的，沒有任何理由，憑一股韌勁。風頭過去，形勢安穩，女生們忙著相親，結婚生子做主婦。隔壁弄堂，人稱「小花園」，一牆之隔，卻是另一個世界。高門深戶，走進去，可聽見哪扇窗戶穿出鋼琴的叮咚聲。那裡的一個男生，去了香港投親。說是「待分配」，事實上，等待遙遙無期，差不多是被遺忘的一小撮。兩年裡，他個子又躥了一截，依然不長肉，越發撐不起來，耷拉著肩，晾竿似的，那一間小平房橫豎都不夠裝下他。雖不缺他吃穿，口袋裡卻沒有一個零花錢，這也妨礙了社交。他到底不是那種善感的人，衣食從來是這個家庭的當務之急，無暇養育精神生活，他只是覺得悶。每日價，買菜燒飯，等上班的媽媽姊姊回來，其餘時候，就靠在牆上看小孩子玩耍，打彈子，滾鐵環，扯啞鈴，抽陀螺——他們叫「賤骨頭」，越抽越轉。

每每擋了人家，就叫「爺叔，讓開」，有求於他，叫的是「爺叔，拾球」。他才十八歲呢，叫都要叫老了。學校應屆畢業生又發起一波動員，去向是黑龍江呼瑪地區的國營林場，他沒有和人商量，自作主張報了名。開始，媽媽姊姊也發急跺腳，但等他領來發放物資，軍大衣、栽絨帽、厚底靴、棉手套、水壺飯盒、帆布包，鋪了滿滿一床，寒素的四壁頓時顯得富足，這才安靜下來，忙著收拾，打發他上路。

人們都說「大上海」、「大上海」，其實上海的眼界最窄了，逼仄的曲巷，頭上只有一線天，日頭和月亮都是掛在樓角上的。火車駛出月臺，穿過盤桓的鐵軌，白楊樹夾道，無盡地延伸，終於到了盡頭，迎面而來的是稻田，這一下事情大發了，他看到了地平線。喇叭裡的播放停息下來，就聽得見女生們嚶嚶的啜泣，他卻心情舒暢，眼睛一刻不離開窗外的景色。天地交匯處的樹行，公路白帶子般甩開，跑著甲殼蟲大小的車輛，田埂上荷鋤的農人，太陽從東邊窗移到至西邊窗，又從西邊換到東邊，可見出道軌的蜿蜒，然後，暮色下沉，因車廂裡的嘈雜，襯托出遼闊的靜謐，無邊無涯，從青白到絳紫，再轉緋紅，方要暗卻又亮起，接下來的變化就迅疾了，一層一層蓋下，終至全黑。他在窗玻璃上看見自己，穿了新衣服，像是另一個人。

他的胃口是從火車上的飯食打開的。那種裝在鋁皮盒裡，壓實了的白米飯上，鋪一層捲心菜，疊一個荷包蛋，兩片紅燒肉，再澆一勺子醬油湯。他吃淨最後一粒米，倒進開水蕩一蕩，水面浮了油花，一口一口地喝，品著滋味。早飯是兩個肉包，一個淡饅頭，幾塊玫瑰大頭菜，還有一個煮雞蛋。第二天的供應，質和量略有下降，製作也粗糙些，沒有掐去頭尾的黃豆芽，兩厚片紅腸代替了紅燒肉，荷包蛋沒有了，大概因為早上已經吃過雞蛋，但米飯依然是壓實的。晚上是雪菜肉絲麵，一鐵盒麵條和一鐵盒米飯的飽足度不可比，也見出輜重的有限和消耗。但大家胃納也收縮了，沒有活動，沒有足夠的新鮮空氣，人都是懨懨的。雙層車窗外的視野越來越荒漠，尤其清晨，天光初起，一片霜白。他卻一徑震懾於天地的廣闊，蒸汽車頭的汽笛從很遠的地方傳來，又散去，他有點暈眩，列車似乎離開平面，行駛在拋物線上，心想，地球真是一個球啊！和車中人一樣，嘴唇開裂，舌頭生出燎泡，雙腳早已經腫了，脹滿在膠底保暖鞋裡，好像不是自己的腳和身子，只有身子裡的喜悅是自己的。他沒有覺出連續升高的體溫，他在發燒，剛下火車直接去了醫院。

足有二十天時間，查不出病因。起先以為肺炎，注射了青黴素，沒有降燒。又懷疑斑疹傷寒，然後瘧疾，敗血症，結核，最終是早已絕跡的黑熱病。護送知青的上海幹部討論將他帶回去，無奈本人不同意。他並不感覺病苦，只是有幾回，看著白胖的饅頭和豬肉白菜粉條，卻吃不下去，因遺憾而心痛。昏睡中在河裡漂流，奇怪的是，他不會游泳，從沒有下過水。此時卻自如地劃臂，反轉仰浮。河岸向後退去，外灘大廈的石頭基座，防洪提邊的戀人們，電車小辮子行在盤纏的線路中，梧桐樹枝挽臂連成綠色長廊，弄堂裡的矮簷，簷下響著歌謠：小弟弟小妹妹讓開點，敲碎玻璃老價鈿……河床低下去，低到地面以下，水溢出邊緣，好像有一層膜，形成弧度，於是又在拋物線上了，流淌，流淌！等所有的藥劑全證明無效，所有的查驗又全證明落空，他突然就退燒了。躺在雪白的被褥裡，望著雪白的天花板，四壁也是雪白，玻璃窗上布著霜，是透明的白，漫撒著晶瑩的白粒子，下雪了。

他是乘馬拉雪橇去連隊的。林場的前身是軍墾，一直沿用部隊的編制。他裹在兩床被子裡，身下墊一張狼皮。駕雪橇的人背對著他，只看見穿皮袍戴皮帽的背影。一路上沒有說一句話，到地方才知道是個鄂倫春人，不會漢話。他呢，不會說鄂倫春語。

鴿子乘火車到呼瑪，再搭班車到小烏勒鎮。欒志超駕馬拉雪橇，帶弟弟來接。第一場雪掩埋了道路，只有老杆子才辨得出底下的車轍，不至走到溝裡去。當年的樹木伐完了，換上一茬子次生林，雪橇在林子裡穿行，老馬「噗噗」的噴鼻，頭上是碧青的天。欒志超是個話多的人，十年前認識他準不會相信這一點。多虧有他，否則，這一對姊弟就不知道怎麼說話了，因都要躲著一個人一件事，就是阿姨。連帶著，父親的話題也最好不提。他們並排坐在後邊，聽前邊的人絮叨，說的是上一晚的酒局，誰誰打了一頭麅子，又誰誰開了一壇穀酒，酒頭是關裡的誰捎來，據說是遵義那邊的一個窖子。鴿子問是茅臺嗎？超哥說：茅臺因為上國宴，所以名聲大，事實上，凡赤水——知道嗎？紅軍四渡赤水，赤水的酒都不平凡，越是小的無名的窖越出上品，那酒頭從赤水來，千萬里路程，匯合寒地作物，一南一北倆稀罕碰頭，王母娘娘壽宴上的瓊瑤也不過如此吧！聽到此處，鴿子笑出聲來：超哥說的不是酒，是人！欒志超回過頭，就看見一張笑臉，嘴角蕩開兩彎摺子：什麼人？鴿子說：你自己，上海人的下水，吃北方糧食，成優質物種。兔子不禁看過去一眼，詫異姊姊向來不好親近，此時卻變得自來熟。欒志超更笑了：種田人有句老理，雜交稻，必要一代一代雜交下去，有一代停息，不進則退，還不如老土茬子！鴿子接上來說：雜交和雜交不同，分有性雜交無性雜交，遠緣雜交種內雜交，超哥指的哪一種？超哥沒回答，他也有點尷尬，「雜交不雜交」、「有性無性」，難免讓人有聯想，尤其出自女生口裡，就更大膽了。走了一程，欒志超昂頭向了樹梢上的日頭，眯了眼睛，受周圍靜謐的感染，彷彿還陶醉在昨夜的豪飲中，起了抒發的興致，說：到了春天，空氣中都是看不見的種子飛來飛去！鴿子說：不是種子，是精子，植物的荷爾蒙！話一出口，兩個男的又沉默下來，鴿子渾然不覺，吃吃地笑著，她心情格外好，看什麼都高興。一挺身，站起來，張開雙臂，棲息的寒鴉乍翅飛作一團，霧淞落了一片。這畫面頗為戲劇性，她向來感情強烈，身邊的人都習慣了，可當著欒志超，弟弟就有些害羞。正在此時，馬蹄子打了個滑，馭手一緊轡繩，雪橇搖晃著，加速滑下坡道。鴿子左右擺動手臂，就像鳥的雙翼一般。風將她的紅頭巾吹到腦後，露出紅撲撲的臉。馬走到平地，得得地踏雪，雪粉四濺。欒志超甩出一個響鞭，他身不由己，被慣性推倒，幾乎四腳朝天。鴿子卻穩穩地站著，隨雪橇起伏。他爬不起來了，身底下壓著郵包，順路從郵局捎回去的。從下往上看姊姊，好像看見另一個人。她常年籠罩一股怒意，使得五官收縮，面部緊繃，現在卻舒緩下來，輪廓變得柔和。逆光的緣故，臉上泛起一層毛茸茸的光，眸子黑亮黑亮。那一個在冰上旋轉滑行跳躍的女孩子，不知道什麼時候退遠了，忽然間返個身，推近，推近，直推到眼前。鴿子戀愛了，愛的人就是欒志超。

年輕人的愛情不需要太多理由，單只青春歲月這一項就足夠了，還不用說環境的條件。那小烏勒鎮，汽車站大得沒邊，稀朗朗的幾輛車，走過長途，蒙著灰土，又掛上霜凍，卻也不顯得寥落，因天地廣闊，反倒可以忽略不計。後面是山丘，長滿次生林，掛了霧凇，好一個冰雪世界。雪橇在林間穿行，硌著樹根了，就震落一些雪粉，洋洋灑灑飄下來。馭手穿一件麂皮袍子，腰裡別個酒壺，鞭子繞在脖頸上，袖著手，只用嘴發令。那馬聽得懂人話似的，叫停就停，叫走就走。人呢，就是個話嘮，南方的口齒，尖團音不分，加上個公鴨嗓，嘶嘶地，漏風似的。卻是東北老杆子的聲腔語調，老世故的。世故裡的見識，且有一點讀書人的意境，讓人想起原來是個知青。有幾次轉臉，側著看，雖然有摺子，分明還年少，比他二十七八的歲數見長，過三十的光景，不也是個青年人嗎！兄長輩的，鴿子喜歡「超哥」這個稱呼。

到場裡第一頓飯，就讓鄂倫春小孩拖走了。小孩一直等在路口，眼巴巴地望，生怕錯過。前面說過，超哥和小孩父親是酒友，當年從醫院拉他進場的，就是這個人。因是第一個相識的鄂倫春人，即喚作「老鄂」，後來知道名姓了，卻改不過口，就這麼叫下來。老鄂家已經是漢人的規制，盤了火炕，炕道和灶頭連通，這邊燒煮，那邊擺席。客人跟老鄂圍炕桌坐，老鄂在上首，左手超哥，右手他們姊弟。老鄂的老婆帶幾個孩子圍鍋灶吃。那小孩竟是家中的老大，頗有些權威，指揮全域的氣派。底下一群弟妹，都聽從他調排：抬水，搬柴，燒火，端盆。最小的奶娃娃，由他兜在胸前面，好讓母親騰出手做飯。老鄂顯然很為他驕傲，豎起大拇指說：能文能武！老鄂會說一些漢話，但不識字。小孩生在山裡，下山時候已經過了上學的年齡，底下幾個依次進林場小學讀書，不僅會說也會寫，五好學生的獎狀貼了一面牆。他說的「能文能武」指的家裡家外的意思，小孩是他的左右臂膀了。

老鄂和老超稱得上酒裡的知己，酒從罎子裡傾倒粗瓷碗裡，泛著紅，起著沫。兔子用的是淺口碗，不像那兩個一樣大口喝，但也看得出酒量有長。鴿子用菜碟子接了點，送進嘴，滿口火燎一般，不敢再試，就吃菜吃饢，新打的饢，焦黃的邊翹起著，鋪上肉菜，香極了，不眨眼睛吃下一整個，開始吃第二個。車馬勞頓，再加那口酒，又吃得飽，身子往被垛一靠就睡熟了。中間醒了醒，已經躺平炕上，覆一層棉被，左右上下都是小腿小胳膊，擠著不曉得多少小身子。房間裡明晃晃的，三個大男人，小孩排在尾巴上，站成一溜，一人搭一人的肩膀，齊聲歌唱：高高的興安嶺，一片大森林，森林裡住著勇敢的鄂倫春——要是平常時間，這情景夠奇怪的，可是，酒，熱炕，焦饢，小孩子的乳嗅，夢的黑甜……自然得不能再自然。

其時，林場正處在徬徨不知何去何從的日子裡，樹木不讓伐了，由伐木派生的作業便也關停，運送木頭的火車不走了，鐵軌空寂寂地躺在坡底下，枕木間長出茅草，又讓冬雪壓住。原先輔助配套的大田農事如今上升為主要生產，又涉及設備、技術和人工，而勞動的主力軍知識青年都回城了。沒人住的房子頹圮得很快，屋頂都穿了洞，雪漏進來，炕也壓塌了。這荒蕪的畫面卻喚起鴿子的回憶，她從小生長的廠區，當然，那裡是蒸騰的氣象。兔子的印象就淡泊了，他隨著姊姊走在鐵軌上，天氣升溫，到了中午，樹梢上的殘雪化成水珠子，滴答下著，好像一場小雨。他們爬進一座廢棄的車頭，姊姊扶著車門，探出身子，揮動手臂，學汽笛的鳴叫：嗚——。路軌延伸向遠處，收成一個點，滑下地平線。那「嗚」的一聲，在崗上的樹林子裡迴盪，漸漸也收起了，四下裡寂靜一片。姊姊的手臂懸空停留很久，彷彿沉入冥想。他跳出車頭，下了路軌，隔一段距離，回頭望她。這一刻，天地間只剩他和她，同一對父母生和養，流著同一源頭的血脈，這樣的親情反令他們感到孤寂，因為沒有外援，憑的是單打獨鬥。鴿子終於放下手臂，縱身一躍，落到地面，輕盈如一頭小獸。臉上的表情很奇怪，眼睛紅紅的，要哭的樣子，其實卻笑著。他不禁有些害怕，覺得有什麼事端要發生。鴿子張了張嘴，在喉頭哽了一下，然後嘶著嗓子說：我去找超哥！掉轉身往場部方向跑去。他自小沒有姊姊的運動素質，手腳不那麼協調，很快拉開距離，磕磕碰碰跟在後頭。看著姊姊的背影，彷彿回到小的時候，姊姊追趕欺負他的野孩子，一把揪住人家的耳朵；一條腿伸過自行車大梁，斜簽身子踩著踏板，穿過整個城區，去找爸爸；然後是最近那個動作，端起一屜餃子，閃電般推門而出……他喘得不行，放緩了腳步。現在，他多少有所察覺，到底長大了，男女之間的鍾情，雖沒經過，看也是看過的。卻又不頂相信，因連他對超哥都不很了解，可是，除去這個，還有什麼呢？

鴿子的假期只剩三天了，必須在三天之內見出分曉。她氣吁吁地向場部跑，過去的鋸木廠，現在開闢新生計，用木屑壓製合成板。機器的轟鳴並沒有增添興旺的氣象，反而有一種蕭瑟。欒志超現在的工作部門是後勤，事實上就是個雜役。伙房的採買，郵政的送取，被服調配，大雪壓斷電線，負責報修，幼稚園堵了煙道，醫院裡某種藥品斷供，隨叫隨到。於是，四處聽到「老超」、「超哥」、「欒志超」的叫聲。他自己都不曾想到這般有用，在家的時候，什麼都用不上他，是個吃閒飯的人。他做活不太在行，無論伐木還是大田，都要力氣，他就是欠這個。身子單薄，別看個頭高，到林場吃足了，長了肉，其實是糠的，像凍過的蘿蔔。手腳還不俐落，放樹的當頭，險些讓樹壓著，麥收季節，又讓拖拉機的履帶軋了腳。同來的學生多有些看不上他，因不會玩，不會菸酒，就不能交際，也不會吵架，打架更談不上，個人衛生不怎麼樣。俗話說，家貧養嬌子，四個姊姊加一個媽，連襪子都不用自己洗的。恰是這些，怎麼說，算是缺點吧，讓場裡的老農工挺喜歡他，說他不像上海人，這可是對上海人最大的褒獎了。小孩敢欺負他，女人們為他邋遢的生活掉眼淚，數落著動手替他拆洗被褥，縫補衣服。寒地的冰雪天，在火爐邊貓冬，特別能培育母性。他有幾個冬假沒有回家，因為不夠盤纏，每月工資，切下零頭，整數全回去家裡，這也是博得稱讚的緣由。異鄉的春節別有一番風味，成缸的凍餃子，不熄火的暖鍋，滾燙的熱炕頭，冰罩子上貼了剪紙，蠟燭燈一點，紅彤彤地亮起來：老鼠娶親，鍾馗嫁妹，昭君出塞，豬八戒背媳婦，孫尚香和劉備拜天地，都是戲文裡的姻緣。東家請，西家請，狠不能將他撕作好幾瓣，一下子成了個稀罕人。轟轟烈烈地開了年頭，一點不寂寞，等同學回來，大宿舍裡滿是人，他倒孤單了。也因此，他就不大在自己鋪上睡，而是四處竄門，走到哪，歇到哪。後來，知青們陸續回城，宿舍空下來，另給他配了一間，但習慣養成，回不去了。就這樣，鴿子都不知道他到底住在什麼地方。

最後，是欒志超聽說鴿子找他，晚上去到兔子的宿舍，問有什麼事？兔子住在食堂邊上，原先司務長的房間，司務長結婚後搬到家屬院，留給了他。家什都是現成的，如今，林場什麼都缺，就是不缺房子和家什。經過兔子的調整，頗為整齊舒適，所以，也納入欒志超落腳的範圍。屋裡只有鴿子一個人，兔子被菜窖喊去幫忙，臨近封山，就要儲存過冬的蔬菜。一路過來，看見拉了電線，敞著窖口，鼓風機大開，馬達震得山響。鴿子在桌上布幾個菜，都是食堂打來的，欒志超剛吃過，但不好意思說，坐下拈起筷子。鴿子開了一瓶酒，給客人和自己斟上，端起來說：我不會喝，昨天已經出醜了，但是，我陪超哥你喝！欒志超忽生出怯意，電燈光下，對面人臉頰上鍍一層金似的，閃著光，眼睛則汪著水，也有光。他脫口說一句：你和兔子長得像。燈下那人笑起來：像嗎？不像，我像爸爸，他像媽！這邊的人又脫口一句：你們的媽是我們大家的英雄！那邊的酒盅頓在桌上，有些慍怒似的，這邊人瑟縮起來，說道：我們要向她學習！對面的眼睛轉開了，不看他，停一時，又笑了：別說這些沒用的！他局促不安，簡直拔腿要逃，卻又動不得。對面的女人，是他從未領教過的，自己有四個姊姊，同學中有女同學，林場裡有無數大嬸大嫂以及她們成年未成年的女兒，可是沒一個像這一個，出口成章，都是詩一樣的語言，顯然讀過很多書，有許多知識，而且，還器重他。他覺得不配，可是，也未必呢！來到林場，他的自信心不斷受到鼓勵，或許，他並不是向來以為的沒有價值。他的心情活躍起來，眼睛也放出光：對方又追了一句：說些有用的！這一句帶了調侃，這就是欒志超擅長的，即回道：老百姓嘮嗑，沒用當有用！鴿子咯咯笑起來，欒志超的話匣子打開了：要我看，說話本就是無用，不當吃，不當喝，為什麼要說話呢？解悶！東北方言和酒的薰陶裡，這張嘴多少變得「貧」。倘若平時，鴿子會以為俚俗，但現在情形不同了，從對面人口中出來，活潑潑的。理論是灰色的，生命之樹常青，不就指的這個？地底下直接長出來，連泥帶水的一捧。她給對面酒杯斟滿，看他用筷子點著菜盤的邊：我媽常說——他提到「媽」，暗中咯噔一下，有多久沒見到她了？他定定神，繼續說：我媽說，魚肉下飯，我們老家寧波，管「菜」叫「下飯」，所謂「下飯」不過騙騙三寸舌頭，下到肚子裡不都是一樣，所以，這些吃食也是「解悶」的！他的筷子在盤子裡攪和，鴿子雙手交疊，墊著下巴頦，說：和我說說你媽媽！欒志超放下筷子，神色略顯黯然：我媽呀，也是個無用的人，一個可憐人！他有生以來頭一次審視自己的母親。這就要感謝鴿子的提問，還有提問的表情，格外鄭重。一旦審視母親，卻發現他對她幾乎一無所知。自小長大的二十多年裡，母親上班離家，下班回家，星期天在家洗曬和燒煮，端午熏艾草滅蚊蟲百腳，立夏滅跳蚤，每一季噴灑六六粉，因臭蟲是長年的敵人。忙碌的身影就像不聚焦的鏡頭，始終沒有看清楚。他搖搖頭，住嘴了。就在此時，兔子推門進來。

兔子掃一眼桌面，轉身去灶下剝出一顆白菜心，切細了拌上糖醋鹽。又切一段血腸，開了油鍋，爆一勺蒜末，澆上去。添兩個新菜，坐下來陪客人喝酒。這時，欒志超才發現，脊背一層熱汗，內衣透了。這一晚，又是在酒的酣甜中過去。欒志超沒有走，和兔子打通腿，睡一半炕，隔炕桌的另一半，睡鴿子。十月的季候，天已經很短，食堂一天開兩頓飯，兔子近九點起來上班，動靜裡，欒志超睜一睜眼，再要合眼，忽看見炕那頭的被窩，覆了一件紅毛衣，猛地清醒過來，趕緊下炕，心別別跳著，走了。鴿子翻個身，仰天躺著，日光穿透窗玻璃的霜花，斑駁彷彿花瓣，一宿又過去了。

餘下的時間，都是在人堆裡。一人請，幾人陪，最後，左右鄰舍都過來，帶了自己的食材和手藝，擠在炕上炕下。寒天裡，總是一口酸菜暖鍋為首，煮著大棒骨，小雞仔剁塊，口蘑木耳黃花菜；四周一圈菜碟子，涼的有老虎菜，大拉皮，拍黃瓜，蒜泥拌茄子；熱炒是地三鮮，青椒土豆絲，熬小魚，五花肉。熱烙餅一疊疊，轉眼見底，再來一疊，又是一轉眼。說是上午飯，吃到天黑還沒完。人團得緊，都抽不出胳膊，身底下的炕燎得人起火，又讓鍋裡的蒸汽澆滅，頭頂冒汗，臉面發光，眼睛裡淚汪汪。這熱乎勁特別滋養感情，莫說心裡有人，就算沒人也能生造一份意思。無論是鴿子，還是欒志超，其實都不嫌人多，一對一地說話，耗神得很，心累，不如這麼一鍋燉！本地的規矩，女人不上桌，可鴿子是兔子的姊姊，哈市來的客，還是大學生，就不拘老禮了。擠坐在弟弟和超哥中間，身子挨身子，嗅得到領口裡的油汗，兔子還好，那欒志超可是多日不洗澡了，又沒換衣服，氣味有點像牲口，可這不就是男人嘛！暖鍋的蒸汽，和著莫合菸，爐灶裡松枝畢剝爆響，屋頂底下浮著一片雲。人臉就像在水中，一會兒近，一會兒遠，彼此都有些不認識，卻又親得要命。兔子時不時地看鴿子，覺著姊姊變成一個極小的女孩，這可是令他驚訝的。向來，姊姊都是家中的老大，不是指年齡，而是權威，不僅他，連父親，也得聽她的。此時此刻，形勢轉變，她忽然間服膺一種力量，被它馴化。這就是戀愛中的女人，他何曾見過。

鴿子走的那日，氣溫大幅回升，雪一下子化淨，天地洗刷過似的，纖塵不染。場部又卡車去呼瑪城拉貨，本來說好，兔子和超哥一起送去火車站，臨出發，憑空添幾個人，都是有公事的，把他倆擠下來了。兩人站在地上，看卡車開走，鴿子從車窗探出身子招手，走很遠還看得見她的紅圍巾，在素白的冬景中鮮豔的一點，最後消失在彎道的盡頭，這才折返往回走。欒志超步子大，走前幾步，兔子從後看他背影。透過棉衣，也看得出骨架的寬和扁，他的高不在腿，而在腰，支不起來似的，向前佝僂。走路有些搖晃，敞開的衣襟撲閃著，像一頭大鳥。心想，這個人是誰呢？

這幾日，他們三個總在一處，有一個家屬，有意還是無心，招呼說：姊姊來了，姊夫也來了！緊接著發現是欒志超，揚手拍打他兩下：這老超，裝什麼佯！大家就都笑。其時，他走在欒志超後面，對自己說：原來這樣啊！不禁豁然開朗。挺好的，真的，挺好的！他對自己說。可是，可是什麼？可是，在別人順理成章的事，到了姊姊，總有意想不到的結果。他發現自己跟著欒志超，錯上一條岔道，而前面的人已經走得看不見。路邊的林子裡，傳來鼴鼠打洞的窸窣聲，正在儲存過冬的口糧呢！松鼠嗖地從一個樹枝跳到另一個樹枝。他將拇指和食指環起含在嘴裡，吹了個響哨，是向鄂倫春小孩學的。哨聲在林梢間迴盪，漸行漸遠，時斷時續，終至全無。

欒志超發蒙晚，但總也到這個歲數，並不像表面上的木訥，甚至還有些內秀。場裡像他年齡的青少，都已經結婚生子。他沒有隨返城大潮離開，讓人們以為是要在本地扎根，不也有少數幾個知青，上海，北京，天津的，安下家來了。有的是想和他好的女孩，還有想招他做女婿的父母，他卻一直沒作選擇，於是，人們又以為他最終還是要回老家的。事實上，他見識過家庭生活的困窘，心裡是懼怕的，一個人多麼逍遙，手頭也寬鬆。卻沒有單身生活的實際規畫，只是能捱就捱，過一天算一天，持消極的態度，同樣來自灰暗的生長經驗。鴿子的攻勢，讓他快樂又害怕。和鴿子對話，吃力緊張，且又暗自得意，即便他這樣對人生缺乏想像力，此時也會生出做另一個自己的欲望。然而，最好的相處模式還是紮在人堆裡，彼此看得見且不必單打獨鬥應付。大嬸們荒唐的玩笑並不讓他生氣，反而很歡迎，彷彿美夢成真。事情停止在這一步就夠受用的了，再往下繼續不定扛得住。沒有擠上送鴿子進城的卡車，他既失望，又如釋重負，偷偷鬆一口氣。走在返回的路上，背後是兔子的目光，現在，連兔子都給他壓力了。有那麼幾天，他沒往兔子那裡去，以往可是天天都要走一遭的，找些好吃的東西，說幾句閒話。他需要休息幾天。幾天以後，兔子來找他，交給一封信，鴿子的信。分別寄給他們兩個人，兔子認得出姊姊的筆跡，一併領走了。他等一會兒，看欒志超拆開信封，將信瓤抽出一半，又送回去，揣進口袋。抬起頭笑著，嘴角蕩開兩圈弧度紋路，顯出抱歉的表情。他也笑一笑，然後識趣地走開去了。

鴿子的來信，使欒志超獲得平生最大的榮耀。他從來不曾期望成為信中描寫的人，甚至懷疑是否認識這人。寫信人又是誰呢？鴿子的形象變得模糊，其實，原本也沒有清晰過。他陷入恍惚，許多詞句他不能完全明白，明白的那些，卻又不敢相信了。他站在當地讀著信，身上淌著汗，手腳卻冰涼。他是個眼界和胸襟都狹小的男人，沒經過大陣勢。好不容易讀完幾頁紙，腿一軟，向後坐到炕沿，站不起來了。信紙在手上索索抖，篩糠似的。有人走過門口，朝裡看一眼，奇怪這屋怎麼有人了？他一驚，趕緊收起，塞進口袋。到了夜裡，四周沒人，這一夜，他睡在自己的宿舍，水房旁邊的一間，亂得狗窩似的，又因為不常住，有一股子清冷。此時燒了炕，推開被褥，躺下來，掏出信，展平了，細細地看。他讀過幾本小說，覺得信上的人，像是小說中的角色，和他有關係嗎？可是，他很欣賞他。

第二封信，又是由兔子送交。意外地發現欒志超的小屋子收拾得挺整齊，牆角的蛛網掃淨了，炕洞裡紅彤彤的燒著火，滿房間松脂的香味。欒志超讓他上炕，推說伙房裡有事，走了。天在下霜，土凍得鐵硬，踩在上面，鞋跟敲鼓似的「咚咚」響。他意識到周圍的事物在發生變化，將走向什麼結局，完全無法推測。他就是不安呢，很不安。眼睛望出去，有一層銀白，是零度以下的空氣造成的，給夜色鍍上一層膜。他把帽耳放下，雙手插入棉衣兜裡，走去自己的宿舍。他已經喜歡上這個地方了，一旦喜歡就知道離開告別不遠了，經驗告訴他。或者是反過來，預感到告別才喜歡的。電燈照白四壁，曾經這裡有多少熱鬧，單身的場工提著酒過來喝，一喝就到夜半，他有廚藝，也方便從廚房搜索食材。欒志超是常客，現在他不來，別人也不來了。還因為，有幾個單身漢娶了老婆，過上了家庭生活。

接著第三第四封信，依然是經過兔子的手，一來他和場部郵政所靠近，二來呢，要觀察欒志超收到信的反應。顯然，欒志超的心情平靜下來了，彷彿信件是一樁正常的事情，雖然，他上海的家極少來信。曾有一次，他的姊夫，姊姊們相繼結婚，他早已經做了舅舅。姊夫搭郵車到呼瑪，兔子陪他去接站。姊夫身材敦實，出力氣的模樣，卻戴一副眼鏡，鏡片後面的眼睛因熬夜布了血絲，從車門裡拖出一個大包裹給他。幾乎沒有說什麼話，三個男人站在月臺吸了幾支菸。那時候，天還暖和，車站後的山坡，樹林子還綠著，蜂子嗡嗡地飛。姊夫看著遠處，說一句：好地方！然後就上了車。兩人拖了包裹回去，打開來，有罐頭，香腸，捲麵，糕餅，香菸，皮鞋，手織的毛衣褲和毛線襪，總之，吃穿用度。這是一個緘言的家庭，開始擺脫貧困，富裕起來，同時呢，也越來越疏離。

讀鴿子的信，已經成為欒志超的精神生活。每天晚上，睡上熱炕，就打開信。有時從第一封起頭，按順序來，有時則隨機抽取。經過的人，推開門朝裡看看，奇怪他獨自一個人在做什麼，看一會兒，又闔上。他的反常引起注意，但很快得到解釋，上海人嘛，總有那麼一點點怪僻，他已經算好的了。哈爾濱方面頻繁的來信，要不是兔子收起得快，也會惹人猜忌的。漫長的冬天，圍爐夜話，是需要談資的。雖然沒有形成話題，卻也多少散播下零星印象。欒志超盡情地享受讀信的快樂，卻從未想過回一封信，並不是出於矜持，相反，是卑怯。因他絕對寫不出這樣的文字，心中也沒有相等的激情。偶爾地，應該說比較經常，他生出憂傷，隱約有一種預感，好景不長。隨時隨地，事情就結束了。至於結束在哪一點上，他想不出來，也不願去想。人們感覺到，快樂的欒志超變得沉悶。原來，到處看得見他的身影，無用功地奔忙。現在，卻在偏僻的人跡罕至的地方出現，佝僂的腰駝得更低了，步履遲滯，甚至是蹣跚的。比如，廢棄在軌道上的機車裡；比如，空蕩蕩冷冰冰的知青宿舍；再比如，月亮底下的空地，奮力揮動掃帚，積雪亂濺；他捉了一隻松鼠，養在屋子裡，養狗養貓，還有養狼的，誰聽說過養松鼠？不過幾日就溜走了，於是便遍地尋找……人們以為他謀畫回上海了，他的家人不是曾經搭郵車到縣城來，就是商量帶他走的，不知為什麼，當時沒走成。大嬸級的女性則斷定他想媳婦了，同輩人，甚至更少一輩的，都有了家小。沿著這思路，進一步推出，他的媳婦兒在省城，不是有許多信嗎？女人向來是傳謠的主力軍，而且，不能不承認，她們的臆想更合乎常理。蔓延的流言蜚語逐漸匯進河床，向著一個目標前進——欒志超的對象就是兔子的姊姊，那穿紅毛衣繫紅圍巾的女學生，人物和形象都清晰起來，他們三人，未來的妻舅，同進同出，同吃同住！潑辣的女人當面問欒志超什麼時候辦酒，惋惜他最終還是要離開。這一回的玩笑不再讓他竊喜，而是暗自傷感。熱議在舊曆年前戛然停止，真彷彿一齣戲，情節陡然轉折，欒志超要結婚了，對象就在當地，林場副場長，一名退役軍人，參加過上甘嶺戰鬥，他家大閨女，製板廠的女工。

消息迅速傳開，兔子是最末知道的那個人。他辭了工，收拾起東西。兩塊上好的板子，夠打一具櫥櫃，合起來，上面放衣物行李。捆紮完畢，背上身，推門出去。卻又一轉念，卸下來，向欒志寬的新家走去。來場裡一年，他第一次邁進副場長的院子。圍牆上一排冰燈，貼了紅喜字，牆下的大醬缸。前日的雪掃開一條道，兩邊猶如玉砌的扶欄。他從道上走過去，已經有人看見，撩開厚棉門簾。欒志超和岳丈坐炕上，守一桌酒菜，炕底下三四個小丫頭，將他擁上炕，和欒志超臉對臉。跟前立刻擺上碗碟杯盅，酒斟滿了。沒看見那大閨女，但聽得她娘喊她，幾個小的也「姊姊長，姊姊短」的叫喚，就是不出來。他是見過的，也喜歡穿紅，在這冰雪世界裡，紅最惹眼了。從姊姊窩裡出來，掉進妹妹窩，人到底還是離不開落地的那個窩。

欒志超低著頭，不看兔子，兔子的眼睛追了幾回，最後放棄了。平靜地想，事實上，他從來沒有認真以為姊姊會和欒志超成一對，今天的結果，再自然不過，也再好不過。喝了兩盅，下炕告辭，副場長留他，小丫頭們上來抱他的腿，他執意要走，終於脫身。繫上鞋帶，最後看欒志超一眼，那人依然不抬頭。雪又下了一層，掃淨的道上蒙了新白。他走回自己的屋子取行李，遠遠看見鄂倫春小孩守在門口，不由分說，背起板子走在了前頭。他沒有讓老鄂拉雪橇，老鄂的馬生了搭背瘡，就這麼，走去小烏勒鎮搭班車。走了一段，奪小孩背上的板子，沒得手。自此，小孩就警覺地保持十來步的距離，防備他再來奪。一前一後，到了地方，雪下得有些密，迷了眼睛，看出去，是個白茫茫的世界。他上車，小孩爬上車頂，刨開人家的堆放，安置好他的東西，又幫著車主繫緊網子，這才溜下地，站在車窗前。他揮手讓回去，小孩卻不看他。馬達突突地響，車身動了，小孩正過臉，退後幾步，屈膝跪到雪裡，磕一個頭，起身離去了。

後來

後來，他和姊姊堅持為父親辦了移民。又在他同幢樓裡，買下一套公寓，讓父親獨住。可分可合，兩下都方便。他戒斷大西洋城的行旅，再沒有從師師視野裡消失蹤跡。有一次，接到舊金山的來信，是初來美國落腳的，唐人街餐館老闆，這些年裡，他們維持著稀疏的通訊。多少有些心血來潮，想去看看。和師師說，師師笑道：你永遠是自由的！他也笑，著手準備，又中途而廢，按下不提了。過幾日，師師倒問起來，他說：沒時間，算了！又說：你去我就去！師師有幾分得意：吃奶的孩子嗎，離不開人！他確實越來越黏師師，腳頭也懶了，不像以往，提起來就上路。這話說過不久，翻過年頭，他到底出一趟遠門，去上海了。

孃孃去世了。伯父告訴的消息，路途遙遠，並不期望這邊有人過去。自祖父母百年，和老家往來疏淡，父親的意思，匯一筆喪葬費用即可，畢竟是養過你的人！父親說。就是這句話，促成滬上行。想到回去，難免心中打怵，未見得近鄉情怯，甚至相反，感到陌生，那裡的人和事與自己有關係嗎？記憶是模糊的，被許多輪替的印象遮蔽了。他試圖說服師師和自己一起去，又遭到斷奶不斷奶的恥笑。再說，她母親去世他也沒有同往啊！他簡直要縮回去，可是簽證出來了——現在，他去中國需要簽證，機票買了，還定了一趟三峽遊，放在喪失結束以後。開弓沒有回頭箭，咬咬牙，上路了。

等他到上海，大殮已經過去三天，正趕上頭七。孃孃的亭子間，幾乎和記憶中沒有兩樣，連天花板上滲漏的水跡，依舊原來的圖案。揚州來的人已回揚州，孃孃那個兒子，先還以為是大伯，因差不多就是當年他的年紀，形貌也像他們家的人，瘦高身條，容長臉，高鼻梁上架一副眼鏡。骨肉相連，母子到底認了宗親，最後的日子，也是兒子陪伴的。他們兩人相互看了有幾秒鐘，顯然彼此都聽說過。單先生從旁作了介紹，於是又握手，很快分開了。單先生和師母似乎都沒長年紀，仍然三十年前，即便馬路上走過，也認得出來。人到一定歲數就定了型，不會大變。老家僕和少東家，有無數新舊話題。他下到廚房上灶，雜碎瑣細由小毛全包，倒彷彿回到少時，攏手採買和烹製，做一桌拜師宴。小毛的老婆後門口支一張桌子，摺疊金銀元寶。也是同一條弄堂裡的，說從小看見過他，他卻想不起來，總歸是跳皮筋女孩中的一個。家住臨街的房子裡，原先開棉花店，公私合營，交出店鋪，吃定息生活。女孩上山下鄉去了安徽插隊，過街樓上的小毛則進了國營事業單位，有自己的經濟，成為弄堂裡最佳婚配人選。倘不是這些變故，斷不會成就這段姻緣。如今，小孩都上高中，要考大學了。

離開多年，卻發現這裡的人對他並不陌生，是因為孃孃，還有師師她們家吧。師師的父親也來上香，留下晚飯。方桌拉出來，四面擺上椅凳。單先生單師母坐上首，左手師師的父親和他，右手孃孃的兒子，下手小毛和他老婆，臨吃飯，他們的女兒來了，正好在孃孃兒子一邊，坐齊了一桌，熱騰騰的。飯桌後的牆上，孃孃從照片裡看著他們，生前決想不到這夥人聚在一起，似乎有些笑影浮出來。人們讓單先生說說徒弟的手藝，只道「逆水行舟，不進則退」，曉得是批評，但話是婉轉的。眾人都笑，他呢，點頭稱是。單先生緊接又寬諒：不怪你，怪美國人沒口味，菜品是吃出來了的！單先生抱著老觀點：美國人，茹毛飲血之族，說是生鮮，竟真的就是生，不轉彎，中國人，生菜往往熟做，比如皮蛋，是生的，還是熟的？大家從沒想過，回答不上來。熟的！單先生說，石灰缸裡埋熟；醉蝦，酒裡嗆熟！座上不約而同「哦」一聲。因為什麼？眾人又不說話了。陰陽學！有沒有見過太極圖？人們先點頭，後一想，這太極不定是那太極，又改成搖頭。單師母都糊塗了，解圍道：吃飯吃飯，還要燒紙呢！

小毛的老婆已經將金銀元寶裝進封套，孃孃的兒子執筆寫好上款與落款，一行人下樓梯，到後弄裡，將一具瓦盆用作火盆，放進去。剛要點火，小毛伸手阻住。捧出來，重新開封，取出幾枚零散放在盆周圍，說是燒給無家人的野鬼，免得來奪正路上的錢財。這才點一支菸，燃著紙撚子，一併扔進去，火陡地蓬起，躥得老高。人們後退一步，都說好得很，好得很。火焰平息，化為星點，閃閃爍爍，終於寂滅。

單先生和師母先走，師師的父親隨後，小毛一家幫著收拾火盆雜物，打掃了地面，問少年的朋友：走不走？他欲說走，卻被孃孃的兒子留住了。小毛猜到他們有事，終究是自家人，不再喊他，約好下一日上他家作客，一家三口出了弄堂。他們早已經搬離過街樓，在淮海路和虹橋路交接處買了商品房。等人走淨，這二人復又上樓。那兒子，本應該叫表哥，他卻無論如何叫不出口，因年齡有兩輩的差異。聯繫血脈的人又走了，此時認親已經錯了時辰。進到亭子間，朱先生，聽人們這麼稱呼，想來他父親，也就是孃孃曾經的婆家為「朱」姓。朱先生先問一句：要不要住這裡？一半虛邀，另一半則實情。這也算得上弟弟半個家！朱先生說。聽這話，他不禁慚愧，自覺得太拘謹，而且見外。緩了緩，回答酒店定了，因是折扣價，不能退，離開並不遠，過來方便得很，一動不如一靜。他解釋著，頗有些瑣碎，其實不必，於是止住，剎那間靜下來。朱先生笑一笑，轉身拉開櫥門，取出一個牛皮紙包，說他粗略整理一下，將弟弟的東西集攏，本想寄去美國，現在人來了，正好，當面交到。他接過紙包，告辭了。出後門幾步，又聽門響，回頭見是朱先生，原來他也不住這裡。兩人點點頭，前後出弄堂，往不同方向去了。

回到酒店房間，打開紙包，裡面有幾本練習簿，抄寫的是《紅樓夢》裡的詩詞，孃孃布置的功課。這些感傷的字句出自男孩的幼稚的筆跡，挺奇怪的。有一張《紅樓夢》人物關係的譜表，做得很細，顯然是向孃孃證明確實讀完了全本。時至現在，連人名都想不太起來了，而那時候，他才多大點呀！再有一本筆記，是稍晚近時候，向單先生拜師以後，每次「上課」的記錄。先生說的話，菜場裡的見聞，還有吃的菜點，口味，配方，以及飯館名字和地址。幾封舊信，一封是跟黑皮爺爺辦廚的某個鄉鎮投出的，依稀記得那郵政所的樣子，糊滿糨子的木桌上立著一個郵箱。從哈市寫來的多一點，大半集中在剛到的數月裡，漸漸稀疏下來。最近的一封寄自美國，那種淺藍色的薄紙，寫好後摺起，就是一個信封，距今已有十來年。紙包底層是一本照相冊，曾經拿給小毛看，然後他又私自翻找過。那一張全家福仍然空缺，四個透明角中間，彷彿一個黑洞。他將本子，信件垛齊在照相冊上，原樣包好，放進旅行箱，洗漱上床。酒店臨街，窗簾沒有合攏，就有燈光漏進來，將房間照得半明。這城市變得太厲害，他都認不出來了。剛要入眠，電話鈴響了，驚一跳，接起來，一個男人的聲音，問要不要服務。他一時沒反應過來，電話裡又換成英語，重複一遍問題，他這才回答不要。放下電話，似乎找回一點熟悉的東西，卻不在這裡，在大西洋城。窗縫裡的光從他臉上閃過，是汽車的尾燈。他睡熟了。

次日，去小毛家，出發早了，到約定的時間還有一兩個小時，就四下裡走走。過幾個路口，看見有一周矮牆，圍繞一片空地，覆著稀疏的草皮，立有一些雕塑。玻璃鋼的，陶瓷的，鑄鐵，木頭，有抽象的幾何造型，亦有寫實的人和物。小孩子繞著雕塑追逐，大人則坐在石凳和底座上曬太陽。曉得是創意園區，好比曼哈頓下城和布魯克林的廢舊廠房，進駐藝術家做工作室。草坪前有幾幢立方體舊建築，果然是車間的樣式。走進一扇門，內部用隔板劃分空間，形成一個個展室，陳列也是雕塑。其中幾尊作品格外巨大，從屋頂直接垂吊下來，他仰頭望去，望見上方的吊鉤，原先大約用於行車，連軌道都保留原樣。這地方他來過，就是爺叔帶來洗澡的鋼廠，可不是嗎？那行車裡，招娣在向他揮手，隆隆的機器聲遍地起來，只看見招娣攏著嘴對他說話，卻聽不見聲音，火星子四濺，煙花似的，絢爛極了。眼淚像決堤的洪水，傾斜而下。他害怕回來，怵的就是這個，可怵什麼，來什麼！門口有人探頭，像是找人，只看見一個中年男人站著看展，又退出去。他不敢亂動，也不敢擦拭眼睛，那裡面的液體不曉得蓄了多少時日，又是怎樣的成分，滾燙的，燒得心痛。止也止不住，越觸碰越洶湧，幾成排山倒海之勢！

二〇二〇年五月十二日　上海

國家圖書館出版品預行編目資料

一把刀，千个字/ 王安憶著. – 初版. -- 臺北市：麥田出版：家庭傳媒城邦分公司發行, 2020.11
面； 公分. -- (王安憶經典作品集; 15)

ISBN 978-986-344-826-6(平裝)

857.7 109013248

王安憶經典作品集 15

一把刀，千个字

作　　者　王安憶
責任編輯　林秀梅、陳淑怡、莊文松

版　　權　吳玲緯
行　　銷　巫維珍、蘇莞婷、何維民
業　　務　李再星、陳紫晴、陳美燕、葉晉源
副總編輯　林秀梅
編輯總監　劉麗真
總 經 理　陳逸瑛
發 行 人　涂玉雲

出　　版　麥田出版
104台北市民生東路二段141號5樓
電話：(886)2-2500-7696 傳真：(886)2-2500-1967
發　　行　英屬蓋曼群島商家庭傳媒股份有限公司城邦分公司
104台北市民生東路二段141號11樓
書虫客服服務專線：(886)2-2500-7718、2500-7719
24小時傳真服務：(886)2-2500-1990、2500-1991
服務時間：週一至週五09:30-12:00・13:30-17:00
郵撥帳號：19863813 戶名：書虫股份有限公司
讀者服務信箱E-mail：service@readingclub.com.tw
麥田部落格：http://ryefield.pixnet.net/blog
麥田出版Facebook：https://www.facebook.com/RyeField.Cite/

香港發行所　城邦（香港）出版集團有限公司
香港灣仔駱克道193號東超商業中心1樓
電話：(852) 2508-6231 傳真：(852) 2578-9337

馬新發行所　城城邦（馬新）出版集團【Cite(M) Sdn. Bhd.】
41-3, Jalan Radin Anum, Bandar Baru Sri Petaling,
57000 Kuala Lumpur, Malaysia.
電話：(603)9056-3833
傳真：(603)9057-6622
E-mail：cite@cite.com.my

印　　刷　前進彩藝有限公司
電腦排版　宸遠彩藝有限公司
書封設計　Jupee

2020年10月29日 初版一刷
售價：NT$400
ISBN：978-986-344-826-6